BESTSELLER

Biblioteca

MARY HIGGINS CLARK

El ojo avizor

Traducción de
M.ª Francisca Graell

DEBOLS!LLO

Título original: *Stillwatch*

Primera edición con esta portada: marzo, 2014

© 1984, Mares Enterprises, Inc.
© de la traducción: M.ª Francisca Graell
© 1985, Penguin Random House Grupo Editorial, S. A.
Travessera de Gràcia, 47-49. 08021 Barcelona

Printed in Spain – Impreso en España

ISBN: 978-84-9793-015-4 (vol. 184/6)
Depósito legal: B. 4846 - 2011

Impreso en BookPrint Digital, S. A.

P 8 3 0 1 5 A

A Pat Myrer, mi agente,
y a Michael V. Korda, mi editor,
por su inestimable experiencia, apoyo,
ayuda y ánimos, de todo corazón les
ofrezco «la vocecita de gratitud».

1

Pat conducía lentamente, con la mirada atenta, por las estrechas calles de Georgetown. El cielo estaba nublado y oscuro; las farolas de la calle se confundían con las luces de los portales; y las decoraciones navideñas se reflejaban, refulgentes, en la nieve helada. Era una estampa plácida y tranquila de la vieja América. Giró por N. Street, recorrió otra manzana y, mientras observaba atentamente la numeración de las puertas, llegó al cruce. «Debe de ser ésta —pensó—, la de la esquina. Hogar, dulce hogar.»

Paró el coche y permaneció sentada en él unos momentos contemplando la casa; era la única de la calle que no estaba iluminada, y sus esbeltas líneas eran apenas discernibles; las amplias ventanas frontales estaban medio ocultas por los arbustos y la maleza.

Le dolía todo el cuerpo tras las nueve horas de coche desde Concord, y se dio cuenta de que retrasaba inconscientemente el momento de entrar. «Es esa maldita llamada telefónica —pensó—; no debí permitir que me afectara.»

Unos días antes de que dejara su trabajo en la emisora de Boston, el operador de la centralita la había llamado:

—Un tipo raro insiste en hablar contigo. ¿Quieres que te lo pase?

—Diga —dijo ella, cogiendo el auricular; y después de identificarse, oyó una voz suave, pero claramente masculina, que murmuraba:

—Patricia Traymore, no debes ir a Washington, ni debes hacer un programa ensalzando a la senadora Jennings; y no se te ocurra ir a vivir a esa casa.

El operador profirió un grito ahogado.

—¿Quién es usted? —inquirió ella ásperamente.

Al oír la respuesta, que le llegó en el mismo tono almibarado, sintió cómo se le humedecían desagradablemente las palmas de las manos.

—Soy un ángel de misericordia, de liberación y de venganza.

Pat había tratado de olvidar aquel suceso quitándole importancia y considerándolo una de las muchas llamadas de chiflados que se reciben en las emisoras de televisión; pero era imposible no preocuparse. La noticia de su traslado a la Emisora Potomac para hacer una serie llamada *Mujeres en el Gobierno* había aparecido en las páginas de información de muchos periódicos. Los había leído todos con detenimiento para ver si, en alguno de ellos, se mencionaba la dirección en que iba a hospedarse, pero no aparecía en ninguno.

El comentario más detallado era el del *Washington Tribune*: «La pelirroja periodista Patricia Traymore, con su voz ronca y la amable y comprensiva mirada de sus ojos castaños, constituiría un atractivo más para la Emisora Potomac. Sus programas entrevistando a celebridades en la emisora de Boston han sido nominados dos veces para el premio Emmy. Pat posee el mágico don de conseguir que la gente desnude su personalidad ante ella con el mayor candor. El primer personaje a quien entrevistará será Abigail Jennings, la senadora por Virginia, famosa por el celo con que defiende su vida íntima. Según Luther Pelham, director de los informativos y coordinador de la Emisora Potomac, el programa incluirá escenas de la vida privada y pública de la senadora. Todo Washington está impaciente por ver si Patricia es capaz de romper la glacial reserva de la bella senadora.»

Al pensar en la llamada sintió cierta desazón; era por aquella voz, por el tono con que había dicho «esa casa». ¿Quién podía saber lo de la casa?

El coche estaba frío; se dio cuenta de que el motor llevaba bastante rato parado. Un hombre con una cartera pasó apresuradamente, se detuvo cuando la vio, y luego continuó su camino. «Es mejor que me vaya antes de que alguien llame a la policía diciéndoles que estoy merodeando», pensó Pat.

La reja de la entrada estaba abierta. Detuvo el coche en el camino empedrado que conducía a la puerta principal y buscó en el piso la llave de la casa.

Se detuvo un momento en los escalones, tratando de analizar sus sentimientos. Siempre había imaginado que experimentaría una fuerte emoción pero no fue así. Su único deseo era simplemente entrar, descargar las maletas y prepararse un café y un bocadillo. Dio vuelta a la llave, empujó la puerta y buscó a tientas el interruptor de la luz.

La casa estaba aparentemente muy limpia; el delicado suelo de mosaico del vestíbulo se hallaba cubierto por una ligera pátina; la araña de cristal resplandecía. Pero, al mirar con más detenimiento, vio que, en un rincón, la pintura estaba descolorida y rozada cerca del zócalo. La mayoría de los muebles tendrían que ser restaurados o desechados. El mobiliario de valor, almacenado en el desván de la casa de Concord llegaría al día siguiente.

Recorrió lentamente la planta baja. El comedor, que era protocolario, amplio y agradable, estaba en la parte izquierda. Recordó que, cuando ella tenía dieciséis años, había hecho un pequeño viaje a Washington, con el colegio, y había pasado por delante de aquella casa, pero no se había dado cuenta de lo espaciosas que eran las habitaciones; vista desde fuera, no daba sensación de amplitud.

La mesa estaba rayada y su superficie estropeada, como si hubieran colocado fuentes calientes directamente sobre la madera. Pero ella era consciente de que aquellos hermosos muebles jacobinos, esmeradamente tallados, pertenecían a la familia y valía la pena restaurarlos, aunque costara bastante dinero.

Echó una ojeada a la cocina y a la biblioteca, y siguió su recorrido. Los periódicos habían descrito, con todo detalle, la distribución de la casa: el salón era la última habitación del ala derecha. Notó que se le formaba un nudo en la garganta a medida que se iba acercando. ¿Era una locura lo que estaba haciendo, enfrentarse a un recuerdo que quizá fuera mejor enterrar en el olvido?

La puerta del salón estaba cerrada; indecisa, apoyó la mano en el pomo y lo giró. Se abrió de golpe: buscó a tientas y encontró el interruptor de la luz. La habitación era amplia y hermosa, de elevado techo; una delicada repisa se apoyaba sobre la chimenea de ladrillo blanco, y había un banco en el hueco que formaba la ventana. La habitación estaba vacía, a excepción de un gran piano de cola, una masa imponente de oscura caoba, en un entrante que formaba la habitación, a la derecha de la chimenea.

La chimenea.

Se dirigió a ella.

Sintió que las piernas y los brazos le temblaban y que la frente y las palmas de las manos le empezaban a transpirar. No podía tragar saliva; la habitación comenzó a dar vueltas a su alrededor. Se precipitó hacia las vidrieras que estaban en el fondo a la izquierda, luchó torpemente con la cerradura, abrió ambas puertas de par en par y se precipitó, tambaleándose, en el patio cubierto de nieve. Respiró con bocanadas rápidas y entrecortadas, dejando que el aire helado quemara sus pulmones. Al sentirse invadida por un violento escalofrío, apretó los brazos contra el cuerpo, se tambaleó y tuvo que apoyarse en la pared para no caer. Las oscuras siluetas de los desnudos árboles iluminados por la luz parecían balancearse al mismo ritmo que ella.

La nieve le llegaba al tobillo; sentía la humedad filtrándose a través de sus botas, pero no estaba dispuesta a entrar hasta que el vértigo desapareciese. Pasó algún tiempo antes de que se sintiera con ánimos para volver a la habitación. Cerró con llave ambas puertas, se detuvo un instante y dudó, pero luego, de una manera segura y decidida, giró sobre sus talones y se encaminó hacia la chimenea con pasos lentos y mecánicos; tímidamente, deslizó la mano por los ásperos y blancos ladrillos.

Hacía ya mucho tiempo que pequeños fragmentos de lejanos recuerdos habían empezado a surgir en su memoria, al igual que aparecen los restos de un naufragio. El año pasado había soñado, una y otra vez, que volvía a ser una niña pequeña y que vivía en esta casa; y se despertaba, invariablemente, sumida en una agonía de terror, queriendo gritar pero incapaz de emitir sonido alguno. A la vez que miedo, sentía una inmensa sensación de vacío. «La clave tiene que estar en esta casa», pensó.

Era aquí donde todo había ocurrido. Los titulares sensacionalistas, que tanto le había costado conseguir en los archivos de los periódicos, volvieron a su mente: «Dean Adams, diputado por Wisconsin, asesina a su bella y conocida esposa y después se suicida. Su hija de tres años lucha por su vida.»

Había leído tantas veces aquellos artículos que se los sabía de memoria: «El apenado senador John F. Kennedy comentó: "Simplemente no lo entiendo, Dean era uno de mis mejores amigos. Nada en él sugería, ni por asomo, un ápice de violencia reprimida."»

¿Cuál había sido la causa que indujo al popular diputado al asesinato y al suicidio? Se había rumoreado que él y su mujer estaban al borde del divorcio. ¿Acaso Dean Adams perdió el control cuando su mujer tomó la irrevocable decisión de dejarlo? Probablemente lucharon para hacerse con la pistola; en el arma habían sido halladas, superpuestas, las huellas dactilares de ambos. Su hija de tres años estaba en el suelo apoyada en la chimenea con el cráneo fracturado y la pierna derecha destrozada.

Verónica y Charles Traymore le habían dicho que era adoptada, y sólo cuando estaba ya en la escuela superior y quiso reconstruir su árbol genealógico, se vieron obligados a decirle la verdad. Se quedó atónita al enterarse que su madre era la hermana de Verónica.

—Estuviste en coma durante un año y nadie esperaba que vivieses —le dijo Verónica—. Cuando por fin recuperaste el conocimiento, eras como un bebé, y hubo que enseñarte todo de nuevo. Mamá, es decir, tu abuela, había enviado ya tu esquela a los periódicos, y eso indica lo decidida que estaba a impedir que el escándalo te persiguiera durante toda tu vida. Por aquel entonces, Charles y yo estábamos viviendo en Inglaterra y al adoptarte dijimos a nuestros amigos que provenías de una familia inglesa. —Pat recordó la ira de Verónica cuando insistió en instalarse en la casa de Georgetown—. Pat, es una equivocación volver allí —le había dicho—. Deberíamos haber vendido la casa, en vez de alquilarla durante todos estos años. Te estás creando un nombre en televisión, ¡no lo arriesgues todo adentrándote en el pasado! Estarás encontrándote continuamente a gente que te conoció cuando eras niña. Alguien podría deducir la verdad.

Verónica apretó los labios cuando Pat insistió:

—Hemos hecho todo lo humanamente posible para que puedas construir tu vida sin problemas. Sigue adelante si insistes, pero luego no digas que no te lo advertimos.

Habían acabado abrazándose emocionadas y tristes.

—Vamos, anímate, Pat —le rogó.

«Mi trabajo consiste en ahondar para desenterrar la verdad —se dijo—. Si me dedico a buscar lo bueno y lo malo en la vida de otras personas, ¿cómo podría dormir en paz si no hago lo mismo con mi propia vida?»

Entró en la cocina, descolgó el auricular y marcó. Ya de niña llamaba a Verónica y a Charles por sus nombres de pila; y, durante los últimos años, había dejado prácticamente de llamarles mamá y papá, aunque sospechaba que esto les hería y les causaba tristeza. Verónica contestó al instante.

—Hola, mamá, aquí estoy sana y salva; había poco tráfico en la carretera.

—¿Dónde es *aquí*?

—En la casa de Georgetown. —Verónica quería que ella se instalara en un hotel hasta que llegaran los muebles. Antes de que pudiera protestar, Pat continuó—: Es mucho mejor, así podré instalar mis cosas en la biblioteca y poner en orden mis ideas antes de entrevistar mañana a la senadora Jennings.

—¿No estás intranquila en esa casa?

—No, en absoluto. —Podía imaginarse la cara delgada y preocupada de Verónica—. Olvídate de mí y prepárate para tu crucero. ¿Tienes las maletas a punto?

—Por supuesto. Pat, no me gusta nada que tengas que pasar la Navidad sola.

—Estaré tan ocupada organizando el programa que no tendré tiempo para pensar en fiestas navideñas. Además, hemos pasado juntos unas maravillosas navidades anticipadas. Bueno, es mejor que vaya a descargar el equipaje. Un abrazo para los dos. Piensa que estás en tu segunda luna de miel y deja que Charles te haga el amor locamente.

—¡Pat! —dijo Verónica con una voz entre divertida y severa, y le dio otro consejo antes de colgar—: Asegúrate que los dos cerrojos estén bien echados.

Pat se abrochó la chaqueta, y se arriesgó a adentrarse en la fría noche. Durante diez minutos, se dedicó a arrastrar y acarrear maletas y cajas de embalaje. La que contenía la ropa de casa y las mantas era pesada y difícil de transportar; tuvo que pararse varias veces mientras la subía por la escalera hasta el segundo piso; cada vez que intentaba transportar algo pesado, su pierna derecha se resentía y se quedaba sin fuerzas, como si fuera a doblarse. Tuvo que utilizar el elevador de la cocina para subir la caja que contenía los cacharros de la misma y las provisiones, pues se sentía incapaz de hacerlo a pie. Debió haber esperado a que lo hicieran los mozos de las mudanzas, que le aseguraron que vendrían al día siguiente. Pero la experiencia le había enseñado a desconfiar de ciertas promesas. Acababa de colgar sus ropas y prepararse un café cuando sonó el teléfono.

Fue como una explosión en el silencio de la casa. Pat se sobresaltó y le cayeron unas gotas de café caliente en la mano, que provocaron una mueca de dolor. Dejó rápidamente la taza sobre la repisa y se dirigió al aparato.

—Pat Traymore —dijo.

—Hola Pat. —Agarró con fuerza el auricular haciendo esfuerzos para que su entonación fuera solamente amistosa.

—Hola, Sam.

Samuel Kingsley, diputado del distrito sexto por Pensilvania, el hombre al que amaba con todo su corazón, era la *otra* razón por la que había decidido venir a Washington.

2

Cuarenta minutos más tarde, mientras Pat batallaba con el cierre de su collar, el timbre de la puerta sonó anunciando la llegada de Sam. Se había cambiado el vestido por uno de lana verde oscuro con ribetes de raso; una vez Sam le dijo que el verde realzaba el tono rojizo de su pelo.

El timbre sonó de nuevo. Los dedos le temblaban demasiado y le era imposible abrochar el cierre; agarró el bolso y arrojó dentro el collar. Bajó las escaleras precipitadamente tratando de mantener la calma, y tuvo que hacer un esfuerzo para recordar que Sam no la había llamado ni una sola vez desde que había muerto Janice, su mujer, hacía ocho meses.

En el último escalón, se dio cuenta de que su pierna derecha se estaba resintiendo de nuevo. Fue la insistencia de Sam para que consultara a un especialista acerca de su cojera lo que finalmente la obligó a contarle la verdad sobre su lesión.

Dudó un momento en el vestíbulo; entonces, lentamente, abrió la puerta.

El cuerpo de Sam llenaba casi por completo el hueco de la puerta. La luz de la calle iluminaba las vetas plateadas de su pelo castaño oscuro. Bajo las despeinadas cejas, sus ojos color avellana tenían una expresión cautelosa y burlona y, en torno a ellos, aparecían unas arrugas desconocidas. Pero su sonrisa, cuando él la miró, era la misma, cálida y acariciadora.

Se quedaron de pie, un tanto incómodos, cada uno esperando a que el otro tomara la iniciativa y pronunciara la primera palabra. Sam llevaba en la mano una escoba; se la tendió solemnemente.

—Los amish[1] están establecidos en mi distrito y una de sus costumbres consiste en llevar consigo sal y una escoba nueva cuando visitan por primera vez una casa. —Inmediatamente, sacó un salero del bolsillo—. Cortesía de la casa —dijo al entrar. Puso las manos sobre los hombros de la joven y se inclinó para besarla en la mejilla—. Bienvenida a nuestra ciudad, Pat. Es estupendo que estés aquí.

«Así que se trata de esta clase de bienvenida —pensó Pat—, la de unos viejos amigos que se vuelven a encontrar, nada más. Washington es una ciudad demasiado pequeña para tratar de eludir una antigua relación, así que es mejor ir directamente a su encuentro y establecer las reglas de antemano. No, ni lo pienses, Sam; ahora se trata de un nuevo juego, y esta vez pienso ganar yo.»

Ella le devolvió el beso y acercó sus labios a los de él durante unos instantes; sintiendo cómo la emoción lo invadía, dio un paso atrás y sonrió con naturalidad.

—¿Cómo sabías que estaba aquí? —le preguntó—. ¿Acaso tienes la casa vigilada?

—No es eso, Abigail me dijo que ibas a ir a su oficina mañana, y llamé a la Emisora Potomac para que me dieran tu número de teléfono.

—Ya entiendo. —Había cierto matiz de intimidad en la forma que tenía Sam de referirse a la senadora Jennings. Sintió que el corazón le daba un vuelco, y bajó la mirada para evitar que Sam viera su expresión. Se puso

---

1. Los amish. Secta protestante que se formó en América durante los años de colonización.

a buscar afanosamente el collar en su bolso—. Esto tiene un cierre que ni el gran Houdini podría con él. Por favor, ¿me lo puedes abrochar? —y le tendió el collar.

Él se lo pasó alrededor del cuello y ella sintió el calor de sus manos mientras se lo abrochaba; durante un instante, sus dedos le rozaron la piel.

—Muy bien, creo que ya está. Ahora sé una buena anfitriona y enséñame la casa.

—De momento no hay nada que enseñar, pues el camión de las mudanzas no llega hasta mañana, pero dentro de pocos días este lugar tendrá un aspecto totalmente distinto. Además, me muero de hambre.

—Si no recuerdo mal, es algo habitual en ti —dijo Sam, sin poder evitar una divertida mirada—. ¿Cómo es posible que una cosa tan pequeña pueda atiborrarse de helados con nueces y chocolate caliente y de pasteles mantecosos sin engordar ni un solo gramo?

«Ve con cuidado, Sam —pensó Pat mientras iba en busca de su abrigo—. Me has tachado de pequeña tragona.»

—¿Adónde vamos?

—He reservado una mesa en la Maison Blanche. Se come bien allí.

—¿Tienen menú para niños? —preguntó Pat dulcemente mientras le tendía la chaqueta.

—¿Cómo? ¡Oh! Lo siento, pensaba que te estaba haciendo un cumplido.

Sam había aparcado su coche detrás del de ella, junto a la entrada. Se encaminaron hacia la verja mientras él mantenía su mano suavemente bajo el brazo.

—Pat, ¿te sigue doliendo la pierna derecha? —preguntó con tono preocupado.

—Sólo un poco. Me siento rígida y dolorida a causa del viaje en coche.

—Corrígeme si me equivoco; pero, ¿no es ésta la casa de tus padres?

Ella asintió distraídamente.

Pat se lo había explicado toda la noche que pasaron juntos, y que había revivido tantas veces; aquella noche en el motel Ebb Tide en Cape Cod. Bastaba para ello el olor a mar, o la imagen de una pareja sentada en un restaurante con las manos entrelazadas y sonriéndose con esa secreta sonrisa de los amantes. Y, aquella misma noche, todo había acabado entre ellos. Al día siguiente, cuando se hallaban sentados, tristes y silenciosos, ante la mesa del desayuno, conscientes de lo inminente de su separación, hablaron a fondo y llegaron a la conclusión de que no tenían derecho a amarse. La mujer de Sam, que debido a una esclerosis múltiple estaba postrada en una silla de ruedas, no se merecía el sufrimiento adicional de saber que su marido tenía relaciones con otra mujer. «Y estoy seguro que ella se daría cuenta», había dicho Sam.

Pat luchó por retornar al presente y trató de cambiar de tema.

—¡Qué calle tan fantástica! Me recuerda el paisaje de una tarjeta de Navidad.

—Casi todas las calles de Georgetown parecen una tarjeta de Navidad en esta época del año —respondió Sam—. Pat, me parece horrible que intentes revivir tu pasado, ¿por qué no lo dejas todo como está?

Llegaron al coche; él le abrió la puerta y ella subió. Esperó a que él se sentara y lo pusiera en marcha para decirle:

—No puedo, Sam; detrás de todo esto hay algo inquietante y no descansaré hasta averiguar de qué se trata.

Sam disminuyó la marcha al llegar al cruce.

—Pat, ¿te das cuenta de lo que tratas de hacer? Quieres escribir la historia de nuevo, recordando aquella noche, y convencerte a ti misma de que lo que ocurrió no fue más que un terrible accidente, que tu padre no quería herirte a ti ni matar a tu madre. Lo único que conseguirás con esto es que todo te resulte mucho más duro.

Ella le miró de reojo y estudió su perfil. Sus rasgos, destacándose en la penumbra, eran demasiado irregulares para responder a los cánones de belleza clásica, pero resultaban extraordinariamente atractivos. Tuvo que dominar el impulso de deslizarse junto a él para que la suave lana de su abrigo rozara su mejilla.

—Sam, ¿alguna vez te has mareado navegando? —preguntó.

—Una o dos veces, nada más. En general soy buen marinero.

—También yo; pero recuerdo un verano con Verónica y Charles cuando volvíamos de un viaje en el *Queen Elizabeth*. Hubo una gran tormenta y no sé por qué extraña razón me mareé. No recuerdo haberme sentido nunca tan mal, y lo único que deseaba en aquellos momentos era que desapareciera tan horrible sensación. Pues mira, eso es precisamente lo que me está pasando ahora; hay una serie de cosas que no consigo alejar de mi pensamiento.

Sam giró por la Pennsylvania Avenue.

—¿Qué cosas?

—No sé... sonidos... impresiones... a veces muy vagos y otras veces, sobre todo cuando me despierto, tremendamente claros. Y, sin embargo, antes de que pueda retenerlos se desvanecen. El año pasado probé incluso la hipnosis, pero no funcionó; leí por casualidad que ciertos adultos son capaces de recordar con exactitud situaciones que ocurrieron cuando tenían dos años. Un estudio decía que la mejor forma de recobrar la memoria consiste en reproducir el entorno; afortunada o desafortunadamente eso es algo que yo puedo hacer.

—Sigo pensando que no es una buena idea.

Pat miró por la ventanilla. Había estudiado el plano de las calles para tener una idea de la ciudad, y trató de comprobar si sus impresiones eran exactas; pero el coche iba demasiado deprisa y la oscuridad era demasiado intensa para estar segura de nada. Hicieron el resto del trayecto en silencio.

El *maître* de la Maison Blanche, tras saludar efusivamente a Sam, los escoltó hasta una mesa.

—¿Lo de siempre? —preguntó Sam una vez sentados.

Pat asintió con la cabeza, plenamente consciente de la proximidad de Sam. ¿Era ésta su mesa favorita? ¿A cuántas mujeres habría traído aquí?

—Dos Chivas Regal con hielo y un poco de soda, por favor. —Sam esperó a que el *maître* se hubiera alejado lo suficiente para que no pudiera oírlos y dijo—: Bueno, ahora háblame de estos últimos años, y no te dejes nada en el tintero.

—A la orden, jefe. Déjame un momento para pensar. —Por supuesto, omitiría aquellos indescriptibles primeros meses que siguieron a su ruptura, la total confusión en que quedó sumida y la desesperante tristeza con que transcurrieron. Prefirió hablar de su trabajo; de cómo había sido nominada para el Emmy por su programa sobre la recién nombrada alcaldesa de Boston, y también acerca de su creciente obsesión por realizar un programa sobre la senadora Jennings.

—¿Por qué precisamente Abigail? —dijo Sam.

—Porque me parece que ya va siendo hora de que una mujer se presente para presidente. Dentro de dos años habrá elecciones y Abigail Jennings encabezará la lista de candidatos y, si no te lo crees, mira su historial: hace diez años que está en el Congreso y es su tercer mandato en el Senado; es miembro del Comité de Asuntos Exteriores y del Comité de Presupuestos. También es la primera mujer ayudante del líder del grupo mayoritario. ¿No es un hecho que el Congreso continúa reunido porque el presidente confía que ella consiga que los presupuestos se aprueben de acuerdo con sus intereses?

—Sí, es verdad; y lo que es más, lo conseguirá.

—¿Qué opinas de ella?

Sam se encogió de hombros.

—Es competente; es tremendamente valiosa; eso no se puede negar. Pero ha pisoteado a demasiada gente, Pat. Cuando algo le molesta, no le importa a quién pueda destrozar ni la forma de hacerlo.

—Supongo que esto les sucederá a la mayoría de los hombres que están en el poder.

—Probablemente.

—Seguro.

El camarero apareció con la carta. Pidieron una ensalada César para tomarla entre los dos. Esto era también otro recuerdo. Aquel último día Pat preparó una comida fría y le preguntó a Sam qué tipo de ensalada prefería. «César —había dicho él sin vacilar—, y con muchas anchoas, por favor.» «¿Cómo te pueden gustar esas cosas?», le había preguntado ella. «¿Y cómo es que a ti no te gustan? Es un sabor al que hay que habituarse, pero una vez te acostumbras ya no lo puedes dejar.» Aquel día decidió probarlas y pensó que eran buenas.

Por lo visto él también se acordaba. Mientras el camarero recogía la carta, dijo sonriendo:

—Me alegro de que no hayas perdido la afición por las anchoas. Volviendo a Abigail, me sorprende que esté de acuerdo en la realización de este documental.

—Francamente, yo todavía no me lo creo. Le escribí hará unos tres meses. Había estado investigando mucho sobre ella y yo estaba absolutamente fascinada por lo que había descubierto. Sam, ¿qué sabes de sus comienzos?

—Es de Virginia y tomó el puesto de su marido en el Congreso cuando él murió. Es una trabajadora empedernida.

—Exactamente. Así es como todo el mundo la ve. La verdad es que Abigail Jennings es de Upstate (Nueva York), no de Virginia. Ganó el concurso de belleza del estado de Nueva York, pero no quiso ir a Atlantic City para participar en el desfile de Miss América porque tenía una beca para estudiar en Radcliffe y no quería arriesgarse a perder un año. Tenía sólo treinta y un años cuando se quedó viuda, y estaba tan enamorada de su marido que han pasado veinticinco años y aún no se ha vuelto a casar.

—No se ha vuelto a casar, pero tampoco ha vivido enclaustrada.

—Según lo que he podido saber, pasa casi todos los días y sus respectivas noches trabajando.

—Esto es cierto.

—De todos modos, en la carta que le escribí le expliqué que mi intención era hacer un programa en el que los telespectadores tuvieran la sensación de haberla conocido personalmente. Le hice un pequeño esbozo de lo que pensaba. En respuesta, recibí la carta más fría y más seca que me han mandado en mi vida. Pero hace dos semanas Luther Pelham me telefoneó diciéndome que iba a venir a Boston con el propósito de llevarme a comer y proponerme un trabajo. Durante el almuerzo, me explicó que la senadora le había enseñado mi carta y que precisamente él había estado meditando acerca de realizar una serie llamada *Mujeres en el Gobierno*. Conocía y apreciaba mi trabajo y estaba convencido de que yo era la persona adecuada para llevar a cabo este programa. Añadió que tenía la intención de que yo interviniera con regularidad en el noticiero de las siete de la tarde. Puedes imaginarte cómo me sentí. Pelham es probablemente el comentarista más importante de la profesión; la emisora es tan poderosa como la Turner y el sueldo es fantástico. Iniciaré la serie con un documental sobre la senadora Jennings y él quiere que se haga lo antes posible. Pero todavía no entiendo la razón por la que la senadora cambió de idea.

—Yo no puedo decirte el porqué. El vicepresidente está a punto de dimitir, ya que se halla mucho más enfermo de lo que la gente piensa.

Pat dejó el tenedor sobre la mesa y lo miró fijamente.

—Sam, ¿quieres decir que...?

—Quiero decir que al presidente le quedan menos de dos años de gobierno. ¿Qué mejor, para tener a todas las mujeres del país contentas, que nombrar vicepresidente, por primera vez, a una mujer?

—Pero esto significa... Si la senadora Jennings es vicepresidente, difícilmente podrán negarle el derecho a ser nominada para presidente la próxima vez.

—Espera, Pat. No corras tanto. Yo sólo he dicho que si el vicepresidente dimite, Abigail Jennings y Claire Lawrence tendrán la oportunidad de su vida para poder lograr su puesto. Claire es prácticamente la Erma Bombeck del Senado; muy popular, muy aguda, y una legisladora de primera clase; sería una excelente vicepresidente. Pero Abigail lleva más años en el Senado. El presidente y Claire son ambos originarios del Medio Oeste, y políticamente esto no resulta conveniente. Él preferiría nombrar a Abigail, pero no puede pasar por alto el hecho de que es poco conocida nacionalmente, y tampoco puede olvidar que ella se ha creado enemigos muy poderosos en el Congreso.

—¿Entonces tú crees que Luther Pelham quiere que este documental sirva para que la gente vea a Abigail de un modo más personal, más humano?

—Basándome en lo que me acabas de contar, es lo que deduzco. Fueron amigos íntimos durante mucho tiempo, y supongo que quiere ayudarle a conseguir el apoyo popular. Estoy seguro que no le disgustaría ver a su querida amiga sentada en la silla del vicepresidente.

Comieron en silencio mientras Pat reflexionaba sobre lo que Sam le acababa de decir. Desde luego esto explicaba la súbita oferta de trabajo y los apremios de Luther por hacer el programa lo antes posible.

—¡Eh, que estoy aquí! —dijo Sam—. Todavía no me has preguntado lo que yo he estado haciendo durante estos dos últimos años.

—He seguido tu carrera paso a paso —le respondió Pat—. Brindé por ti cuando fuiste reelegido y no me sorprendió en absoluto. Te escribí y rompí una docena de cartas cuando Janice murió, porque, aunque se supone que soy hábil manejando las palabras, nada de lo que escribí me pareció adecuado. Debes de haberlo pasado muy mal.

—Sí, fue muy duro. Cuando ya supe que a Janice le quedaba poco tiempo de vida, reduje al mínimo mis obligaciones laborales y pasé todo el tiempo que pude con ella. Creo que esto la ayudó en sus últimos momentos.

—Estoy segura de que sí.

No pudo aguantarse más y preguntó:

—Sam, ¿por qué has esperado tanto tiempo para llamarme? ¿Me habrías llamado si yo no llego a venir a Washington?

El murmullo de fondo de las voces, el tintineo de los vasos, el tentador aroma de la comida, las paredes forradas de madera y las separaciones de cristal translúcido entre las mesas se desvanecieron esperando su respuesta.

—Te llamé —dijo—, te llamé muchísimas veces, pero tuve el valor suficiente para colgar antes de que tu teléfono sonara. Mira, Pat, cuando te conocí estabas a punto de comprometerte, y por culpa mía no lo hiciste.

—Contigo o sin ti, el resultado habría sido el mismo, Sam. Rob es un buen chico pero eso no basta.

—Es un joven y brillante abogado con un excelente futuro y, en estos momentos, estarías casada con él de no haber sido por mí. Tengo cuarenta y ocho años, Pat, y tú veintisiete. Voy a ser abuelo dentro de tres meses; tú querrás tener hijos y a mí ya no me quedan energías para fundar una nueva familia.

—Ya veo, Sam, ¿puedo preguntarte una cosa?

—Naturalmente.

—¿Me sigues amando o también has conseguido borrar este sentimiento?

—Te amo lo bastante como para darte la oportunidad de que puedas encontrar a alguien de tu edad.

—¿Y tú has encontrado a alguien de tu edad?

—No estoy saliendo con nadie en particular.

—Ya entiendo —dijo esforzándose en sonreír—. Bueno, ahora que ya hemos puesto las cartas sobre la mesa, ¿por qué no me pides ese postre maravilloso que se supone que me encanta?

Pareció aliviado. ¿Acaso había imaginado que ella lo pondría contra las cuerdas? ¡Parecía tan cansado! ¿Dónde estaban el entusiasmo y la energía de antes?

Cuando la acompañó a su casa una hora después, Pat recordó lo que había estado queriendo comentarle:

—Sam, un chiflado llamó a mi despacho la semana pasada —y se lo explicó todo—. ¿Los congresistas recibís muchas cartas o llamadas amenazadoras?

Él no pareció darle demasiada importancia.

—No muchas, y nadie se las toma demasiado en serio. —La besó en la mejilla y soltó una risita—. Estaba pensando que no estaría demás que hablara con Claire Lawrence y averiguara si está tratando de amedrentar a Abigail.

Pat lo siguió con la mirada hasta que el coche desapareció; entonces cerró la puerta y la atrancó. La casa aumentaba su sensación de vacío. «Con los muebles será diferente», se dijo dándose ánimos.

Algo que estaba en el suelo atrajo su mirada; era un sobre corriente de color blanco. Debían de haberlo deslizado por debajo de la puerta mientras estaba fuera. Su nombre aparecía escrito con letras negras de trazo grueso que se inclinaban marcadamente hacia la izquierda. «Seguramente proviene de algún corredor de fincas», se dijo, intentando autoengañarse. Pero el nombre comercial y la dirección no figuraba en el sobre, que era de mala calidad. Lo rasgó y lo abrió lentamente; al extraer la hoja de papel del interior leyó: «TE ADVERTÍ QUE NO VINIERAS.»

3

A la mañana siguiente, el despertador sonó a las seis. Pat se levantó de buena gana pues no había dormido bien en el viejo colchón de la habitación de invitados, y los crujidos y el ruido que emitía la cama al moverse, además del golpeteo del quemador de petróleo cuando se conectaba y desconectaba la habían despertado varias veces. Por mucho que lo intentase, le costaba aceptar la idea de que aquella carta fuera obra de un excéntrico inofensivo. Había alguien que la estaba vigilando. Los encargados de la mudanza habían prometido llegar sobre las ocho de la mañana, así que tenía tiempo de trasladar a la biblioteca los archivos almacenados en el sótano.

El sótano, de muros y suelo de cemento, estaba sucio. Había algunos muebles de jardín ordenadamente amontonados en el centro. El trastero estaba a la derecha de las calderas y el pesado candado que pendía de la puerta estaba mugriento debido a la suciedad acumulada durante años.

Cuando Charles le dio la llave, la previno:

—No sé exactamente con qué te vas a encontrar, Pat. Tu abuela ordenó al despacho de Dean que mandaran todos sus documentos y efectos personales a la casa de tus padres. Nunca llegamos a examinarlos.

Durante un momento, pareció que la llave no iba a girar. El sótano estaba húmedo y despedía un vago olor a moho. Se preguntó si la cerradura se habría oxidado; movió lentamente la llave hacia adelante y hacia atrás y entonces la sintió funcionar. Empujó con fuerza la puerta.

Al entrar, la asaltó un fuerte olor a moho. Había archivadores muy grandes tan cubiertos de polvo y telarañas que apenas se podía distinguir su color, y algunas cajas grandes de cartón desordenadamente apiladas. Rascó la mugre con el pulgar hasta que aparecieron las etiquetas: Miembro del Congreso Dean W. Adams, libros. Miembro del Congreso Dean W. Adams, documentos personales. Miembro del Congreso Dean W. Adams, documentos oficiales. En las notas de los archivos se leía lo mismo: Miembro del Congreso Dean W. Adams, personal.

—Miembro del Congreso Dean W. Adams —dijo Pat en voz alta, y repitió el nombre detenidamente—. «Es divertido —pensó—, no puedo imaginármelo como un congresista. Sólo puedo situarle aquí, en esta casa. ¿Qué clase de político sería?»

Salvo la fotografía oficial que publicaron los periódicos a su muerte, ella nunca había visto una foto de su padre. Verónica le había enseñado álbumes llenos de retratos de Renée: de niña, de jovencita, el día de su puesta de largo, cuando dio su primer concierto como profesional, y algunas con Pat en sus brazos; no era difícil adivinar por qué Verónica no había guardado ningún recuerdo de Dean Adams.

La llave de los archivos formaba parte del manojo

que Charles le había dado. Estaba a punto de abrir el primero de ellos cuando estornudó y comenzaron a escocerle los ojos. «Esperaré a que esté todo en la biblioteca, pero antes lavaré el exterior de los archivadores y eliminaré todo el polvo que pueda de las cajas», pensó.

Resultó una tarea sucia y agotadora, pues en el sótano no había fregadero; tenía que subir continuamente a la cocina, bajar un cubo con agua caliente y jabón y regresar a los pocos minutos con la esponja y el agua oscurecidos.

Al efectuar el último viaje, bajó un cuchillo y se dedicó a rascar cuidadosamente las etiquetas de las cajas hasta que quitó todos los membretes de los archivadores. Contempló su obra satisfecha; los archivadores eran de color verde oliva y estaban aún en buenas condiciones.

—Quedarían bien en la parte derecha de la biblioteca, y también podían colocarse allí las cajas de cartón. Nadie se imaginaría que no hubieran venido de Boston con el resto. —«Otra vez la influencia de Verónica», pensó con desagrado—. No se lo digas a nadie, piensa en el futuro, Pat. Si alguna vez te casas, ¿te gustaría que tus hijos supieran que la razón de tu cojera es que tu padre intentó matarte?

Apenas había tenido tiempo de lavarse las manos y la cara cuando aparecieron los encargados de las mundanzas. Los tres hombres del camión acarrearon los muebles, desenrollaron las alfombras, desempaquetaron las porcelanas y el cristal y subieron todo lo que había en el trastero. A eso del mediodía acabaron su trabajo y se marcharon manifiestamente agradecidos por la propina.

Sola de nuevo, Pat se encaminó directamente a la sala de estar. La transformación era total. La alfombra oriental de 4,20 por 7,20 metros, con sus brillantes dibujos color melocotón, verde, amarillo claro y arándano sobre un fondo negro, dominaba la habitación. El diván de terciopelo verde, apoyado contra la pared más estrecha, formaba ángulo recto con el sofá de satén color melocotón. Las sillas de alto respaldo que hacían juego con el sofá flanqueaban la chimenea; el arcón de Bombay estaba situado a la izquierda de los ventanales que daban al patio.

El conjunto debía de ser muy parecido al que tuvo años atrás. Cruzó la habitación rozando la superficie de las mesas, rectificando la posición de una silla o de una lámpara, deslizando sus dedos sobre el brocado de las tapicerías. ¿Qué era lo que sentía? No podía estar segura. No era exactamente miedo, aunque le había costado un esfuerzo pasar delante de la chimenea. ¿Qué era entonces? ¿Nostalgia? Pero ¿de qué? ¿Era posible que alguna de aquellas borrosas impresiones fueran recuerdos de tiempos felices pasados en aquella habitación? Si era así, ¿qué menos podía hacer que intentar recuperarlos?

A las tres menos cinco, bajó de un taxi delante de la puerta del Edificio de las oficinas Russell del Senado. La temperatura había bajado mucho en las últimas horas y se alegró de entrar en el bien caldeado vestíbulo. Los guardias de seguridad comprobaron su cita y le indicaron el camino hacia el ascensor reservado a la prensa y al personal de oficina. Observó media docena de rostros familiares que emergían de una puerta cuyo letrero decía: «Sólo senadores.» Pocos minutos después, estaba dando su nombre a la recepcionista del despacho de Abigail Jennings.

—La senadora Jennings va un poco retrasada —explicó la joven—, está con unos electores que se han detenido expresamente para visitarla. No tardará mucho.

—No me importa esperar.

Pat eligió una silla de respaldo recto, se sentó y miró alrededor. Evidentemente, Abigail Jennings tenía uno de los mejores despachos del Senado. Estaba situado en una esquina y daba sensación de amplitud. Pat sabía que el espacio era escaso en aquel atestado edificio. Una barandilla baja separaba la sala de espera de la mesa de la recepcionista y un pasillo orientado a la derecha llevaba a una larga hilera de despachos privados. Las paredes estaban cubiertas de fotografías recientes de la senadora, cuidadosamente enmarcadas. En la pequeña mesita situada al lado del sofá de piel había folletos que explicaban la postura política de la senadora Jennings sobre la próxima legislatura.

Oyó la voz que le era familiar, suavemente modulada, con un levísimo toque de acento sureño, despidiendo a sus visitantes.

—Estoy encantada de que hayan venido a visitarme. Ojalá tuviésemos más tiempo...

Se trataba de una pareja bien vestida que debía rondar los sesenta, y que se mostraba sumamente efusiva y agradecida.

—Bueno, en la Oficina de Financiación de la Fundación usted nos dijo que no dejáramos de visitarla si veníamos aquí, así que yo le dije a mi mujer: «Violet, ya que estamos en Washington, vayamos a verla.»

—¿Está segura de que no puede venir a cenar con nosotros? —preguntó ansiosamente la mujer.

—Ojalá pudiera, pero me es imposible.

Pat observó cómo la senadora conducía a sus invitados hacia la puerta, la abría y la cerraba después lentamente tras ellos, como empujándoles. «Bien hecho», pensó; y en aquel momento sintió elevarse su nivel de adrenalina.

Abigail se volvió y se quedó un instante inmóvil, permitiendo, así, que Pat la estudiara de cerca. Había olvidado lo alta que era la senadora. Debía de medir un metro setenta, aproximadamente; su porte era erguido y airoso. El vestido de *tweed* gris moldeaba las líneas de su cuerpo; los anchos hombros acentuaban la estrecha cintura y sus caderas angulosas terminaban en unas esbeltas piernas. El pelo, rubio ceniza, enmarcaba el delgado rostro que estaba dominado por unos ojos de intenso color azul. Su nariz brillaba y sus labios eran pálidos e indefinidos. Parecía no ir maquillada, como si intentase disimular su patente belleza. Salvo por las finas arrugas alrededor de los ojos y la boca, era la misma de seis años atrás.

Pat la estaba observando cuando la mirada de la senadora se posó sobre ella.

—Hola —dijo acercándose rápidamente, y dirigió una mirada de reproche a la recepcionista—: Cindy, deberías haberme dicho que la señorita Traymore estaba aquí —su expresión reprobadora se convirtió en una disculpa—. Bueno, no importa, entre, por favor, señorita Traymore, ¿puedo llamarla Pat? Luther me ha hablado tan bien de ti que es como si te conociera, y además he visto algunos de los programas especiales que has hecho en Boston. Luther me los trajo el otro día. Son espléndidos. Tal como dijiste en tu carta, nos conocimos hace algunos años. Fue cuando di aquella conferencia en Wellesley, ¿no?

—Sí, fue entonces.

Pat siguió a la senadora hasta el despacho, entró y miró en torno suyo.

—¡Qué maravilla! —exclamó.

Sobre una larga consola de nogal, había una lámpara japonesa delicadamente pintada, la valiosa figura de un gato egipcio y una pluma de oro con un soporte. La silla de piel de color púrpura era ancha y confortable; tenía los brazos arqueados y unas complicadas decoraciones claveteadas; era probablemente inglesa, del siglo XVII. La alfombra era oriental, de tonos predominantemente púrpura y azules. Las banderas de Estados Unidos y de la Comunidad de Virginia estaban entre la pared y la mesa. Cortinajes de seda azul suavizaban la crudeza del nuboso día de invierno que se divisaba a través de las ventanas. Una de las paredes estaba cubierta de estantes de caoba. Pat eligió la silla más cercana a la mesa de la senadora y se sentó.

Abigail pareció satisfecha de la impresión que tuvo Pat al ver su despacho.

—Algunos de mis colegas opinan que cuanto más raídos y desordenados estén sus despachos, más trabajadores y cercanos a la realidad les creerán sus votantes. Pero yo no puedo trabajar en medio del desorden, la armonía es muy importante para mí. Rindo mucho más rodeada de este ambiente... —hizo una pausa—, dentro de una hora hay una votación en la planta baja a la cual tengo que asistir. Creo que es mejor que vayamos al grano. ¿Te ha dicho Luther que detesto la idea de este programa?

Pat sintió que pisaba en su terreno; mucha gente se resistía ante programas que hablaban de ellos.

—Sí, lo ha hecho —dijo—, pero creo sinceramente que el resultado será de su agrado.

—Ésa es la única manera en que llegaría a considerarlo. Seré completamente franca: prefiero trabajar con Luther y contigo antes de que otra cadena realice un reportaje sin mi autorización; pero aun así me gustaría que fuese como en los buenos tiempos, cuando un político podía decir simplemente: «Todo está en mi historial.»

—Ya han pasado esos tiempos, al menos para la gente importante.

Abigail metió la mano en un cajón de su escritorio y sacó una pitillera.

—Yo no fumo en público —observó—. Sólo una vez, una vez, fíjate, un periódico publicó una fotografía mía con un cigarrillo en la mano. Estaba entonces en el Senado, y me llegaron docenas de cartas de enfurecidos padres de familia de mi distrito diciendo que daba mal ejemplo. —Se le acercó a través de la mesa—: ¿Fumas?

Pat movió negativamente la cabeza.

—No, gracias. Mi padre me pidió que no fumara hasta los dieciocho años y, para entonces, yo ya había perdido todo interés en ello.

—¿Y mantuviste tu palabra? ¿Ni siquiera unas chupaditas en el cuarto de baño o en el jardín?

—No.

La senadora sonrió.

—Eso es alentador. Sam Kingsley y yo tenemos una gran desconfianza hacia los medios de comunicación. Le conoces, ¿verdad? Cuando le hablé de este programa me aseguró que tú eras diferente.

—Eso es muy amable por su parte —dijo Pat, intentando fingir indiferencia y añadió—: Senadora, creo que la manera más corta y más feliz de arreglar esto es que usted me diga exactamente por qué la idea de este programa le resulta tan detestable; si sé por anticipado lo que quiere que refleje en él, nos ahorraremos mucho tiempo.

Se quedó observándola mientras la cara de la senadora se tornaba pensativa.

—Me indigna que nadie esté satisfecho con mi vida privada. Soy viuda desde que tenía treinta y un años. Tomé el puesto de mi marido en el Congreso después de su muerte y, luego, fui elegida miembro del Senado. Todo esto hace que, en cierto modo, me sienta aún junto a él; pero, por supuesto, no puedo describir entre lágrimas el primer día de Johnny en la escuela, porque nunca tuve hijos; a diferencia de Claire Lawrence, no me pueden fotografiar con un ejército de nietos; y te advierto, Pat, que no permitiré que una fotografía mía en traje de baño, tacones altos y una corona de diamantes falsos aparezca en este programa.

—Pero usted fue Miss Nueva York; no puede olvidarse de eso.

—¿Que no? —Sus increíbles ojos relampaguearon—. Hace tiempo, poco después de la muerte de Willard, un periodicucho publicó la foto de mi coronación como Miss Nueva York acompañada de la nota: «¿Y su verdadero premio es ser la representación del Congreso por el Sur?» El gobernador casi se echó atrás en proponerme como candidata para completar el mandato Willard. Tuvo que intervenir Jack Kennedy para persuadirle de que yo había estado trabajando codo a codo con mi marido desde el día en que lo eligieron. Si Jack no hubiera tenido tanto poder en aquellos momentos, yo podría no ser nada. No, gracias, Pat Traymore, nada de fotografías de reina de belleza. Comienza tu programa cuando me gradué en la Universidad de Richmond; me acababa de casar con Willard y empezaba a ayudarle en su campaña electoral para obtener su primer escaño en el Congreso. Entonces es cuando mi vida empezó realmente.

«No se puede pretender que no existan los primeros veinte años de la vida. ¿Cuál será la razón?», se preguntó Pat.

En voz alta sugirió:

—Encontré por casualidad una foto suya de cuando era niña: está delante de su casa en Apple Junction. Ése es el tipo de ambientación que pienso utilizar para esta primera época.

—Pat, yo nunca dije que fuese mi casa; sólo dije que había vivido allí; para ser exactos, mi madre era el ama de llaves de la familia Saunder, y ella y yo teníamos una pequeña vivienda en la parte posterior. Por favor, no olvides que soy la senadora más antigua de Virginia y que la familia Jennings ha sido una de las más importantes de Tidewater, Virginia, desde los tiempos de Jamestown. Mi suegra siempre me llamó «la esposa yanqui de Willard». Me ha costado un gran esfuerzo ser considerada una verdadera Jennings de Virginia y que se olvidaran de Abigail Forster de Upstate, Nueva York. Dejémoslo así, ¿de acuerdo?

Alguien llamó a la puerta. Un hombre de unos treinta años, de aspecto serio y cara oval, con un traje gris de finas rayas que acentuaban aún más su delgadez entró en la habitación. Su pelo, fino y cuidadosamente peinado, no conseguía cubrir su incipiente calvicie. Llevaba unas gafas sin montura.

—Senadora —dijo—, están a punto de llevar a cabo la votación. Tiene usted diez minutos.

La senadora se levantó bruscamente.

—Pat, lo siento. A propósito, éste es Philip Buckley, mi secretario. Él y Toby han reunido algún material para ti, hay todo tipo de cosas: recortes de periódico, fotos, incluidas algunas películas. ¿Por qué no les echas un vistazo y volvemos a hablar de ello dentro de unos días?

Pat no tuvo más remedio que asentir. Hablaría con Sam Pelham, entre los dos tenían que convencer a la senadora de que no debía oponerse al programa. Se dio cuenta de que Philip Buckley la estaba estudiando minuciosamente. ¿Serían imaginaciones suyas o notaba una cierta hostilidad en su actitud?

—Toby te llevará a casa —continuó la senadora apresuradamente—. A propósito, Phil, ¿dónde está?

—Aquí estoy, no te sulfures, niña.

La alegre voz provenía de un hombre que poseía un cuerpo como un tonel, y que inmediatamente produjo a Pat la impresión de que era un luchador jubilado. Su enorme rostro tenía un aspecto bovino; con unas bolsas que se le empezaban a formar debajo de los ojos, pequeños y hundidos. Su pelo de un rubio deslucido estaba abundantemente veteado de gris. Vestía un traje azul y sostenía una gorra entre sus manos.

Sus manos..., de repente, se encontró observándolas. Eran las manos más grandes que había visto en su vida. Un anillo con un ónice de un centímetro cuadrado acentuaba el grosor de sus dedos.

«No te sulfures, niña.» ¿Había oído bien? Sorprendida, Pat miró a la senadora. Pero Abigail Jennings se estaba riendo.

—Pat, éste es Toby Gorgone. Él te dirá en qué consiste su trabajo mientras te lleva a casa. Yo misma nunca he podido descubrirlo y lleva conmigo veinticinco años. Él también es de Apple Junction, y aparte de mí, es la mejor cosa que ha salido de ese pueblo. Y ahora me tengo que marchar. Vamos, Phil.

Una vez se hubo ido, Pat pensó: «Este programa va a resultar mucho más difícil de lo que creía.» Tenía preparadas tres páginas de puntos que le habría gustado discutir con la senadora, y sólo consiguió tocar uno de ellos. Aunque Toby conocía a Abigail Jennings desde la infancia, era increíble que ella aguantase su insolencia. Tal vez él le respondería a algunas preguntas mientras la llevaba a casa.

Acababa de llegar a la entrada, cuando la puerta se abrió de golpe y la senadora Jennings entró corriendo seguida de Philip. No quedaban signos de su actitud relajada.

—Toby, gracias a Dios que te he encontrado —le espetó—. ¿De dónde has sacado la idea de que no tengo que estar en la Embajada hasta las siete?

—Eso es lo que tú me dijiste, senadora.

—Eso es lo que quizá yo *puedo* haberte dicho, pero se supone que debes comprobar mis citas, ¿no?

—Sí, senadora —dijo Toby sin inmutarse.

—Tengo que estar allí a las seis. Espérame abajo a menos cuarto —dijo iracunda.

—Senadora, llegará tarde a la votación —dijo Toby—. Es mejor que se vaya.

—Llegaría tarde a todos lados si no tuviera cuatro pares de ojos para comprobar todo lo que hacéis.

Esta vez la puerta se cerró de un portazo.

Toby se rió:

—Es mejor que nos vayamos, señorita Traymore.

Sin decir palabra, Pat asintió. No se podía imaginar a uno de los criados de su casa dirigiéndose a Verónica o a Charles con tal familiaridad o demostrando tan patentemente su indiferencia ante una reprimenda. ¿Qué clase de circunstancias habían creado aquella extraña relación entre la senadora Jennings y aquel chófer que parecía un toro?

Se propuso descubrirlo.

4

Toby guió el brillante Cadillac Sedan de Ville gris a través de un tráfico que era cada vez más denso. Por centésima vez pensó que Washington, por la tarde, se convierte en una pesadilla para los conductores. Los turistas, con sus coches alquilados, no se daban cuenta de que la mitad de las calles de la ciudad se convertían, a aquella hora, en un carril único en lugar de cuatro, y llevaban al caos a la gente acostumbrada a conducir por la ciudad.

Dio un vistazo al espejo retrovisor y lo que vio le gustó. Patricia Traymore no estaba nada mal. Habían sido necesarios tres de ellos, Phil, Pelham y él, para convencer a Abby de que diera su aprobación a la realización documental; por esta razón Toby se sentía más responsable que de costumbre de que esto fuera un éxito.

A pesar de todo, no se podía culpar a Abby por hallarse nerviosa; estaba a un paso de conseguir el sueño de toda su vida. Los ojos de Toby se cruzaron con los de Pat en el espejo. ¡Qué sonrisa tenía aquella chica! Había oído a Sam Kingsley decirle a Abigail que Pat Traymore tenía una forma de preguntar que uno acababa diciéndole cosas que nunca habría pensado contar a nadie.

Pat había estado considerando cuál sería la mejor forma de empezar la conversación con Toby y decidió que lo mejor era ir derecho al grano. Cuando el coche se detuvo en un semáforo en Constitution Avenue, se inclinó hacia adelante y medio riendo dijo:

—Toby, debo confesar que me quedé muy sorprendida cuando le dijo a la senadora que no se sulfurase y de que, además, la llamase «niña».

Él volvió la cabeza para mirarla directamente.

—¡Oh! No debía haber dicho eso delante de usted; la primera vez que veo a una persona no acostumbro a hacerlo. Si lo he hecho ha sido porque Abby estaba muy tensa por el asunto de este programa y se dirigía a una cita en la que un grupo de periodistas iban a asaltarla para preguntarle por qué no estaba de acuerdo, en algunos puntos, con el resto del partido; de manera que pensé le haría un bien si conseguía relajarla. Pero no me malinterprete, siento un gran respeto por ella, y no se preocupe por su enfado conmigo, se le olvidará dentro de cinco minutos.

—¿Crecieron juntos? —preguntó Pat dulcemente.

El semáforo se puso verde. Toby avanzó suavemente y maniobró hacia la derecha hasta colocarse delante de una furgoneta; entonces respondió.

—Bueno, no exactamente. Todos los chicos de Apple Junction íbamos a la misma escuela, excepto los que asistían a la escuela parroquial. Pero ella estaba dos cursos más adelantada que yo, de manera que nunca fuimos a la misma clase. Luego, cuando yo cumplí quince años, empecé a trabajar de jardinero en el barrio residencial de Saunders.

—Así es.

—Yo trabajaba para una familia que vivía a unas cuatro manzanas de distancia de su casa. Un día oí a Abby gritar. Al tipo que vivía enfrente de los Saunders se le había metido en la cabeza que necesitaba un perro guardián, y compró un pastor alemán; era un perro agresivo y peligroso. Un día el tipo se dejó la puerta abierta, y el perro salió en el momento en que ella pasaba por la calle; se le echó encima en cuanto la vio.

—¿Y usted la salvó?

—Desde luego que lo hice. Empecé a gritar y distraje al perro. No tuve suerte y se me cayó el rastrillo al suelo; casi me destroza antes de conseguir agarrarlo del cuello; y entonces... —la voz de Toby se llenó de orgullo—, entonces, adiós perro guardián.

Pat introdujo suavemente la mano en su bolso, sacó la grabadora y la conectó.

—Ya veo por qué la senadora siente tanto afecto por usted —comentó—. Los chinos creen que si alguien salva la vida de una persona, se hace responsable de ella para siempre. ¿Cree que éste es su caso? Me da la impresión de que usted se siente responsable de ella.

—Bueno, no sé. Quizá fue esto, o quizá fue que ella se expuso para protegerme cuando éramos niños. —Paró el coche—. Lo siento, señorita Traymore, no nos deberíamos haber detenido en ese semáforo, pero el tipo de delante va leyendo los nombres de las calles.

—No importa; no tengo ninguna prisa. ¿La senadora se expuso para protegerle? Me apuesto algo a que ella sí habla de cómo la salvó —musitó Pat—. Me imagino cómo me sentiría si un perro guardián se abalanzase contra mí y alguien se interpusiera para protegerme.

—¡Oh! Abby me lo agradeció, por supuesto. Mi

brazo estaba sangrando y ella enrolló su jersey en él; después insistió en acompañarme al hospital y esperar mientras me daban los puntos. Después de eso nos hicimos amigos para toda la vida —Toby se giró para mirarla—, *amigos* —repitió enfáticamente— no novios. Abby estaba fuera de mi alcance; no tengo ni que decírselo, nunca hubo nada más entre nosotros; algunas tardes ella se acercaba a donde yo estaba trabajando y charlábamos en el jardín. Odiaba Apple Junction tanto como yo, y cuando yo tenía dificultades en inglés me ayudaba. Nunca he servido para los libros, deme una máquina y se la desmontaré y volveré a montar en un santiamén, pero no me haga hacer el análisis gramatical de una frase. Luego, Abby se marchó al instituto y yo me fui a Nueva York, me casé y me salió mal. Conseguí un trabajo de vendedor de apuestas que también acabó mal. Después de eso, hice de chófer para un chiflado de Long Island. Por aquel entonces, Abby estaba casada y su marido era un miembro del Congreso; un día leí en los periódicos que ella había tenido un accidente de automóvil porque su chófer conducía bebido. Entonces pensé, «qué diablos», y le escribí. Dos semanas después, su marido me contrataba. De eso hace ya veinticinco años. Dígame, señorita Traymore, ¿a qué número va? Estamos en la calle N.

—Al tres mil —dijo Pat—. Es la casa de la esquina, en la próxima manzana.

—¿*Aquella* casa? —Toby intentó disimular la sorpresa de su voz, pero era demasiado tarde.

—Sí, ¿por qué?

—Solía traer a Abby y a Willard Jennings a esa casa, cuando había fiestas. Pertenecía a un miembro del Congreso llamado Dean Adams, ¿no le han contado que mató a su esposa y que luego se suicidó?

Pat hizo votos para que su voz tuviera un tono tranquilo.

—El abogado de mi padre se ocupó de todo lo concerniente al alquiler. Mencionó que hubo aquí una tragedia hace muchos años, pero no entró en más detalles.

Toby acercó el coche a la acera.

—Mejor olvidarlo. Intentó incluso asesinar a su hija y después ella murió. Pobre pequeña. Recuerdo que se llamaba Kerry. En fin, ya pasó y nada podemos hacer —sacudió la cabeza—. Aparcaré un momento junto a la boca de incendios. Los polis no molestarán mientras no me quede mucho rato.

Pat intentó alcanzar la manecilla de la puerta, pero Toby fue más rápido. En un instante saltó de su asiento, dio la vuelta al coche y abrió la portezuela sosteniéndola mientras sujetaba el brazo de Pat con su mano.

—Con cuidado, señorita Traymore; hay mucho hielo por aquí.

—Sí, ya lo veo. Gracias.

Dio gracias porque oscureciera tan temprano, pues temía que su expresión pudiera poner sobre aviso a Toby. Quizá no servía para los libros pero ella presentía que era un ser extremadamente perceptivo. La imagen que Pat tenía de aquella casa se limitaba a lo que pudiera haber ocurrido aquella trágica noche; lógicamente tenían que haberse celebrado fiestas allí. En aquella época, Abigail Jennings debía de tener treinta y seis años, Willard Jennings ocho o nueve años más que ella; el padre de Pat tendría ahora más o menos sesenta. Todos eran aproximadamente de la misma edad.

Toby empezó a buscar algo en el portaequipajes. Pat estaba dispuesta a preguntarle acerca de Dean y Renée Adams y sobre la «pobre pequeña Kerry»; pero pensó que no era el mejor momento.

Toby la siguió hasta el interior de la casa llevando consigo dos grandes cajas de cartón. Pat se dio cuenta de que eran muy pesadas, pero él las llevaba con suma facilidad. Lo guió hasta la biblioteca y le indicó el sitio donde debía ponerlas; junto a las cajas que ella había traído del sótano. Bendijo el instinto que tuvo de rascar las etiquetas con el nombre de su padre.

Pero Toby ni se fijó en ellas.

—Es mejor que me vaya, señorita Traymore. Esta caja —señaló— contiene recortes de periódicos, fotos de álbumes..., y todo ese tipo de cosas. En la otra, hay cartas de sus electores, de carácter personal, donde podrá ver el tipo de ayuda que Abby les proporciona. También hay unas cuantas películas, la mayoría de cuando su marido vivía. Lo normal, supongo. Estaré encantado de pasarle las películas en cualquier momento y decirle quiénes son los que aparecen y en qué ocasión.

—Déjeme revisarlas y me pondré en contacto con usted. Gracias, Toby, estoy segura de que será de una gran ayuda para mí en este proyecto. Tal vez entre todos podamos lograr un programa del que la senadora pueda estar satisfecha.

—No se preocupe, que, si no lo está, ya nos lo hará saber. —La ancha cara de Toby se enardeció con una sonrisa—. Buenas noches, señorita Traymore.

—¿Por qué no simplemente «Pat»? Al fin y al cabo, a la senadora la llama «Abby».

—Soy el único que puede llamarla así. Ella odia ese nombre; pero ¿quién sabe si también tendré la oportunidad de salvar su vida alguna vez?

—No lo dude ni un momento, si se presenta la ocasión.

Se dieron la mano y Pat contempló cómo la suya se perdía entre la de aquel hombre.

Cuando Toby se fue, Pat permaneció unos instantes en el portal perdida en sus pensamientos. Tendría que aprender a no mostrar ninguna emoción cuando se mencionara el nombre de Dean Adams. Había tenido la suerte de que Toby lo pronunciara mientras ella estaba protegida por la oscuridad del coche.

Escondida entre las sombras de la casa de enfrente, otra persona observaba cómo Toby se marchaba en el coche. Curiosa e iracunda, estudiaba a Pat mientras permanecía en el portal. El hombre tenía las manos en los bolsillos de su delgado abrigo. Llevaba pantalones de algodón, calcetines y unos zapatos blancos, de suela de goma, que se confundían con la nieve amontonada junto a la casa. Sus muñecas huesudas se crisparon al cerrar los puños, y la tensión se propagó en ondas por los músculos de sus brazos. Era un hombre alto, delgado, de porte tenso y rígido y mantenía la cabeza hacia atrás de una manera poco natural. Su cabello plateado, que llevaba peinado hacia delante cayendo sobre la frente, no correspondía a su rostro sin arrugas.

Ella estaba aquí, la había visto descargando el coche la noche anterior. A pesar de sus advertencias, seguía adelante con aquel programa. El coche que la había traído era el de la senadora y aquellas cajas, probablemente, contenían algún tipo de archivo; por lo visto estaba decidida a quedarse en la casa.

El recuerdo de aquella mañana tan lejana invadió su mente; el hombre yacía boca arriba, atrapado entre la mesita del café y el sofá; los vidriosos ojos de la mujer parecían observarle; el pelo de la niña se hallaba apelmazado y pegado a la sangre ya seca...

Mucho después de que Pat cerrara la puerta tras ella, el hombre seguía allí, en silencio, como si una fuerza extraña le impidiese marcharse.

Pat estaba friendo una chuleta, cuando el teléfono empezó a sonar. No esperaba oír noticias de Sam, pero... Con una sonrisa alcanzó al auricular.

—Diga...

Oyó un susurro.

—¿Patricia Traymore?

—Sí. ¿Quién es? —preguntó, aunque conocía de sobra aquella voz ahogada y almibarada.

—¿Recibió mi carta?

Intentó que su voz sonara calmada y persuasiva.

—No sé por qué está disgustado conmigo. Dígame qué quiere.

—Olvide su programa sobre la senadora, señorita Traymore. No deseo hacerle ningún mal. No me obligue a ello, pero debe recordar que el Señor dijo: «A cualquiera que le haga daño a uno de mis pequeños, más le valdría que le atasen una piedra de molino al cuello y se ahogara en la profundidad del mar.»

La comunicación se cortó.

5

¿Se trataba sólo de una llamada anónima? ¿Sería algún loco que pensaba que el lugar de las mujeres estaba en la cocina y no en los puestos públicos? Le vino a la memoria el recuerdo de aquel personaje de Nueva York que montaba una barraca en la Quinta Avenida con carteles citando las Escrituras, en las que se recordaba la obligación ancestral de las mujeres de obedecer a sus maridos. Era inofensivo; también lo sería éste, al menos no quería darle gran importancia.

Se llevó una bandeja a la biblioteca y cenó allí mientras revisaba los documentos sobre Abigail. Su admiración por la senadora se incrementaba con cada línea que leía; Abigail Jennings había dicho la verdad cuando afirmó que estaba casada con su trabajo. «El electorado es realmente su familia», se dijo.

Tenía una cita con Pelham en la emisora a la mañana siguiente y, a eso de medianoche, se fue a la cama. La vivienda tenía un gran dormitorio principal, con un vestidor y un baño. El mobiliario Chippendale, con sus delicados motivos incrustados, había sido fácil de instalar. Era evidente que lo hicieron especialmente para esta casa. La cómoda encajaba perfectamente entre los armarios; el armario con el espejo correspondía a la alcoba; la cama, con su cabecera minuciosamente trabajada, iba colocada en la pared más ancha, frente a las ventanas.

Verónica había mandado un somier y un colchón nuevos y la cama resultaba maravillosamente cómoda. Pero, a causa de los viajes al sótano para limpiar los archivadores, le dolía la pierna. El familiar y punzante dolor era más agudo de lo normal y, aunque estaba muy cansada, le fue difícil dormirse. «Piensa en algo agradable», se dijo a sí misma mientras daba vueltas desvelada. Entonces, en la oscuridad, sonrió irónicamente: pensaría en Sam.

Las oficinas y el estudio de la Potomac estaban enfrente de Farragut Square. Mientras esperaba, Pat recordó lo que le había dicho el director de la emisora de Boston: «No dudes ni un momento en coger este trabajo, Pat. Trabajar para Luther Pelham es una oportunidad única. Causó enorme sorpresa en el mundillo de la televisión que dejara la CBS para irse a la Potomac.»

Durante el almuerzo con Peter, en Boston, se había quedado atónita ante las miradas poco disimuladas de los que estaban en el comedor. Estaba acostumbrada a ser reconocida en la zona de Boston y a que la gente acudiera a su mesa a pedirle autógrafos, pero las miradas que despertaba la presencia de Luther Pelham era algo diferente.

—¿Hay algún sitio donde no sea usted el centro de atención? —le preguntó.

—No demasiados, y estoy encantado de poder decirlo. Pero lo descubrirás por ti misma. Dentro de seis meses, será a ti a quien la gente seguirá cuando vayas por la calle, y la mitad de las jóvenes de América imitarán esa grave voz tuya.

Era un comentario exagerado pero halagador. Después de la segunda vez que le llamó «señor Pelham», él le dijo:

—Pat, formas parte de un equipo. Tengo un nombre de pila, úsalo.

Ciertamente Luther Pelham había sido encantador, pero, en aquella ocasión, le estaba ofreciendo un trabajo y, ahora, era su jefe.

Cuando la anunciaron, Luther fue a la recepción a recibirla. Su actitud era muy cordial, y su conocida y bien modulada voz expresaba un sincero afecto:

—Es maravilloso tenerte aquí. Quiero que conozcas al equipo.

La paseó por la redacción y la presentó a todo el mundo. Bajo la actitud cortés de sus nuevos compañeros, notaba en sus ojos una curiosidad expectante. Era fácil adivinar lo que estaban pensando: ¿Sería capaz de llevar a cabo su cometido? Pero la primera impresión fue favorable. La Potomac se estaba convirtiendo rápidamente en una de las mayores emisoras por cable del país, y la redacción bullía de actividad. Una joven estaba leyendo en directo el resumen de las noticias más importantes; un experto en asuntos del ejército grababa su espacio bisemanal; el personal de redacción se dedicaba a montar las noticias que aparecían en el teletipo. Por experiencia, sabía que la calma que aparentaba el personal era algo necesario para llevar a cabo aquella actividad. Toda la gente de aquel mundillo vivía con una constante tensión interna. Estaban siempre en guardia, esperando a que algo sucediera; continuamente temerosos de que pudiera escapárseles una buena noticia.

Luther había estado de acuerdo en que ella podía escribir el programa y montarlo en su casa hasta que estuvieran preparados para grabar. Le mostró el pequeño despacho que le estaba destinado, y después la llevó a su despacho particular; era una habitación grande, haciendo esquina, con las paredes forradas con madera de roble.

—Ponte cómoda —dijo—. Tengo que hacer una llamada enseguida.

Mientras hablaba por teléfono, Pat tuvo la oportunidad de estudiarlo de cerca. Verdaderamente era un hombre de gran fuerza y atractivo. Su cabello gris oscuro, abundante y cuidadosamente peinado, contrastaba con sus ojos inquisitivos y la piel tersa del rostro. Ella sabía que acababa de cumplir sesenta años. La fiesta que dio su esposa, en su finca Chevy Chase, apareció en las columnas de todos los periódicos. Observando su nariz aquilina y sus manos de largos dedos, que tamborileaban impacientes sobre la mesa, le recordaron a un águila.

Luther colgó el auricular.

—¿He pasado el examen? —preguntó. Sus ojos brillaban divertidos.

—Con sobresaliente.

¿Por qué, se preguntó, siempre se sentía cómoda en una situación profesional y tan a menudo notaba un sentimiento de alienación en sus relaciones personales?

—Estoy encantado de oírlo. Me preocuparía si no me tomaras la medida. Por cierto, felicidades, causaste una gran impresión en Abigail.

Una frase amable y vuelta al trabajo. Le gustaba esa forma de actuar, y no iba a ser ella la que le hiciera perder el tiempo, extendiéndose en el asunto más de lo debido.

—Me impresionó mucho que me fuera posible estar con ella tanto rato. ¿A quién no le impresionaría?

Aunque todo fue realmente muy corto —añadió significativamente.

Pelham agitó la mano como para quitar de en medio una desagradable certeza.

—Lo sé, lo sé. Abigail es siempre muy escurridiza; por esa razón les pedí que se reunieran y te dieran parte de su material privado. No esperes demasiada cooperación por parte de ella. He previsto el programa para el veintisiete.

—¿El veintisiete? ¡El veintisiete de diciembre! —Notó que elevaba el tono de voz—. ¡El próximo miércoles! ¡Eso significa que la grabación, el guión y el montaje tendrán que realizarse en una semana!

—Exactamente —confirmó Luther—, y tú eres la única que puede hacerlo.

—Pero ¿por qué tantas prisas?

Él se inclinó hacia atrás, cruzó las piernas y sonrió con el placer de quien posee noticias sensacionales.

—Porque éste no va a ser un documental como los demás; Pat Traymore, tienes la oportunidad de convertirte en un hacedor de reyes.

Ella pensó en lo que Sam le había dicho.

—¿El vicepresidente?

—El vicepresidente —confirmó—, y me alegro de que estés en onda. El triple marcapasos que le colocaron el año pasado no ha dado el resultado esperado. Mis espías del hospital me han dicho que tiene el corazón ligeramente dañado y que, si quiere llegar a viejo, tendrá que cambiar su modo de vida; eso significa que va a tener que dimitir, y ahora, para mantener a todos los sectores del partido contentos, el presidente dará los consabidos pasos para que el Servicio Secreto investigue la conducta de los tres o cuatro probables candidatos al puesto. Pero, de hecho, Abigail es la que tiene más posibilidades. Mi intención es que este programa anime a millones de americanos a mandar telegramas al presidente abogando por la candidatura de Abigail. Es lo que se trata de conseguir. Y piensa en lo que puede significar para tu carrera.

Sam había hablado de la posibilidad de dimisión del vicepresidente y de la candidatura de Abigail. Luther Pelham creía claramente que ambas cosas eran probabilidades inmediatas. Estar en el lugar y en el momento adecuados cuando se fragua una historia, era el sueño dorado de todo periodista.

—Si se escapa alguna filtración sobre lo enfermo que está el vicepresidente...

—Es algo más que una filtración —dijo Luther—. Pienso decirlo en mi emisión de esta noche, incluyendo los rumores de que el presidente está considerando para el puesto a una mujer.

—¡Y así el programa de los Jennings batirá el récord de audiencia la próxima semana! La senadora Jennings no es demasiado conocida para el electorado medio. Todo el mundo querrá saber más sobre ella.

—Exactamente. Ahora puedes entender mis prisas en realizarlo y en querer que sea algo verdaderamente extraordinario.

—La senadora..., quiero decir que, si hacemos este programa tan aséptico como ella desea, no llegarán ni catorce telegramas, ni soñar con millones. Antes de que yo propusiera este documental hice unas investigaciones, bastante serias, para saber qué pensaba la gente sobre ella.

—¿Y qué?

—La gente mayor la compara a Margaret Chase Smith. Dicen que está llena de energía, que es animosa e inteligente.

—¿Qué hay de malo en eso?

—Ni una sola de las personas mayores la conoce humanamente. Sólo piensan en ella como en un ser distante y que inspira respeto.

—Continúa.

—En cambio, la gente joven la ve de una manera diferente, cuando les dije que la senadora había sido Miss Nueva York les pareció maravilloso. Recuerda, si Abigail Jennings es elegida para ser vicepresidenta será la segunda de a bordo del país. Los que saben que nació en el Nordeste se duelen de que ella nunca lo mencione. Creo que está cometiendo un error y lo empeoraremos si ignoramos los primeros veinte años de su vida.

—Nunca te dejará mencionar a Apple Junction —dijo Luther—, es mejor que no perdamos tiempo en eso. Me explicó que cuando renunció al título de Miss Nueva York, en Apple Junction quisieron lincharla.

—Luther, ella se equivoca. ¿Piensas en serio que, en este momento, existe todavía alguien en Apple Junction que le importe que Abigail no fuera a Atlantic City para aspirar al título de Miss América? Ahora mismo te apuesto lo que quieras a que cada ciudadano en aquella ciudad se está vanagloriando de haber conocido a Abigail de joven. En cuanto a renunciar al título mirémoslo desde este prisma. ¿Quién no simpatizaría con una respuesta de Abigail diciendo que había sido divertido participar en el concurso pero que detestaba la idea de irse exhibiendo en traje de baño y que la gente la juzgase como a un bisté de buey? Los concursos de belleza están pasados de moda, la haremos quedar todavía mejor si demuestra darse cuenta de eso antes que nadie.

Luther tamborileó con los dedos sobre el escritorio. Su instinto le decía que ella tenía razón, pero Abigail había sido terminante en este punto. ¿Qué pasaría si la convencían de que sacara a relucir su juventud y les salía el tiro por la culata? Luther estaba decidido a ser un factor determinante que catapultara a Abigail como vicepresidente; por supuesto los líderes del partido le hacían prometer a Abigail que no presentaría su candidatura a presidente en las siguientes elecciones, pero, ¡qué demonios!, estas promesas se hacen para romperlas. Haría todo lo posible para que fuera el centro de atención y se mantuviera en el candelero hasta que llegase el día en que se sentara en el Despacho Oval.

Súbitamente se percató de que Pat le estaba observando con toda calma. La mayoría de la gente que contrataba no se atrevía ni a respirar durante la primera entrevista en su despacho. El hecho de que ella estuviera totalmente cómoda y tranquila le complacía y le desagradaba a la vez. Desde que le ofreció el trabajo, hacía dos semanas, se había sorprendido muchas veces pensando en ella. Era una mujer elegante; había hecho las preguntas justas a propósito de su contrato; era muy atractiva, interesante y tenía clase; aquellos ojos y aquella voz profunda le daban un aire simpático e incluso inocente, creando una atmósfera íntima de «cuéntamelo todo». Era una entrevistadora nata y había en ella una sensualidad latente que la hacía especialmente apetecible.

—Dime cómo abordarías el tema de su vida privada —le pidió.

—Empezaría por Apple Junction —contestó Pat rápidamente—. Quiero ir allí personalmente y ver qué es lo que encuentro. Mostraría quizá algunas fotos con vistas de la ciudad o de la casa en la que vivió; el hecho de que su madre fuese un ama de llaves y que ella asistiera al instituto con una beca son puntos a su favor. Es el sueño americano aplicado por primera vez a un líder nacional, que, además, da la casualidad de que es una mujer.

Sacó la agenda del bolso, la abrió y continuó:

—Haremos hincapié en los primeros años de matrimonio con Willard Jennings. No he visto todavía las películas, pero me parece que podríamos sacar provecho tanto de su vida pública como privada.

Luther asintió.

—A propósito, probablemente Jack Kennedy aparecerá muchas veces en esas fotografías. Él y Willard Jennings eran íntimos amigos cuando Jack era senador. Willard y Abigail formaban parte de los años de pre-Camelot. La gente ni se lo imagina. Deja tantas fotografías como puedas en las que se la vea con cualquiera de los Kennedy. ¿Sabías que cuando Willard murió, Jack escoltó a Abigail en los funerales?

Pat anotó unas palabras en su agenda.

—¿No tenía familia la senadora Jennings? —preguntó ella.

—Supongo que no, nunca apareció. —Luther, impaciente, sacó una pitillera de su escritorio—. Continúo sin poder dejar estos hierbajos —dijo encendiendo uno y pareció más relajado durante unos momentos—. Ojalá me hubiera establecido en Washington en aquella época —continuó—, pero creía que Nueva York era el centro de todos los acontecimientos. Hice bien, pero aquéllos fueron los grandes años de Washington; es extraño cómo muchos de aquellos jóvenes murieron de manera violenta; los hermanos Kennedy, Willard en un accidente de avión, Dean Adams suicidado. ¿Has oído hablar de él?

—¿Dean Adams? —Hizo que su voz tuviese un tono de interpelación.

—Asesinó a su esposa y, después de dejar medio muerta a su hija, se suicidó. La niña —explicó Luther— murió al poco tiempo; esto fue probablemente lo mejor para ella pues tenía lesiones en el cerebro. Él era miembro del Congreso por Wisconsin. Nadie entendió por qué hizo una cosa así. Supongo que se volvió loco. Si te encuentras algunas fotos de ese matrimonio, descártalas, pues son cosas que es mejor no recordar.

Pat esperaba que su cara no delatara su emoción. El tono de voz fue seco cuando dijo:

—La senadora Jennings fue una de las mayores artífices de la aprobación de la ley contra el secuestro paterno. Hay en sus archivos algunas cartas preciosas. He pensado que podría echar un vistazo a algunas de las familias que ella consiguió reunir y escoger la mejor para que salga en el programa. Eso servirá de contrapunto a la imagen de la senadora Lawrence con sus nietos.

Luther asintió:

—De acuerdo, hazme llegar esas cartas. Encargaré a alguien de la emisora que se dedique a buscar a esas familias. Y a propósito, en tus notas no decías nada del caso de Eleanor Brown, es necesario que se cite. Ya sabes que ella era también de Apple Junction. La directora de la escuela local le pidió a Abigail que le consiguiera trabajo después de que la pillaron robando en una tienda.

—Mi instinto me dice que lo pasemos por alto —manifestó Pat—. Piénsalo. La senadora ofrece a una convicta una nueva oportunidad, hasta ahí está bien. Entonces Eleanor Brown es acusada de robar setenta y cinco mil dólares de los fondos destinados a la campaña. Ella jura que es inocente y es esencialmente el testimonio de la senadora lo que la condena. ¿Nunca viste las fotografías? Aquella chica tenía veintitrés años cuando fue a la cárcel por malversación de fondos, pero parecía tener dieciséis. La gente posee una tendencia natural a sentir compasión por el perro que recibe los palos y el propósito de este programa es que todo el mundo se quede encantado con Abigail Jennings. En el caso de Eleanor Brown, ella tiene el papel de mala de la película.

—Este caso muestra que algunos legisladores no encubren a los ladrones que se encuentran entre su personal y, si quieres que la imagen de Abby quede suavizada, juega con el hecho de que, gracias a ella, la chica salió mejor librada que ningún otro que haya robado tanto dinero. No malgastes tu simpatía con Eleanor

Brown. Simuló padecer una crisis nerviosa en la prisión, la transfirieron a un hospital psiquiátrico, salió en libertad provisional y se largó; era una tía lista. ¿Qué más hay?

—Me gustaría ir a Apple Junction esta noche. Si allí encuentro algo que valga la pena, te llamaré y me gustaría que me enviaras un equipo de rodaje. Después de eso, quiero seguir de cerca a la senadora en sus actividades de un día corriente de trabajo. Escogeré algunas tomas en su despacho y después la filmaremos allí uno o dos días después.

Luther se levantó; era la señal de que daba por finalizada la entrevista.

—De acuerdo —dijo Luther—. Toma un avión para... ¿cómo se llama... Apple Junction? ¡Qué nombre! A ver si encuentras algo que valga la pena. Pero tómatelo con calma. No dejes que la gente se haga ilusiones de que va a salir en televisión; en el momento en que crean que tú puedes hacerles aparecer en el programa, empezarán a hablar en forma grandilocuente y a pensar en el traje que se pondrán. —Con una mueca de preocupación, e imitando el acento nasal del Noreste dijo—: Myrtle, trae el disolvente, hay una mancha de grasa en mi chaqueta.

—Estoy segura de que encontraré allí a alguien que merezca la pena.

Pat esbozó una débil sonrisa para eliminar el reproche insinuado en el tono de sus palabras.

Luther la observó mientras se marchaba; llevaba un traje de *tweed* gris y burdeos, que evidentemente era un modelo exclusivo; las botas de piel burdeos tenían la minúscula marca dorada de Gucci y hacían juego con el bolso; una gabardina Burberrys colgaba de su brazo.

Dinero. La familia de Patricia Traymore tenía dinero. Eso se adivinaba fácilmente. Luther pensó con resentimiento en sus humildes comienzos en una granja de Nebraska. Hasta que cumplió los diez años no habían tenido en su casa agua corriente. Nadie como él podía simpatizar ni sentirse más próximo a Abigail en el hecho de no querer resucitar los años de su infancia.

¿Había hecho bien en permitir a Pat Traymore salirse con la suya? Abigail se enfadaría, pero probablemente se enfadaría más cuando descubriera que no le habían dicho nada sobre el viaje.

Luther conectó el comunicador interior.

—Póngame con la senadora Jennings —entonces dudó—; no, déjelo, no se preocupe.

Colgó y se encogió de hombros. ¿Por qué anticiparse a los acontecimientos?

6

Pat notó cómo el personal de la redacción la miraba de reojo mientras dejaba la oficina de Pelham. Dibujó a propósito una media sonrisa y se fue andando a paso vivo. Luther había estado muy cordial con ella, se había arriesgado a ser el blanco de las iras de la senadora al permitirle ir a Apple Junction y además había confiado en ella para hacer el programa contra reloj.

—Entonces, ¿qué es lo que me sucede? —se preguntó—, debería sentirme feliz.

Afuera la esperaba un día frío y luminoso, las calles estaban despejadas y decidió ir andando a su casa, que se hallaba a un par de kilómetros; pero quería hacer ejercicio. «¿Por qué no admitirlo?», pensó. Era por lo que Pelham dijo acerca de la historia de Dean Adams; era a causa de lo que Toby dijo ayer; era el hecho de que todo el mundo eludiera la conversación cuando se mencionaba el nombre de Dean Adams y que nadie quisiera admitir haberlo conocido. ¿Qué dijo Luther sobre ella? ¡Ah, sí! Pensaba que la niña había muerto y que había sido lo mejor que podía ocurrirle, pues probablemente tenía lesiones cerebrales.

«Yo no tengo lesiones cerebrales —pensó Pat mientras intentaba evitar que un coche la salpicara de agua—. Pero sí tengo una lesión. Lo de la pierna es lo de menos. Odio a mi padre por lo que hizo, por matar a mi madre e intentar matarme a mí.»

Había llegado aquí con la intención de saber qué es lo que le había hecho perder la razón. Ahora lo entendía todo mejor, al menos no tenía más remedio que enfrentarse, después de muchos años de negar su existencia, a ese odio que la embargaba.

Era la una menos cuarto cuando llegó a casa. Se dio cuenta de que la mansión estaba adquiriendo una atmósfera confortable. La antigua mesa de mármol y la alfombra Serapi del recibidor disimulaban la pintura deslucida. Las repisas de la cocina estaban llenas de recipientes de alegre colorido; la mesa oval de hierro forjado y el tresillo que hacía juego encajaban exactamente debajo de las ventanas y ocultaban las zonas donde había baldosas deterioradas por el tiempo.

Rápidamente se preparó un bocadillo y un té, e hizo una llamada para reservar su vuelo. Estuvo más de siete minutos esperando mientras escuchaba una mala selección de música grabada en el contestador de la compañía aérea hasta que un empleado le respondió. Reservó una plaza en el vuelo cuatro cuarenta y cuatro a Albany y alquiló un coche.

Decidió aprovechar las pocas horas que le quedaban antes del vuelo para empezar a revisar los efectos de su padre.

Abrió lentamente las tapas de la primera caja y se topó con una fotografía polvorienta de un hombre alto y sonriente con una niña en sus brazos. Los ojos de la pequeña estaban muy abiertos y mostraban deleite, su boca sonreía. Las palmas de las manos se hallaban la una enfrente de la otra como si estuviera aplaudiendo. Estaban a la orilla del mar y tanto el hombre como la niña iban en traje de baño; una ola rompía detrás de ellos; era por la tarde pues las sombras sobre la arena aparecían alargadas.

«La niñita de papá», pensó amargamente. Había visto muchas veces niños en los brazos de sus padres, colgados de sus cuellos o incluso entrelazando los deditos en su pelo; el miedo a caer era instintivo. Pero la niña de esta foto, la niña que ella había sido, confiaba totalmente en el hombre que la sostenía; sabía que no la dejaría caer. Puso la fotografía en el suelo y continuó vaciando la caja.

Cuando terminó la alfombra estaba cubierta de documentos de la oficina privada del miembro del Congreso Dean Adams. Un retrato oficial de su madre al piano. «Era guapa —pensó Pat—, pero me parezco más a él.» Había un *collage* de instantáneas de Pat cuando era un bebé y de un poco mayor, que debía haber estado colgado en una de las paredes de la oficina; la agenda de piel verde oscura con sus iniciales grabadas en oro; el juego de escritorio de plata, ahora muy ennegrecido; su diploma, enmarcado, de la Universidad de Wisconsin, el certificado de literatura inglesa con una alta graduación, un título en leyes por la Universidad de Michigan, que le proclamaba licenciado; una mención de la Conferencia Episcopal, agradeciéndole los obispos su generosa y continuada tarea a favor de los marginados; y una placa del «Hombre del Año» del Club Rotary de Madison, Wisconsin. Le debían de gustar los paisajes marinos, pues había algunos excelentes grabados antiguos de bajeles, con las velas desplegadas navegando sobre aguas turbulentas.

Abrió la agenda; era aficionado a hacer garabatos, casi cada página contenía curvas y figuras geométricas. «Así que es de ahí de donde me viene esa costumbre», se dijo Pat.

No podía apartar su mirada de aquella foto en que aparecía con su padre. Parecía tan inmensamente feliz, su padre la miraba con tanto amor, la mano que la sostenía era tan firme...

El teléfono rompió el ensueño. Se apresuró a levantarse, dándose cuenta de que se estaba haciendo tarde y que tenía que recoger todo aquello y meter algo de ropa en un saco de viaje.

—Pat.

Era Sam.

—Hola. —Se mordió los labios.

—Pat, tengo mucha prisa, como siempre; hay una reunión del comité dentro de cinco minutos. Dan una cena en la Casa Blanca el sábado por la noche en honor del primer ministro israelí. ¿Te gustaría venir conmigo? Tendré que telefonear a la Casa Blanca para darles tu nombre.

—¡La Casa Blanca, qué estupendo! Me encantaría ir.

Tragó saliva con rabia, intentando disimular el temblor de su voz. El tono de Sam cambió.

—Pat, ¿pasa algo malo? Pareces preocupada; no estarás llorando, ¿verdad?

Por fin pudo controlar el temblor en su voz.

—¡Oh, no! ¡Qué va! Creo que estoy pillando un resfriado.

7

En el aeropuerto de Albany, Pat recogió el coche que había alquilado y, junto con el encargado de la casa Hertz, examinó detenidamente el mapa de carreteras logrando encontrar, entre los dos, el mejor camino para ir a Apple Junction, que se encontraba a unos 45 kilómetros.

—Es mejor que salga enseguida, señorita —le advirtió el funcionario—, pues es casi seguro que esta noche nevará.

—¿Puede indicarme algún buen hotel?

—Si quiere estar en el centro de la ciudad, vaya al motel Apple. Pero desde luego no es nada comparado con lo que encontraría en Big Apple.[1] No hace falta que haga la reserva con antelación.

Pat recogió su bolso y las llaves del coche. El panorama no era demasiado alentador; haciendo un esfuerzo le dio las gracias al empleado y se dirigió al coche.

Empezaban a caer los primeros copos cuando llegó a la calle donde había un tétrico edificio iluminado por una luz de neón, intermitente, que rezaba MOTEL APPLE. Tal como había predicho el encargado de la Hertz, había un cartel donde se podía leer: «Habitaciones libres.»

El encargado, encajonado en una minúscula y desordenada oficina, tendría unos setenta años. Sus gafas de montura metálica colgaban de su estrecha nariz. Unas profundas arrugas le cruzaban las mejillas y mechas de pelo blanco y gris brotaban de su cráneo. Sus ojos legañosos y medio cerrados brillaron de sorpresa cuando vio entrar a Pat.

—¿Tiene usted una habitación individual para una o dos noches? —preguntó.

1. Big Apple: nombre aplicado a la ciudad de Nueva York (*N. del T.*)

La sonrisa del hombre reveló una vieja dentadura postiza manchada por el tabaco.

—Todo el tiempo que usted quiera, señorita; puede usted ocupar una individual, una doble o incluso la *suite* presidencial si quiere —dijo coronando estas palabras con una risa que parecía un rebuzno.

Pat sonrió educadamente y cogió el formulario de inscripción. Deliberadamente, omitió rellenar el espacio en que ponía «Lugar de trabajo». Quería tener la mayor libertad posible para poder investigar a sus anchas sin que se descubriera la razón de su presencia.

El hombre estudió el formulario decepcionado en su curiosidad.

—La pondré en el primer módulo —dijo—, así estará cerca de la recepción en caso de que nieve mucho. Tenemos una especie de comedor bar —e hizo un gesto señalando tres pequeñas mesas apoyadas contra la pared del fondo.

»Hay siempre zumos de frutas, café y tostadas para que nuestros clientes no desaparezcan por la mañana —la miró astutamente—, por cierto, ¿qué la trae por aquí?

—Negocios —dijo, y añadió rápidamente—, aún no he cenado. Dejaré la bolsa de viaje en mi habitación y tal vez usted me pueda decir dónde hay un restaurante.

Echó una mirada a su reloj.

—Es mejor que se apresure; el Lamp-lighter cierra a las nueve y son ya casi las ocho. Salga a la calle, gire a la izquierda y siga recto durante dos bloques de casas, después gire de nuevo a la izquierda y desembocará en la calle Mayor. No tiene pérdida. Tome su llave —consultó el formulario—. Señorita Traymore. Yo soy Trevis Blodgett, el dueño. —Orgullo y disculpa se mezclaban en su voz y una respiración sibilante delataba un enfisema pulmonar.

A no ser por un cine débilmente iluminado, el

Lamp-lighter sería el único establecimiento abierto en los dos bloques que formaban la zona comercial de Apple Junction. Un cartelito escrito a mano y lleno de manchas de grasa estaba colgado en la puerta y anunciaba el menú especial del día; *sauerbraten* y col lombarda por tres dólares con noventa y cinco centavos. Al entrar, pisó un gastado suelo de linóleo. La mayor parte de los manteles a cuadros, que cubrían una docena de mesas, estaban tapados con servilletas sin planchar. «Probablemente —pensó Pat—, para esconder las manchas causadas por los comensales anteriores.» Una pareja, ya entrada en años, estaba comiendo una carne de aspecto oscuro en unos platos llenos a rebosar; tuvo que admitir que el olor era tentador y de pronto se dio cuenta de que tenía mucha hambre.

La camarera era una mujer de unos cincuenta y cinco años. Debajo de un delantal bastante limpio llevaba un grueso jersey naranja y unos pantalones deformados que revelaban, despiadadamente, los pliegues de su carne. Tenía una sonrisa pronta y agradable.

—¿Está usted sola?

—Sí.

La camarera miró dubitativamente a su alrededor y después guió a Pat hasta una mesa que estaba cerca de la ventana.

—Así podrá mirar fuera y disfrutar de la vista.

Pat notó que sus labios hacían una mueca, ¡menuda vista!, ¡un coche de alquiler en un callejón! Entonces se avergonzó de sí misma; ésa era, exactamente, la reacción que ella hubiese esperado de Luther Pelham.

—¿Quiere tomar algo para beber? Tenemos cerveza y vino. Me parece que es mejor que le tome la nota; se está haciendo tarde.

Pidió vino y el menú.

—¡Oh!, no se preocupe por el menú —le urgió la camarera—. Pruebe el *sauerbraten*; está realmente bueno.

Pat miró al otro lado de la habitación. Evidentemente era lo que la pareja estaba comiendo.

—Sí, pero póngame sólo media ración.

La camarera sonrió enseñando unos dientes blancos y grandes.

—¡Ah!, desde luego —dijo bajando el tono de voz—. A aquellos dos siempre les llenó el plato hasta arriba; no pueden permitirse más de una comida por semana, por lo tanto me gusta servirles un plato abundante.

El vino, servido en una jarra, era de Nueva York pero resultaba agradable. Pocos minutos después, la camarera salió de la cocina llevando una bandeja con un guiso humeante y un cestillo de galletas hechas en casa.

La comida era deliciosa. La carne había sido puesta a macerar en vino y hierbas; la salsa era espesa y sabrosa; el repollo, picante; la mantequilla se deshacía en las, todavía, calientes galletas.

«Dios mío, si cada noche como así, me pondré como una mesa camilla», pensó. Pero sintió que empezaba a recobrar ánimos.

Cuando hubo terminado, la camarera se llevó el plato y volvió con la cafetera.

—La he estado observando —dijo la mujer—. ¿No la conozco de algo? ¿No la habré visto en televisión?

Pat asintió. «¡Y yo que quería investigar aquí por mi cuenta...!», pensó.

—Claro —continuó la camarera—, usted es Patricia Traymore. La vi por televisión cuando fui a Boston a visitar a mi prima. ¡Sé por qué está aquí! Está haciendo un programa sobre Abby Foster..., quiero decir la senadora Jennings.

—¿La conoció? —preguntó Pat rápidamente.

—¡Conocerla! Desde luego que sí. ¿Puedo sentarme a tomar un café con usted? —era una pregunta inútil, pues sin esperar respuesta cogió una taza vacía de la mesa de al lado y se hundió pesadamente en la silla de enfrente de Pat—. Mi marido hace la cocina, ya se ocupará él de cerrar. Hemos estado muy tranquilos esta noche pero, aun así, me duelen los pies. Tanto tiempo sin sentarme...

Pat pronunció una palabras de comprensión.

—Abigail Jennings, ¡uf! Ab-bi-gail Jennings —musitó la camarera—. ¿Van a hacer que salga gente de Apple Junction en el programa?

—No estoy segura —dijo Pat honestamente—. ¿Conoció bien a la senadora?

—Bien no es exactamente la palabra. Íbamos a la misma clase en la escuela, pero Abby era siempre tan callada... Nunca podía uno imaginarse lo que estaba pensando. Las chicas, normalmente, se lo cuentan todo unas a otras, tienen íntimas amigas y forman grupitos. No sucedía así con Abby; no puedo recordar que ella tuviera ni siquiera una sola amiga íntima.

—¿Qué pensaban de ella las otras chicas?

—Bueno, ya sabe cómo son las cosas. Cuando alguien es tan atractiva como era Abby, despierta los celos de las demás niñas. Toda la gente empezó a pensar que ella se creía superior al resto de nosotros, y eso tampoco ayudó mucho a su popularidad.

Pat la observó con atención.

—¿Usted pensaba lo mismo, señora...?

—Stubbins. Ethel Stubbins. Supongo que, en cierta manera, sí, pero la entendía un poco. Abby sólo quería hacerse mayor y salir de aquí. El club de debates era la única actividad de la escuela en la que participaba. Ni siquiera vestía como el resto de las alumnas. Cuando todo el mundo iba con jerseys anchos y zapatillas de tenis, ella llevaba una blusa almidonada y tacones. Su madre era cocinera en casa de los Saunders, y creo que eso preocupaba mucho a Abby.

—Yo creía que su madre era el ama de llaves —dijo Pat.

—La cocinera —repitió Ethel enfáticamente—. Ella y Abby tenían una pequeña vivienda al lado de la cocina. Mi madre solía ir a casa de los Saunders cada semana a limpiar, por eso lo sé.

Una sutil diferencia; decir que su madre había sido ama de llaves en vez de cocinera. ¿Qué importancia tenía esto? ¿Era tan normal y humano que la senadora Jennings elevara a su madre a la categoría de ama de llaves? Dudó unos segundos, pues con su trabajo, a veces, el tomar notas o usar una grabadora tenía el efecto inmediato de retraer al interlocutor y enfriar la charla. Decidió correr el riesgo.

—¿Le importa si grabo lo que usted dice? —preguntó.

—No, en absoluto. ¿Debo hablar más alto?

—No, así está bien. —Pat sacó su grabadora y la dejó sobre la mesa—. Hable de Abigail tal como la recuerda. ¿Dice que le preocupaba que su madre fuese la cocinera? —Tenía una imagen mental de cómo reaccionaría Sam a esa pregunta, la consideraría como una intromisión innecesaria.

Ethel apoyó sus pesados codos en la mesa.

—¡Ya lo creo! Mamá solía decirme lo descarada que era Abby. Si veía que alguien pasaba por la calle, caminaba por el sendero hasta las escaleras de la puerta principal como si fuese la dueña de la casa y, cuando nadie la miraba, echaba a correr hacia la parte posterior. Su madre la reñía pero no servía de nada.

—Ethel, son las nueve en punto.

Pat levantó los ojos. Un hombre bajo, de pelo castaño claro enmarcando una cara redonda y alegre, estaba de pie al lado de la mesa desatándose un delantal blanco. Sus ojos se posaron en la grabadora.

Ethel le explicó lo que estaba sucediendo y le presentó a Pat.

—Es mi marido, Ernie.

Ernie estaba claramente dispuesto a colaborar en la entrevista.

—Ethel, cuéntale cómo la señora Saunders pilló a Abby entrando por la puerta principal y la puso en su sitio. Acuérdate de cuando la hizo volver hasta la acera, caminar por el sendero lateral y dar la vuelta hasta la puerta de servicio.

—¡Oh, sí! —dijo Ethel—, fue horrible, ¿no? Mamá dijo que sentía pena por Abby pero, cuando vio la expresión de su cara..., se le heló la sangre en las venas.

Pat intentó imaginarse a la joven Abigail obligada a caminar hasta la puerta de servicio para demostrar que sabía cuál era su sitio. De nuevo tuvo la sensación de estar inmiscuyéndose en la vida privada de la senadora. No haría más hincapié en aquel tema. Rechazando el ofrecimiento de Ernie de tomar más vino, sugirió:

—Abby, quiero decir la senadora, debió de haber sido una estudiante muy brillante para conseguir una beca de Radcliffe. ¿Era la primera de la clase?

—¡Oh!, era muy buena en inglés, en historia y en idiomas —dijo Ethel—, pero era negada en matemáticas y ciencias. Las aprobaba, sólo, por los pelos.

—Se parece a mí —sonrió Pat—. Hablemos del concurso de belleza.

Ethel rió espontáneamente.

—Hubo cuatro finalistas para Miss Apple Junction. Servidora era una de ellas; lo crea o no, pesaba cincuenta y cinco kilos y era realmente bonita.

Pat esperó la frase inevitable; Ernie no la decepcionó.

—Sigues siendo muy bonita, cariño.

—Abby ganó de calle —continuó Ethel—. Entonces se presentó al concurso para Miss Estado de Nueva York. Nos dejó a todos de una pieza cuando lo ganó. Ya se sabe cómo es eso; desde luego reconocíamos que era bonita, pero estábamos acostumbrados a verla.

¡Nunca había ocurrido un acontecimiento así en esta ciudad! —Ethel se rió—. Es decir, que Abby nos proporcionó tema de conversación para todo el verano. El gran acontecimiento social de por aquí es el baile del club de campo en agosto. Todos los muchachos ricos de los alrededores asistieron; ninguno de nosotros por supuesto. Pero, aquel año, Abby Foster fue. Por lo que he oído decir, parecía un ángel con su vestido blanco con volantes de puntillas de Chantilly. Adivine usted quién la llevó. ¡Jeremy Saunders!, recién llegado a casa después de graduarse en Yale; y casi estaba prometido a Evelyn Clinton. Abby y él estuvieron cogidos de la mano toda la noche y se besaban mientras bailaban.

»Al día siguiente, la ciudad era un hervidero de comentarios. Mamá dijo que la señora Saunders debía de estar escupiendo sapos y culebras; ¡su único hijo irse a enamorar de la hija de la cocinera! Y entonces —Ethel se encogió de hombros—, todo se acabó. Abby renunció a su título de Miss Estado de Nueva York y se marchó a la universidad. Dijo que sabía que nunca llegaría a ser Miss América, que no sabía cantar ni bailar ni quería ser actriz; además, no pensaba exhibirse en Atlantic City para volver sin el premio. Mucha gente había contribuido a pagar el vestuario que tenía que llevar al concurso de Miss América y se lo tomaron bastante mal.

—¿Recuerdas que Toby llegó a las manos con un par de muchachos que dijeron que Abby había dejado a la gente en la estacada? —preguntó Ernie a Ethel.

—¿Toby Gorgone? —inquirió Pat rápidamente.

—¡El mismo! —dijo Ernie—. Estaba loco por Abby; ya sabes cómo hablan los chicos en los vestuarios. Si alguno hacía un comentario picante sobre Abby delante de Toby, pronto se arrepentía de sus palabras.

—Ahora trabaja para ella —dijo Pat.

—¿En serio? —Ernie sacudió la cabeza—. Salúdele

de mi parte si sigue perdiendo dinero en las carreras de caballos.

Eran las once en punto de la noche cuando volvió al motel Apple. El módulo uno estaba helado. Deshizo la maleta rápidamente —no había armario, sólo un colgador en la puerta—, se desvistió, tomó una ducha, se cepilló el pelo y se metió en la cama con su bloc de notas. Le dolía la pierna. Un dolor agudo que empezaba en la cadera y le bajaba hasta la pantorrilla.

Repasó las notas que había tomado aquella noche. Según Ethel, la señora Foster había dejado la casa de los Saunders inmediatamente después del baile del club de campo, y se había ido a trabajar como cocinera al hospital del condado. Nadie supo nunca si había dimitido o la habían echado, pero el nuevo trabajo fue muy duro para ella. Era una mujer enorme. «Si cree que yo estoy gorda —había dicho Ethel—, debería haber visto a Francey Foster.» La mujer murió hacía ya mucho tiempo y nadie había visto a Abigail desde entonces. En realidad, pocos la volvieron a ver después de irse a la universidad.

Ethel se mostró muy elocuente en el tema de Jeremy Saunders.

Abigail hizo bien no casándose con él. Nunca llegó a nada. Fue una suerte para él tener dinero heredado de su familia, de otra manera se habría muerto de hambre. Dicen que su padre lo convirtió todo en fideicomiso, incluso hizo a Evelyn administradora de sus bienes. Jeremy fue una decepción para él; tuvo siempre el porte de un diplomático o de un lord y sólo es una bolsa llena de aire.

También había insinuado que Jeremy bebía, pero dijo que sería mejor que ella le llamase.

—Probablemente le encantará recibirla, ya que Evelyn pasa la mayor parte de su tiempo con su hija casada, que vive en Westchester.

Apagó la luz. Por la mañana intentaría visitar a la

directora del colegio, que había pedido una vez a Abigail que diera trabajo a Eleanor Brown, y además, trataría de concertar una entrevista con Jeremy Saunders.

Estuvo nevando toda la noche, y la nieve alcanzó unos treinta centímetros, aunque la máquina quitanieves ya había pasado cuando fue a tomar café con el propietario del motel Apple.

Conducir por Apple Junction era una experiencia deprimente. La ciudad estaba especialmente descuidada y era poco atractiva. La mitad de las tiendas estaban cerradas y destartaladas. Una simple hilera de luces de Navidad colgaba de lado a lado de la calle Mayor. En las calles laterales de las casas estaban pegadas unas a otras, y tenían la pintura saltada. La mayoría de los coches aparcados eran viejos; parecía no haber ningún tipo de edificio nuevo, residencial o de negocios. Había poca gente por la calle; una sensación de vacío impregnaba la atmósfera. ¿Se marchaban la mayoría de los jóvenes tan pronto como crecían?, se preguntó. ¿Quién podía culparles?

Vio un cartel que decía: «El Semanario de Apple Junction»; sintiendo un impulso repentino aparcó y entró. Había dos personas trabajando, una joven al teléfono que parecía estar recibiendo la demanda de un anuncio y un hombre de unos sesenta años que aporreaba una máquina de escribir, y que resultó ser Edwin Shepherd, editor y propietario del periódico, el cual expresó estar encantado de poder hablar con ella.

Shepherd podía añadir muy poco a lo que Pat ya sabía sobre Abigail; de todas maneras, fue gustoso a los archivos en busca de artículos que se refirieran a los dos concursos de belleza, el local y el del estado, que Abigail ganó en su día.

En sus anteriores investigaciones, ya había encontrado la fotografía de Abigail vestida de Miss Nueva York, corona incluida. Pero la foto de cuerpo entero de

Abigail con la banda «Miss Apple Junction» era una novedad. Se veía a Abigail, de pie, sobre una tarima, en medio de las otras dos finalistas, en el recinto de la Feria del Condado. La corona que llevaba en la cabeza era de papel *maché*. Las otras chicas sonreían contentas y trémulas —vio que la chica del final era la joven Ethel Stubbins—, pero la sonrisa de Abigail era fría, casi cínica. Estaba completamente fuera de lugar.

—Hay una foto en la que está con su madre —dijo Shepherd girando la página.

Pat se quedó sin respiración. ¿Era posible que Abigail Jennings, la de facciones delicadas y fina figura, fuera fruto de esa mujer cuadrada y obesa? Al pie de la foto ponía: «La madre, orgullosa, felicita a su hija, la reina de belleza de Apple Junction.»

—¿Quiere llevarse estos recortes? —preguntó Edwin Shepherd—. Tengo más copias; sólo le pido que se acuerde de nombrarnos si los utiliza en su programa.

«Sería algo descortés rechazar la oferta —pensó— aunque no me imagino utilizando esa fotografía en el programa»; y dando las gracias al editor, se marchó rápidamente.

Seiscientos metros más abajo de la calle Mayor, el paisaje cambiaba totalmente. Las calles eran más anchas; las casas eran grandes y majestuosas y los jardines bien cuidados y espaciosos.

La casa de los Saunders estaba pintada de amarillo pálido y tenía las persianas negras. Se hallaba situada en una esquina, y un largo camino serpenteante llevaba hasta la escalinata de la entrada principal. Los pilares del porche le recordaron la arquitectura típica de Mount Vernon. Una hilera de árboles bordeaba ambos lados del sendero. Un pequeño cartel indicaba a la servidumbre y a los recaderos la entrada de servicio en la parte de atrás.

Aparcó el coche. Al subir las escaleras y ver la pintura de cerca, pudo comprobar que empezaba a saltar y que los ventanales de aluminio se estaban oxidando en algunos rincones. Pulsó el timbre y le llegó el eco del sonido en el interior. Una mujer delgada, de pelo algo canoso, vestida con un traje negro y un delantal blanco le abrió la puerta.

—El señor Saunders la está esperando en la biblioteca, señorita.

Jeremy Saunders estaba confortablemente sentado en una mecedora de alto respaldo junto a la chimenea. Llevaba una chaqueta de terciopelo granate. Tenía las piernas cruzadas y unos finos calcetines de seda azul sobresalían por debajo de sus pantalones azul marino. Su rostro era de rasgos excepcionalmente finos; tenía un atractivo y ondulado cabello blanco. Únicamente la gruesa cintura y los ojos hinchados delataban la predisposición a la bebida.

Se levantó y se apoyó en el brazo de la silla.

—¡Señorita Traymore! —Su tono de voz era tan armonioso y educado que podía muy bien ser fruto de clases de dicción—. No me dijo por teléfono que usted era la conocida Patricia Traymore.

—Eso puede interpretarse de muchas maneras —contestó Pat, sonriendo.

—No sea modesta. Es usted la joven que está haciendo un programa sobre Abigail —dijo acompañándola hasta una silla frente a la suya—. ¿Le apetece un Bloody Mary?

—Sí, gracias. —La coctelera ya estaba medio vacía.

La criada se llevó su abrigo.

—Gracias Anna, eso es todo por ahora. Quizá, dentro de un rato, la señorita Traymore quiera almorzar conmigo. —El tono de Jeremy Saunders se volvió aún más fatuo cuando habló a su criada, quien salió de la habitación en silencio—. Anna, ¿quieres cerrar la puerta, por favor? Gracias.

Saunders esperó hasta oír el ruido que hizo la manecilla de la puerta al cerrarse; cuando lo escuchó, suspiró y dijo:

—Es imposible encontrar buen servicio hoy en día. Ya no es como cuando Francey Foster mandaba en la cocina y Abby servía la mesa. —La idea parecía gustarle.

Pat no replicó. Los comentarios del hombre tenían una nota de crueldad. Ella se sentó, aceptó la bebida y esperó. Él, alzando una ceja, le espetó:

—¿No lleva usted una grabadora?

—Sí, pero si no quiere no la utilizo.

—Al contrario, prefiero que cada palabra que diga sea inmortalizada. Tal vez algún día existirá aquí una Biblioteca Abby Foster, perdone, de la senadora Abigail Jennings. La gente podrá apretar un botón y oírme hablar de su peculiar forma de ser cuando alcanzó la mayoría de edad.

Pat abrió su bolso, sacó en silencio la grabadora y su bloc de notas, cuando, de repente, se dio cuenta de que no sería posible utilizar nada de lo que iba a escuchar.

—Usted ha seguido de cerca la carrera y la evolución de la senadora —sugirió ella.

—¡Sin perderme detalle! Siento la más profunda admiración por Abby. Cuando ella tenía diecisiete años y se ofreció para ayudar a su madre en los quehaceres de la casa, ya se había ganado mi mayor respeto. Es astuta.

—¿Qué tiene de astuto ayudar a su madre? —preguntó ella con calma.

—Nada, si es que realmente quería ayudar a su madre. Pero si se ofrece en el momento en que el joven vástago de la familia Saunders acaba de regresar a casa, después de terminar sus estudios en Yale, la cosa cambia, ¿no?

—¿Qué quiere decir usted? —Pat sonrió sin querer.

Jeremy Saunders tenía algo gratamente sardónico y despectivo cuando se refería a sí mismo.

—Lo ha adivinado. De vez en cuando veo fotos suyas. Pero uno no se puede fiar de las fotos, ¿verdad? Abby siempre fue muy fotogénica. ¿Cómo es al natural?

—Preciosa —dijo Pat.

Saunders parecía decepcionado. «Le habría encantado escuchar que la senadora necesitaba una operación de cirugía estética», pensó Pat. Por alguna razón, le era muy difícil creer que la joven Abigail se hubiese sentido alguna vez impresionada por Jeremy.

—¿Y qué es de Toby Gorgone? —preguntó Saunders—, ¿sigue en ese papel que se autoadjudicó como guardaespaldas y esclavo de Abby?

—Toby trabaja para la senadora —replicó Pat—. Obviamente, siente adoración por ella, eso está claro, pero ella parece confiar mucho en él.

«Guardaespaldas y esclavo», pensó. Era una buena manera de describir el papel de Toby con relación a Abigail.

—Supongo que se siguen sacando las castañas del fuego.

—¿Qué quiere decir con eso?

Jeremy alzó su mano.

—Nada. Me imagino que él ya le habrá contado cómo salvó a Abby de las fauces del perro guardián de nuestro excéntrico vecino.

—Así es.

—¿Y le dijo también que Abby fue su coartada la noche que se fue a divertir con un coche robado?

—No, no lo ha hecho, pero dar una vuelta en un coche robado no parece ser un delito muy grave.

—Sí lo es cuando el coche de policía que está persiguiendo al vehículo que ha sido tomado prestado, atropella a una joven madre y a sus dos niños. Alguien que se le parecía había sido visto merodeando cerca del coche, pero Abigail juró que había estado dando clase de inglés a Toby, aquí en esta misma casa. Era la palabra de Abigail contra la de un testigo dubitativo. No se levantó ningún cargo contra él y el ladrón nunca fue atrapado. Mucha gente consideraba como muy probable la implicación de Toby Gorgone en este asunto. Siempre le encantaron los coches y la mecánica, y aquél era un deportivo último modelo. No sería de extrañar que quisiera dar una vuelta en él.

—¿Está sugiriendo que la senadora mintió para sacarle del apuro?

—Yo no sugiero nada. De todas maneras, la gente de por aquí tiene mucha memoria, y la fervorosa declaración de Abigail bajo juramento, por supuesto, no es fácil de olvidar. Pero a Toby no le habría podido suceder nada muy grave, aunque hubiera sido quien conducía el coche. Era menor de edad, pues aún no había cumplido los dieciséis años; pero Abigail ya tenía dieciocho y, si hubiera jurado en falso, podría haber sido acusada de perjurio y juzgada. ¡Oh!, bueno, Toby pudo muy bien haber pasado aquella tarde repasando los participios. Por cierto, ¿ha mejorado su gramática?

—A mí me pareció correcta.

—Seguro que no ha hablado mucho rato con él. Ahora, deme toda clase de detalles de Abigail. Su infinita fascinación sobre los hombres. ¿Con quién está liada ahora?

—No está liada con nadie —dijo Pat—. Por lo que me ha dicho, su marido fue el gran amor de su vida.

—Tal vez —Jeremy Saunders apuró su bebida—, sobre todo cuando se tiene en cuenta que carece de pasado. Un padre borracho que murió alcohólico cuando ella tenía seis años, una madre satisfecha entre los cacharros de cocina...

Pat desvió el tema para tratar de conseguir algo que pudiera utilizar en el programa.

—Hábleme de esta casa —sugirió—. Al fin y al cabo, Abigail creció y vivió aquí. ¿La construyó su familia?

Jeremy Saunders estaba manifiestamente orgulloso tanto de la casa como de su familia y, durante la hora siguiente, haciendo sólo algunas pausas para llenar su vaso y mezclar nuevas bebidas en la coctelera, trazó la historia de los Saunders desde sus comienzos; no desde el *Mayflower*, pues aunque Saunders tenía que haber tomado parte en ese histórico viaje, enfermó y no llegó hasta los dos años después en otro barco.

—Así pues, debo afirmar con tristeza que soy el último en llevar el nombre de los Saunders. —Sonriendo, añadió—: Es usted una oyente muy atenta, querida; espero no haberme extendido demasiado en mi relato.

Pat le devolvió la sonrisa.

—No, de ninguna forma. La familia de mi madre desciende de los primeros colonos y estoy muy orgullosa de ello.

—Tiene que hablarme de su familia —dijo Jeremy galantemente—. Espero que se quede a almorzar.

—Me encantaría, gracias.

—Prefiero comer en una bandeja aquí mismo; es más acogedor que el comedor. ¿Le parece bien?

«Y además de acogedor, mucho más cerca del bar», pensó Pat. Esperaba poder llevar la conversación otra vez hacia Abigail.

Su oportunidad llegó cuando simulaba que bebía el vino que Jeremy insistió en tomar con una mediocre ensalada de pollo.

—Ayuda a bajar la comida, querida —le dijo—. Cuando mi esposa no está, Anna no se esmera demasiado. No es como la madre de Abby. Francey Foster ponía el alma en todo lo que preparaba. Los pasteles, el pan, los *soufflés*... ¿Abby cocina?

—No lo sé —contestó Pat, y su voz se tornó confidencial—. Señor Saunders, tengo la sospecha de que sigue molesto con la senadora Jennings. ¿O quizá me equivoco? Tenía la impresión de que en otro tiempo ustedes se apreciaban mucho.

—¿Yo molesto con ella? ¿Yo molesto? —Su voz era pastosa y pronunciaba mal las palabras—. Dígame, ¿no se enfadaría con alguien que se burlara de usted y encima le hiciera quedar como un tonto?

Estaba sucediendo. Había llegado ese momento en que tantos de sus entrevistados bajaban la guardia y empezaban a contarlo todo.

Pat observó atentamente a Jeremy Saunders. Aquel hombre sobrealimentado y borracho, impecablemente vestido con su ridículo y protocolario atuendo, empezó a hundirse en desagradables recuerdos. Había dolor e ira en sus ojos desengañados; su boca era demasiado suave, la barbilla débil e hinchada.

—Mi querida Patricia Traymore, tiene usted el honor de estar hablando con el antiguo prometido de —aquí hizo una exagerada reverencia— la senadora de Estados Unidos por Virginia.

Pat intentó, sin éxito, ocultar su sorpresa.

—¿Estuvo usted comprometido con Abigail?

—Por muy poco tiempo, por supuesto; sólo el suficiente para que ella pudiera alcanzar sus objetivos. Fue aquel verano que ella estuvo aquí. Acababa de ganar el concurso de belleza del estado y era lo bastante lista como para darse cuenta de que no llegaría demasiado lejos en Atlantic City. Había intentado obtener una beca para Radcliffe, pero sus matemáticas y sus ciencias no estaban a la altura. Por supuesto Abigail no tenía la menor intención de asistir a la universidad local. Esto era un terrible dilema para ella, y aún me pregunto si Toby no tuvo algo que ver en la solución de este asunto.

»Yo acababa de graduarme en Yale e iba a entrar en

el negocio paterno, un futuro que no me hacía ninguna gracia; estaba a punto de anunciar mi compromiso con la hija del mejor amigo de mi padre. Y entonces aparece en escena Abigail, que además vivía en mi propia casa, diciéndome lo que podía llegar a ser a su lado y metiéndose en mi cama amparada por la oscuridad de la noche, mientras la pobre y agotada Francey Foster roncaba en el departamento del servicio. El resultado fue que le compré a Abigail un bonito vestido, la llevé al baile del club de campo y me declaré a ella.

»Cuando volvimos a casa, desperté a mis padres para anunciarles la buena noticia. ¿Se imagina la escena? Mi madre que disfrutaba ordenando a Abigail que usara la puerta de servicio, veía que todos los planes que había hecho para su hijo se desvanecían en una noche. Veinticuatro horas después, Abigail dejaba la ciudad con un cheque de mi padre por valor de diez mil dólares y con las maletas llenas con el vestuario que la gente de la ciudad le había donado para el concurso de belleza. ¿Sabe que ya la habían aceptado en Radcliffe y sólo le faltaba el dinero para asistir a aquella espléndida institución?

»Yo la seguí hasta allí.

»Fue muy honesta al decirme que todo lo que mi padre había dicho de ella era cierto. Hasta el día de su muerte mi padre se preocupó de recordarme el ridículo en que caí. En treinta y cinco años de casado, cada vez que Evelyn, mi esposa, oye el nombre de Abigail se pone hecha una furia. En cuanto a mi madre, la única satisfacción que le quedó fue la de echar a Francey Foster, y eso le representó fastidiarse ella y fastidiar a los demás. Desde entonces no hemos tenido otra cocinera como ella.

Cuando Pat abandonó la habitación, Jeremy Saunders se había dormido y estaba dando cabezadas. No sabía dónde había puesto su abrigo la criada y tuvo que buscarlo.

Eran casi las doce menos cuarto. El día se estaba nublando otra vez, como si anunciara nieve. Mientras se dirigía a casa de Margaret Langley, la directora de escuela, retirada, se preguntaba hasta qué punto era verdadera la versión de Jeremy Saunders sobre el comportamiento de Abigail Jennings en su juventud. ¿Manipuladora, intrigante y mentirosa?

Fuera como fuese, esta versión no concordaba con la reputación de absoluta integridad que era la piedra angular sobre la que se basaba la carrera pública de la senadora.

Pat estaba contenta de escapar de aquella casa sombría.

8

A las dos menos cuarto, Margaret Langley tuvo el gesto poco habitual de hacer café pues conocía perfectamente el dolor ardiente de la gastritis que éste le produciría.

Como siempre que estaba enfadada, entró en su despacho buscando alivio en las hojas verdes y aterciopeladas de las plantas que colgaban al lado de la ventana de estilo inglés. Estaba a mitad de la lectura de los sonetos de Shakespeare, bebiendo lentamente su café de media mañana, cuando Patricia Traymore la telefoneó preguntándole si podía hacerle una visita.

Margaret agitó su cabeza nerviosamente. Era una mujer ligeramente encorvada, de setenta y tres años. Su cabello gris y ondulado formaba un pequeño moño en la nuca. Su cara alargada y de aspecto equino se salvaba de caer en la fealdad gracias a una alegre expresión de desenfado. Llevaba prendida en la blusa la insignia que la escuela le regaló el día de su retiro: una corona de laurel de oro entrelazada alrededor del número cuarenta y cinco para recordar así los años que había servido como profesora y directora.

A las dos y diez, cuando empezaba ya a abrigar la esperanza de que Patricia Traymore hubiera cambiado de idea, vio un pequeño coche que avanzaba lentamente por la carretera. El conductor se paró un momento frente al buzón, probablemente para comprobar el número de la casa. Cansadamente, Margaret se dirigió a la puerta delantera.

Pat se disculpó por su tardanza.

—Me equivoqué y giré por donde no debía —dijo mientras aceptaba, agradecida, una taza de café que Margaret le ofrecía.

Margaret sintió que su ansiedad decrecía. Había algo muy considerado y educado en esta joven, por ejemplo, la manera con que limpiaba sus botas tan cuidadosamente en el felpudo antes de pisar el pulido suelo de la casa. Era muy bonita, con su pelo castaño y aquellos profundos ojos marrones. Margaret había temido que fuera terriblemente agresiva. Cuando hablara de Eleanor, tal vez Patricia Traymore la escucharía. Así se lo dijo mientras servía el café.

—Mire —empezó Margaret, y a sus propios oídos su voz le sonó aguda y nerviosa—, el problema es que cuando el dinero desapareció en Washington, todo el mundo empezó a hablar de Eleanor como si fuera una ladrona consumada. Señorita Traymore, ¿sabe usted en cuánto estaba valorado el objeto que se supone que ella robó mientras estaba en el último curso del instituto?

—No —respondió Pat.

—Seis dólares. Arruinó su vida por un frasco de perfume de seis dólares. Señorita Traymore, ¿nunca ha salido de unos almacenes y se ha dado cuenta de pronto de que llevaba algo en las manos que deseaba comprar?

—Algunas veces me ha ocurrido —corroboró Pat—. Pero nadie es condenado por hurto por olvidarse de pagar un objeto de seis dólares.

—Sí, si ha habido una oleada de hurtos en la ciudad. Los tenderos se habían levantado en armas y el fiscal del distrito juró dar castigo ejemplar a la primera persona que pillaran robando.

—¿Y fue Eleanor?

—Sí.

Finas gotas de sudor acentuaban las arrugas de la frente de Margaret. Alarmada, Pat se dio cuenta de que su piel se tornaba de un gris enfermizo.

—Señorita Langley, ¿no se encuentra bien? ¿Quiere que le traiga un vaso de agua?

La mujer hizo un gesto negativo con la cabeza.

—No, gracias, ya se me pasará. Es sólo un momento.

Permanecieron sentadas en silencio mientras el color empezaba a volver a la cara de la señorita Langley.

—Ya estoy mejor. Supongo que hablar de Eleanor me pone nerviosa. Mire, señorita Traymore, el juez quiso dar un ejemplo con la historia de Eleanor; la mandó a un reformatorio durante treinta días. Después de eso, llego cambiada, diferente. Hay personas que no pueden soportar esa clase de humillación. Nadie creía su versión excepto yo. Conozco a la gente joven; ella no era nada atrevida, sino del tipo que nunca mascaba chicle en clase, ni hablaba cuando el profesor no estaba en el aula, ni llevaba chuletas a los exámenes. No era sólo buena, era tímida.

Pat estaba segura de que Margaret Langley le estaba escondiendo algo. Se inclinó hacia adelante y dijo con voz amable:

—Señorita Langley, en esta historia hay algo más que usted quiere contarme.

Los labios de la mujer temblaron.

—Eleanor no tenía el suficiente dinero para pagar el perfume. Explicó que iba a pedir que se lo envolvieran y se lo guardaran; aquella noche estaba invitada a una fiesta de cumpleaños; el juez no la creyó.

«Yo tampoco», pensó Pat. Estaba triste por no poder aceptar la versión en la que Margaret Langley creía tan ciegamente. Observó que la ex directora se ponía la mano en el cuello como para calmar su pulso acelerado.

—Aquella chica tan encantadora venía aquí muchas tardes —continuó Margaret Langley tristemente—. Ella sabía que yo era la única persona que creía en ella. Cuando se graduó en nuestra escuela escribí a Abigail y le pedí que le diera un trabajo en su oficina.

—¿No es cierto que la senadora le dio aquella vez una oportunidad, que confió en ella, y que más tarde Eleanor robó fondos de la campaña?

El rostro de Margaret parecía muy cansado. El tono de voz se volvió monótono.

—Yo estaba en mi año sabático cuando todo eso sucedió. Me hallaba viajando por Europa. Cuando llegué a casa, todo había terminado. Eleanor había sido declarada culpable y enviada a prisión, y como consecuencia había sufrido una crisis nerviosa. Estaba en el ala psiquiátrica de la enfermería de la cárcel. Yo le escribía regularmente pero ella nunca contestó. Entonces, por lo que he sabido, salió en libertad provisional por motivos de salud, pero bajo palabra de que acudiría a una clínica dos veces por semana. Un día desapareció; de eso hace ya nueve años.

—¿Nunca ha vuelto a saber de ella?

—Yo... No..., uh... —Margaret se levantó—. ¿No le gustaría un poco más de café? Hay mucho en la cafetera. Voy a tomar un poco. No debería hacerlo, pero hoy lo haré.

Intentando sonreír, Margaret fue a la cocina. Pat desconectó la grabadora. «Ha tenido noticias de Eleanor y no sabe mentir», pensó. Cuando la señorita Langley volvió, le preguntó suavemente:

—¿Qué sabe de Eleanor ahora?

Margaret Langley depositó la cafetera en la mesa y caminó hasta la ventana. ¿Perjudicaría a Eleanor si confiaba en Pat Traymore? ¿Sería dar una pista para que pudiesen dar con ella?

Un gorrión solitario aleteó delante de la ventana y se posó en una rama helada de un olmo cercano al camino.

Margaret se decidió. Confiaría en Patricia Traymore, le mostraría las cartas y le diría lo que pensaba. Se volvió, y tropezó con la mirada de Pat; vio preocupación en sus ojos.

—Quiero enseñarle algo —dijo saliendo de la estancia.

Cuando Margaret Langley volvió a la habitación sostenía, en cada mano, dos hojas de papel dobladas.

—He tenido noticias de Eleanor dos veces —dijo—. Esta carta fue escrita el mismo día del supuesto robo. Léala, señorita Traymore, y dígame lo que piensa.

El papel de color crema estaba arrugado, como si hubiera sido manoseado muchas veces. Pat echó un vistazo a la fecha, la carta tenía once años. La leyó rápidamente por encima. Eleanor esperaba que la señorita Langley disfrutase de su viaje por Europa; la habían ascendido y le encantaba su trabajo. Iba a clases de pintura a la Universidad George Washington y le iba muy bien. Acababa de regresar de pasar la tarde en Baltimore. Le habían encargado hacer el esbozo de una marina y se había decidido por Chesapeake Bay.

La señorita Langley había subrayado un párrafo que decía:

> Por poco no llego. Tuve que hacer un recado para la senadora Jennings. Se había dejado su anillo de brillantes en su despacho de la oficina de la campaña y pensó que se lo habrían guardado en la

caja fuerte. Pero no estaba allí. Conseguí coger el autobús por los pelos.

«¿Era esto una prueba?», pensó Pat. Elevó la mirada y sus ojos se encontraron con la mirada esperanzada de Margaret Langley.

—¿No se da cuenta? —dijo Margaret—. Eleanor me escribió aquella misma noche del supuesto robo. ¿Para qué iba a inventar aquella historia?

Pat no pudo encontrar ninguna forma de suavizar lo que dijo.

—Podía haber estado preparándose una coartada.

—Si uno está intentando conseguir una coartada, no escribe a alguien que puede tardar meses en recibir la carta —dijo vivamente. Entonces suspiró—. Bueno, al menos lo he intentado. Espero que tendrá la bondad de no sacar a relucir todo ese desgraciado asunto otra vez. Parece ser que Eleanor está intentando rehacer su vida y merece que la dejen en paz.

Pat miró la otra carta que Margaret sostenía.

—¿Le escribió después de su desaparición?

—Sí. Ésta llegó hace seis años.

Pat tomó la carta. La letra era mala, el papel barato. La nota decía:

Querida señorita Langley. Por favor, comprenda que es mejor que yo no mantenga ningún tipo de contacto con nadie que pertenezca a mi pasado, pues si me encuentran, me mandarán de nuevo a la cárcel. Le juro que nunca toqué aquel dinero. He estado muy enferma, pero estoy intentando reconstruir mi vida. Paso algunos días buenos. Casi tengo esperanzas de recuperarme. Otras veces estoy tan aterrorizada, tengo tanto miedo de que alguien pueda reconocerme... Pienso a menudo en usted. La quiero y la echo de menos.

La firma de Eleanor era vacilante; las letras, poco firmes. Ofrecía un claro contraste con la firma y la graciosa letra de la carta anterior.

Pat necesitó de todos sus poderes persuasivos para convencer a Margaret Langley de que la dejara llevarse sus cartas.

—Planeamos incluir este caso en el programa —dijo—. Si alguien reconoce a Eleanor y la descubre, tal vez podamos lograr que le restituyan la libertad condicional. De esta forma, no tendría que esconderse el resto de su vida.

—Me encantaría verla de nuevo —susurró Margaret. Las lágrimas brillaban en sus ojos—. Ella es lo más parecido que he tenido a una hija propia. Espere, le enseñaré una foto suya.

En el estante inferior del mueble librería había algunos álbumes.

—Tengo uno por cada año que estuve en la escuela —explicó—. Pero el de Eleanor lo pongo encima. —Hojeó las páginas—. Se graduó hace diecisiete años. ¿No tiene un aspecto encantador?

La chica de la foto tenía el pelo castaño claro, ojos suaves e inocentes. La nota decía:

> Eleanor Brown. Aficiones: pintar. Ambición: ser secretaria. Actividades: canto coral. Deportes: patinaje. Previsión de futuro: mano derecha de un ejecutivo, casarse joven, dos niños. Objeto favorito: perfume Tarde en París.

—Dios mío —dijo Pat—. ¡Pobre chica! ¡Qué pena!

—Exacto. Ésa es la razón por la que quise que dejara la ciudad.

Pat sacudió la cabeza, y miró los otros álbumes.

—Un momento —dijo—. ¿Tiene por casualidad el libro en el que está la senadora Jennings?

—Por supuesto. Veamos..., debería hallarse por aquí.

Margaret buscó entre los álbumes y sacó uno. Una foto correspondía a Abigail. Llevaba el pelo a media melena y le caía sobre los hombros. Sus labios estaban entreabiertos, como si hubiera seguido obediente las indicaciones del fotógrafo. Los ojos, muy abiertos y de largas pestañas, eran tranquilos y enigmáticos. En el pie de la foto rezaba:

«Abigail Foster, *Abby*. Afición: asistir a las vistas judiciales. Ambición: la política. Actividades: debates públicos. Previsión de futuro: ser diputada por Apple Junction. Objeto favorito: cualquier libro de la biblioteca.»

—Diputada —exclamó Pat—. ¡Eso es maravilloso!

Media hora más tarde se marchó, llevando debajo del brazo el álbum donde aparecía la senadora. Mientras entraba en el coche, decidió que enviaría un equipo de rodaje para hacer algunas tomas de la ciudad, la casa de los Saunders, el instituto y el autobús dirigiéndose por la calle principal hacia Albany. Como fondo de estas tomas, situaría a la senadora resumiendo brevemente su vida allí y su temprano interés por la política. Cerrarían este primer espacio con la foto de la senadora como Miss Estado de Nueva York, después el retrato del álbum y su explicación de que ingresar en Radcliffe, en lugar de ir a Atlantic City, fue la decisión más importante de su vida.

Con la sensación extraña y opresiva de que en esta historia había algo que se le escapaba, Pat dio vueltas por la ciudad durante una hora para situar las tomas que haría el equipo de filmación. Después, pagó la cuenta en el motel Apple y se marchó a Albany, devolvió el coche de alquiler y, aliviada, tomó el avión de vuelta a Washington.

9

«Washington es bonito —pensó Pat— visto desde cualquier lugar, y a cualquier hora.» Por la noche, los focos del Capitolio y los monumentos producían una sensación de tranquila eternidad. Había estado fuera de la ciudad sólo treinta horas, pero le parecía que habían pasado varios días. El avión aterrizó con una ligera sacudida y avanzó suavemente por la pista.

Mientras abría la puerta oyó el teléfono y corrió para cogerlo. Era Luther Pelham y parecía nervioso.

—Estoy contento de haberte encontrado. No me dijiste dónde te hospedabas en Apple Junction. Cuando por fin te localicé ya te habías marchado.

—Lo siento, debí haberte telefoneado esta mañana.

—Abigail va a pronunciar un largo discurso antes de la votación final para el presupuesto de mañana. Me ha sugerido que pases el día entero en su oficina. Entra a las seis y media de la madrugada.

—Estaré allí.

—¿Qué tal te fue en su ciudad natal?

—Hallé cosas bastante interesantes. Podremos filmar algunas tomas sin que la senadora se enfade.

—Me gustaría que me lo explicaras con más detalle. Salgo ahora de cenar en el Jockey Club, y, dentro de diez minutos, estaré en tu casa.

Apenas tuvo tiempo de ponerse unos pantalones y un suéter cuando sonó el timbre. En cuanto Luther llegó, Pat le mostró los documentos de la senadora que estaban apilados en la biblioteca. De vuelta en la sala de estar, le ofreció una copa y, cuando volvía con los vasos, él estaba observando el candelabro que se hallaba sobre la chimenea.

—Un precioso ejemplar de acero de Sheffield —dijo él—. Todo lo que hay en esta habitación es precioso.

En Boston, Pat había tenido un estudio parecido a los de otros periodistas jóvenes. Nunca se le había ocurrido que la costosa decoración y el mobiliario de esta casa pudieran despertar comentarios.

Intentó parecer despreocupada.

—Mi familia tiene intención de cambiarse pronto a un piso. Tenemos un desván lleno de muebles y enseres, y mi madre me dijo que si los quería, los tendría ahora o nunca.

Luther se acomodó en el sofá y cogió el vaso que ella le había ofrecido.

—Yo sólo sé que a tu edad estaba viviendo en el YMCA.[1]

Dio un golpe al almohadón que estaba junto a él.

—Siéntate aquí y explícame todo sobre la ciudad.

«¡Oh, no! —pensó ella—. Espero que no trates de conquistarme esta noche, Luther Pelham.»

Pasando por alto su invitación, se sentó en una silla, al otro lado de la mesa, frente al sofá y procedió a explicar a Luther los detalles de lo que había descubierto en Apple Junction. No eran nada edificantes.

—Puede que Abigail fuera la chica más bonita de por allí —concluyó ella—, pero desde luego no era la más popular. Ahora entiendo por qué no quiere que hurguemos en su vida allí. Jeremy Saunders hablará mal de ella hasta el día que se muera. Tiene razón en temer que, si se habla de su elección de Miss Estado de Nueva York, se avive la memoria de los habitantes de Apple Junction y recuerden cómo contribuyeron con sus dólares a costear su vestuario en Atlantic City, y luego ella los dejó plantados. ¡Vaya con Miss Apple Junction! Déjame enseñarte la foto.

Luther silbó al verla.

1. Young Men's Cristian Association: Asociación de Jóvenes Cristianos. *(N. de T.)*

—Es difícil creer que ese ser tan espantoso pudiera ser la madre de Abigail. —Luego, se lo pensó mejor—. De acuerdo, ella tiene una razón de peso para querer olvidar Apple Junction y todos sus habitantes. Pensé que me habías dicho que podrías aprovechar algo que fuera de algún interés humano.

—Nos atendremos a los hechos básicos. Tomas de fondo de la ciudad, de la escuela, de la casa donde se crió; luego, una entrevista con la directora del colegio, Margaret Langley, que nos explicará cómo Abigail solía ir a Albany para asistir a las sesiones del tribunal. Acabaremos con la foto del álbum del colegio. No es mucho, pero es algo. Tenemos que convencer a la senadora de que no puede presentarse como un OVNI que aterrizó aquí a la edad de veintiún años. Ella consintió en cooperar en este documental: imagino que no le hemos concedido el control creativo del programa.

—Por supuesto que no, pero tiene algún poder de veto. No lo olvides. No estamos haciendo esto sólo sobre ella, lo estamos haciendo con ella, y nos es precisa su cooperación para que nos permita usar sus documentos personales.

Él se levantó.

—Ya que insistes en poner la mesa entre nosotros...

Dio la vuelta a la mesa, se acercó a Pat y puso sus manos sobre las de ella. Pat se levantó rápidamente, pero no lo bastante, y él la atrapó.

—Eres una chica preciosa.

Le levantó la barbilla. Sus labios se apretaron con fuerza sobre los de ella. Su lengua era insistente. Pat intentó librarse, pero la tenía cogida como una tenaza. Por fin consiguió hundir los codos en el pecho de él.

—¡Suéltame!

Él sonrió.

—¿Por qué no me enseñas el resto de la casa?

Sus intenciones estaban claras.

—Es muy tarde —dijo—; pero de camino hacia la salida puedes echar un vistazo a la biblioteca y al comedor, si quieres. De todas maneras preferiría que esperaras hasta que haya colgado algunos cuadros y colocado otras cosas.

—¿Dónde está tu dormitorio?

—Arriba.

—¿Puedo verlo?

—Me gustaría que pensaras en el segundo piso de esta casa como si se tratara del segundo piso del Barbizon para señoritas de tus años mozos en Nueva York: «Prohibidas las visitas masculinas.»

—Preferiría que no te lo tomaras a broma.

—Yo, en cambio, preferiría que tratáramos esta conversación como una broma. Te lo digo de otra manera, no me duermo en el trabajo, y tampoco me acuesto con él. Ni esta noche. Ni mañana. Ni el año que viene.

—Ya veo.

Ella lo condujo al recibidor. En el vestíbulo le entregó su abrigo y, mientras se lo ponía, le lanzó una sonrisa amarga.

—A veces, la gente que padece tu mismo tipo de insomnio tiene problemas para saber cuáles son sus responsabilidades —dijo—. A menudo se dan cuenta de que son más felices en algún pueblo de mala muerte, que en la gran ciudad. ¿Tiene Apple Junction una emisora por cable? A lo mejor te gustaría comprobarlo.

A las seis menos diez, Toby entró por la puerta trasera de la casa de Abigail, en el barrio de Fox Hallow, en Mclean, Virginia. La enorme cocina estaba llena de utensilios culinarios. La idea que tenía Abigail del descanso era pasar la tarde cocinando. Según su humor, solía preparar seis o siete clases diferentes de entremeses, de estofados, de pescado y carne. Otras noches, preparaba media docena de salsas, galletas y pasteles que se deshacían en la boca. Después, lo metía todo en el congelador. Pero, cuando daba una fiesta, nunca admitía que lo había preparado todo ella. Odiaba cualquier referencia a la palabra cocinera.

Abigail comía muy poco. Toby sabía que le torturaba la memoria de su madre, la pobre Francey, que era gorda como un barril, con las piernas como troncos que terminaban en unos tobillos y unos pies tan gruesos que era difícil encontrar zapatos a su medida.

Toby tenía un apartamento encima del garaje. Cada mañana, hacía café y preparaba zumo. Luego, cuando ya tenía a Abby instalada en su oficina, desayunaba, y si no lo necesitaba, se buscaba una partida de póquer.

Abigail entró en la cocina mientras se ponía en la solapa un broche dorado en forma de media luna. Llevaba un traje de color morado, que hacía resaltar el azul de sus ojos.

—Estás maravillosa —masculló Toby.

Su sonrisa fue rápida y fugaz. Siempre que Abby tenía que pronunciar un discurso en el Senado, se ponía nerviosa antes del acto, como una gata en celo a punto de saltar por cualquier cosa.

—No perdamos más tiempo con el café —dijo Abby rápidamente.

—Te sobra tiempo —le aseguró Toby—. Haré que llegues antes de las seis y media. No te preocupes, tómate el café; ya sabes cómo te pones si no lo tomas.

Después, dejó ambas tazas en el fregadero, sabiendo que Abby se enfadaría si se entretenía lavándolas.

El coche estaba en la entrada. Cuando Abby se fue a buscar su abrigo y su cartera, él salió apresuradamente y puso en marcha la calefacción.

A las seis y diez, ya estaban en la carretera trescientos noventa y cinco. A pesar de ser un día en el que tenía que pronunciar un discurso, Abby estaba más nerviosa que de costumbre. Se había acostado temprano la noche anterior. Él se preguntó si habría podido dormir.

La oyó suspirar y cerrar de golpe la cartera.

—Si aún no sé lo que voy a decir, ya es demasiado tarde —comentó ella—. Si este maldito presupuesto no se vota pronto, seguiremos reunidos hasta el día de Navidad. Pero no les dejaré recortar más las asignaciones de los subsidios.

Toby la observó por el retrovisor mientras ella se servía café de un termo. Por su actitud, sabía que necesitaba hablar.

—¿Has descansado bien esta noche, senadora?

De vez en cuando, aunque estuvieran solos, él la llamaba senadora. Lo hacía para recordarle que, a pesar de todo, sabía cuál era su sitio.

—No. Empecé a pensar en ese programa; fui tonta al dejarme convencer. Estoy segura de que nos saldrá el tiro por la culata; lo presiento.

Toby frunció el ceño. Había aprendido a respetar las premoniciones; y aún no le había dicho que Pat Traymore vivía en la casa de Dean Adams, pues esto la pondría muy nerviosa. Éste no era momento para decírselo, ya que tenía que conservar la calma, pero de todas maneras en alguna ocasión tendría que saberlo. No se podía evitar. También Toby empezaba a tener un presentimiento desagradable sobre el programa.

Pat había puesto el despertador a las cinco. En su primer trabajo para la televisión, había descubierto que sólo estando calmada y teniendo control sobre sus nervios, podía enfocar toda su energía al proyecto que tenía entre manos. Aún podía recordar el sofoco que pasó cuando tuvo que ir corriendo a entrevistar al gobernador de Connecticut y se dio cuenta de que había olvidado sus preguntas tan cuidadosamente preparadas.

Después del motel Apple, daba gusto estar en su cama ancha y cómoda. Pero había dormido mal pensando en el encuentro con Luther Pelham la noche pasada. En el ambiente de la televisión, muchos hombres hacían el obligatorio intento de ligar y algunos se mostraban vengativos cuando les rechazaban.

Se vistió rápidamente escogiendo un vestido de lana negra de manga larga y un chaleco de ante. Parecía que haría otro de aquellos crudos días neutros que habían caracterizado este frío mes de diciembre.

Faltaban algunas persianas, y los cristales del lado norte de la casa vibraban mientras el viento aullaba contra ellos.

Llegó al rellano de la escalera.

El aullido se intensificó. Pero ahora era un niño que chillaba. Bajó corriendo las escaleras, tenía tanto miedo que empezó a llorar.

Un vértigo momentáneo la hizo agarrarse a la barandilla. De nuevo, pensó con rabia, está volviendo.

De camino a la oficina de la senadora, se sintió trastornada, fuera de sí. No podía liberarse del miedo abrumador que le traían aquellos vagos recuerdos. ¿Por qué había de experimentar miedo ahora? ¿Cuánto había visto de lo acontecido aquella noche? Al llegar, Philip Buckley la estaba esperando en la oficina. En la penumbra del amanecer, su actitud hacia ella parecía aún más educadamente hostil que antes. «¿De qué tener miedo? —se preguntó Pat—. Cualquiera pensaría que soy una espía británica en un campamento colonial.» Así se lo dijo.

Su leve y fría sonrisa carecía de humor.

—Si pensáramos que es usted una espía británica, no habría podido acercarse a este campamento —comentó él—. La senadora bajará en cualquier momento. A lo mejor quiere echar un vistazo a su programa para hoy, esto le dará una idea de lo apretado de su horario.

Él la miró por encima del hombro mientras ella leía las repletas hojas.

—Tendremos que posponer al menos tres citas. Pensamos que si usted se sienta en el despacho de la senadora y observa, podrá decidir las actividades que pudieran ser de interés para el programa especial. Evidentemente, si la senadora tiene que hablar de asuntos confidenciales, usted tendrá que retirarse. He hecho instalar una mesa para usted en su despacho. De esta manera pasará inadvertida.

—Usted piensa en todo —dijo Pat—. ¡Venga!, ¿qué me dice de una gran sonrisa? Tendrá que hacerla para la cámara cuando empecemos a filmar.

—Estoy ahorrando mi sonrisa para el momento en que vea la versión final del programa —le contestó, pero parecía más relajado.

Abigail llegó al cabo de pocos minutos.

—¡Qué alegría que estés aquí! —le dijo a Pat—. Cuando no pudimos encontrarte en casa temí que te hubieras ausentado de la ciudad.

—Recibí su mensaje ayer por la noche.

—¡Oh! Luther no estaba seguro de que estuvieras disponible.

«Así pues, ésa era la razón de aquella breve conversación», pensó Pat. La senadora quería saber dónde había estado. No iba a decírselo. «Seré su sombra hasta que el programa esté acabado —dijo ella—. Probablemente se hartará de tenerme alrededor.»

Abigail no parecía convencida.

—Tenía que ponerme rápidamente en contacto contigo. Luther me dijo que tenías algunas preguntas que querías repasar conmigo. Tal como está mi horario, no sé cuando tendré un momento libre. Y ahora vayamos a trabajar.

Pat la siguió a su despacho privado e intentó hacerse notar lo menos posible. Al cabo de unos instantes, la senadora estaba discutiendo con Philip porque había llegado tarde un informe. Le exigió con aspereza que le explicara por qué.

—Tenía que haberme llegado la semana pasada.

—Las cifras no estaban aún calculadas.

—¿Por qué?

—Porque no hubo tiempo.

—Si no hay tiempo durante el día, hay tiempo durante la noche —dijo Abigail—. Y si hay alguien de mi personal que trabaja con la mirada puesta en el reloj, quiero saberlo.

A las siete en punto, empezaron las citas. El respeto de Pat hacia Abigail crecía con cada persona que entraba en la oficina. Expertos de la industria del petróleo, protectores del medio ambiente, subsidios para los veteranos. Reuniones para decidir la estrategia de presentación de un nuevo proyecto de la ley de viviendas. Un representante del IRS[1] para hacer constar objeciones específicas para una propuesta de exención de impuestos a los contribuyentes de renta media. Una delegación de ciudadanos de la tercera edad que protestaba por las reducciones en la Seguridad Social.

Cuando el Senado se reunió, Pat acompañó a Abigail y a Philip a la Cámara. Pat no tenía credencial para sentarse en el sector reservado a la prensa, detrás del estrado, así que eligió asiento en la galería de visitantes. Observó cómo los senadores iban entrando en el guardarropa y se saludaban entre ellos sonriendo relajados. Los había de todas las tallas: altos, bajos, delgados como cadáveres, gordinflones..., algunos melenudos, otros cuidadosamente peinados, varios calvos... Cuatro o cinco tenían el aspecto académico de profesores de instituto.

---

1. Internal Revenue Service: Servicio de Recaudaciones Internas. (N. del T.)

Había otras dos mujeres senadoras: Claire Lawrence, por Ohio, y Philis Holzer, por New Hampshire, que habían sido elegidas como independientes, contra todo pronóstico.

Pat estaba especialmente interesada en observar a Claire Lawrence. La senadora más reciente por Ohio llevaba un traje de punto de tres piezas, de color granate, que cubría muy bien su figura de la talla catorce. El corte de su pelo canoso habría tenido un aspecto severo a no ser por la onda natural que enmarcaba y suavizaba su angulosa cara. Pat notó la genuina simpatía con que sus colegas la saludaban, y los estallidos de risa que seguían a sus saludos murmurados. Las citas de Claire Lawrence eran famosas; tenía una manera muy graciosa de quitar hierro a los temas delicados sin comprometer la esencia del asunto que se debatía.

En su bloc de notas Pat escribió «humor», y subrayó la palabra. A Abigail se la consideraba seria. Algunos toques de humor cuidadosamente localizados deberían ser incluidos en el programa.

Un largo e insistente campanilleo llamó al orden. El senador más antiguo, por Arkansas, presidía la sesión sustituyendo al vicepresidente enfermo. Después de tratar algunos asuntos de menor importancia, el presidente en funciones concedió la palabra a la senadora más reciente, por Virginia.

Abigail se levantó y, con un aplomo total, se puso despacio unas gafas de montura azul. Llevaba el cabello peinado hacia atrás, recogido en un sencillo moño que realzaba las elegantes líneas de su perfil y de su cuello.

—Dos de las frases más conocidas de la Biblia son: «El Señor nos lo da y el Señor nos lo quita. Bendito sea el nombre del Señor.» En los dos últimos años nuestro Gobierno, en una actitud rígida y desconsiderada, ha dado y ha seguido dando, y luego ha tomado y ha seguido tomando. Pero hay pocos que bendigan su nombre.

»Estoy segura de que cualquier ciudadano responsable estaría de acuerdo en que ha sido necesario un cambio radical en los programas de subsidio. Pero ahora es el momento de examinar lo que hemos hecho. Mantengo que la cirugía fue demasiado radical, los cortes desconsiderablemente drásticos. Mantengo que es el momento de reinstaurar muchos problemas necesarios. Subsidio, por definición, significa «tener derecho a». Seguramente nadie de esta augusta Cámara discutirá que todo ser humano de nuestro país tiene derecho a pedir refugio y comida...

Abigail era un excelente portavoz. Su discurso había sido cuidadosamente preparado y documentado, salpicado con suficientes anécdotas prácticas como para mantener la atención, incluso la de estos profesionales.

Habló durante una hora y diez minutos. El aplauso fue sostenido y espontáneo. Cuando todo el Senado se levantó, Pat vio que el líder de la mayoría se apresuraba a felicitarla.

Pat esperó con Philip hasta que la senadora se deshizo por fin de sus colegas y de los visitantes que pululaban a su alrededor. Juntos volvieron a la oficina.

—Estuvo bien, ¿no? —preguntó Abigail, pero no había ningún rasgo interrogativo en el tono de su voz.

—Excelente, senadora —dijo Philip enseguida.

—¿Pat? —Abigail la miró.

—Ha sido una verdadera lástima que no lo hayamos podido grabar —dijo ella sinceramente—. Me hubiera gustado incluir algunas partes del discurso en el programa.

Comieron en el despacho de la senadora. Abigail pidió sólo un huevo duro y un café, y mientras comían interrumpieron a Abigail cuatro veces con llamadas telefónicas urgentes. Una era de una colaboradora voluntaria en las campañas.

—Por supuesto, Maggie —dijo Abigail—. No, no me interrumpes. Siempre estoy a tu disposición, ya lo sabes. ¿Qué puedo hacer por ti?

Pat observó cómo la cara de Abigail se volvía seria y fruncía el ceño.

—¿Quieres decir que el hospital te ordenó que fueras a recoger a tu madre cuando la pobre mujer ni siquiera puede levantar la cabeza de la almohada? ¡Ah!, ya veo. ¿Hay alguna residencia en la que hayas pensado? ¡Ah!, seis meses de espera. ¿Y qué se supone que vas a hacer en esos seis meses? Maggie, ya te llamaré.

Colgó con fuerza el auricular.

—Estas cosas me ponen fuera de mí. Maggie está intentando criar tres hijos ella sola. Tiene pluriempleo los sábados y ahora le dicen que se lleve a su madre a su casa. Una mujer senil que está postrada en la cama. Philip, localiza a Arnold Pritchard. Y no me importa si está asistiendo a un largo almuerzo en alguna parte. Localízale ahora mismo.

La llamada que Abigail estaba esperando llegó quince minutos más tarde.

—Arnold, encantada de hablar contigo... Estoy contenta de que te encuentres bien... No, yo no estoy bien. De hecho, estoy molesta.

Al cabo de cinco minutos, Abigail terminó la conversación diciendo:

—Sí, estoy de acuerdo. Los Sauces parece el sitio perfecto. Está cerca y Maggie podrá visitarla sin tener que pasar todo el domingo en la carretera. Ya sé que puedo contar contigo para asegurarme de que la viejecita se encuentre como en casa... Sí, manda una ambulancia a recogerla al hospital esta tarde. Maggie se sentirá aliviada.

Abigail hizo un guiño a Pat mientras colgaba el teléfono.

—Éste es el aspecto del trabajo que más me gusta —dijo—. No debería perder el tiempo llamando a Maggie yo misma, pero lo haré... —Marcó rápidamente—. Hola, Maggie, estamos de suerte.

Pat decidió que Maggie sería una invitada del programa.

Abigail tenía una entrevista con un comité del medio ambiente entre las dos y las cuatro. En la entrevista, Abigail mantuvo un duelo verbal con uno de los testigos. El testigo dijo refiriéndose a su informe:

—Senadora, sus cifras están completamente equivocadas. Creo que usted se basa en cifras anticuadas, no en las actuales.

Claire Lawrence también formaba parte del comité.

—Tal vez yo pueda ayudar —sugirió—. Estoy segura de que tengo las últimas cifras y el panorama cambia sustancialmente.

Pat observó la rígida postura de los hombros de Abigail, la manera en que abría y cerraba los puños mientras Claire Lawrence leía parte de su informe.

Una joven, de aspecto intelectual, que estaba sentada detrás de Abigail, parecía ser la ayudante que había redactado el informe equivocado. Varias veces, Abigail se había vuelto para mirar durante los comentarios de la senadora Lawrence. La chica estaba claramente angustiada y avergonzada. Se ruborizaba y se mordía los labios con fuerza para que no le temblaran.

Abigail irrumpió en el instante en que la senadora Lawrence acabó de hablar.

—Señor presidente, me gustaría dar las gracias a la senadora Lawrence por su ayuda, y quisiera también pedir disculpas a este comité por el hecho de que las cifras que me proporcionaron eran incorrectas y nos hicieron desperdiciar el precioso tiempo de todos. Prometo que no volverá a pasar.

Se volvió hacia su ayudante. Pat pudo leer, claramente, en los labios de Abigail «estás despedida». La chica se levantó de su silla y salió de la sala de audiencia con lágrimas en los ojos.

Interiormente, Pat se lamentó, pues la audiencia estaba siendo televisada y cualquiera que hubiera visto el diálogo sentiría simpatía por la joven ayudante.

Cuando hubo acabado la audiencia, Abigail volvió rápidamente a su oficina. Era evidente que todo el mundo allí sabía lo que había pasado. Las secretarias y ayudantes del despacho exterior no levantaron la cabeza cuando pasó como una fiera. La infortunada chica que había cometido el error estaba mirando fijamente por la ventana, intentando inútilmente secarse los ojos.

—¡Entra, Philip! —dijo Abigail en tono enfadado—. ¡Tú también, Pat! Así tendrás una imagen verdadera de lo que pasa en este lugar.

Se sentó a su mesa. Salvo por la palidez de sus rasgos y los labios tensos, mantenía totalmente el control.

—Philip, ¿qué ha pasado? —preguntó en tono modulado.

Incluso Philip había perdido su calma habitual. Tragó saliva nerviosamente mientras empezaba a explicar:

—Senadora, las otras chicas acaban de hablar conmigo. El marido de Eileen la dejó plantada hace un par de semanas. Por lo que me han dicho, está en un momento terrible. Hace tres años que está con nosotros y, como sabe, es uno de nuestros mejores ayudantes. ¿Podría considerar la idea y concederle una excedencia hasta que se reponga? Este trabajo le encanta.

—¡Ah!, ¿sí? ¿Le gusta tanto que ha sido capaz de dejarme en ridículo en una audiencia televisada? Para mí, está acabada. Quiero que esté fuera de aquí dentro de quince minutos. Y da gracias porque no te despida a ti también. Cuando el informe llegó tarde, te tocaba a ti averiguar la razón verdadera del problema. Con toda la gente brillante que hay, y que además está deseosa de puesto de trabajo incluido el mío, ¿crees que tengo intención de fracasar tan sólo porque estoy rodeada de incompetentes?

—No, senadora —murmuró Philip.

—No hay segundas oportunidades en este despacho. ¿No he avisado ya a mi personal de ello?

—Sí, senadora.

—Entonces sal de aquí y haz lo que te digo.

—Sí, senadora.

«¡Caramba! —pensó Pat—, no me extraña que Philip fuera tan reservado conmigo.» Entonces se dio cuenta de que la senadora estaba mirándola.

—Bien Pat, ¿supongo que piensas que soy un ogro? —No esperó una respuesta—. Mi gente sabe que si tiene un problema personal y no pueden con el trabajo, es su responsabilidad comunicarlo y pedir una excedencia. Esa política es precisamente para evitar este tipo de cosas. Cuando un miembro del personal comete un error, se refleja en mi imagen. He trabajado duro durante muchos años, y no voy a dejarme comprometer por la estupidez de otra persona. Y ahora, por Dios santo, me voy corriendo; me esperan en la escalera de la entrada, para hacerme una foto con una tropa de Brownies.[1]

10

A las cinco menos cuarto, una secretaria llamó tímidamente a la puerta del despacho de Abigail.

—Hay una llamada para la señorita Traymore —musitó.

Era Sam. Su animado y cálido tono de voz tuvo la

---

1. Chicas *girls-scouts*. (*N. del T.*)

virtud de levantarle el ánimo en un instante. El desagradable incidente y la profunda tristeza reflejada en el rostro de aquella joven la habían trastornado.

—¡Hola, Sam!

Sintió cómo la mirada escrutadora de Abigail se posaba sobre ella.

—Mis espías me han dicho que estás en el Capitolio. ¿Qué te parece si cenamos juntos hoy?

—¿Cenar? No puedo, Sam. Tengo que trabajar esta noche.

—Pero también tienes que comer. ¿Qué has almorzado? ¿Uno de los huevos duros que suele tomar Abigail?

Ella reprimió la risa. Era evidente que la senadora estaba atenta a lo que ella decía.

—Siempre y cuando no te importe cenar deprisa y temprano —concedió.

—Por mí estupendo. ¿Y si te recojo delante del edificio Russell dentro de media hora?

Cuando colgó, Pat miró a Abigail.

—¿Has repasado toda la documentación que te dimos? ¿Las películas? —preguntó enérgicamente Abigail.

—No.

—¿Algunas de ellas?

—No —admitió Pat, y pensó—: «Me alegro de no trabajar para usted, señora.»

—Pensé que podrías venir a mi casa a cenar y que hablaríamos de cuáles son las que te interesan.

Hizo una nueva pausa. Pat esperó.

—Sin embargo, ya que no has visto la documentación creo que aprovecharía más el tiempo si dedico esta noche a algunas cosas que tengo que leer. —Abigail sonrió—. Sam Kingsley es uno de los solteros más codiciados de Washington. No sabía que lo conocieras tan bien.

Pat intentó que su respuesta sonase despreocupada.

—En realidad no es así. —Pero no pudo evitar el

pensar que a Sam le resultaba difícil mantenerse alejado de ella.

Miraba por la ventana tratando de ocultar su expresión. Las ventanas del despacho daban al Capitolio. Mientras la luz del día se desvanecía, el edificio con su cúpula resplandecía enmarcado por los cortinajes de seda azul. Parecía un cuadro.

—¡Qué bonito! —exclamó.

Abigail volvió la cabeza hacia la ventana.

—Sí, lo es —asintió—. Esa vista, a esta hora del día, me recuerda siempre lo que estoy haciendo aquí. No te puedes imaginar la satisfacción que supone saber que, gracias a lo que he hecho hoy, una anciana estará bien cuidada en un sanatorio como es debido, y quizá también haya conseguido proporcionar un dinero extra a esa gente que está luchando por sobrevivir.

«Había una energía casi sensual en Abigail Jennings cuando hablaba de su trabajo —pensó Pat—. Lo dice todo en serio.»

Pero también pensó que a la senadora ya se le había olvidado la chica que había despedido unas horas antes.

Pat tembló de frío mientras bajaba los pocos escalones del edificio de la oficina del Senado. Sam se inclinó para besarla en la mejilla.

—¿Cómo está la gran directora de cine?

—Cansada —dijo ella—. Seguirle los pasos a la senadora Jennings no es la mejor manera de pasar un día descansado.

Sam suspiró.

—Ya sé lo que quieres decir. He trabajado con Abigail en bastantes asuntos legislativos. Es incansable.

Esquivando el tráfico, giró por la avenida de Pensilvania.

—Pensé que podríamos ir a Chez Grandmère en

Georgetown —dijo—; es tranquilo, la comida excelente y está cerca de tu casa.

Chez Grandmère estaba casi vacío.

—En Washington no se suele cenar a las seis menos cuarto —dijo Sam sonriendo, mientras el *maître* les invitaba a elegir mesa.

Con un cóctel en la mano, Pat le explicó todo lo que había hecho aquel día, incluida la escena de la sala de audiencia. Sam silbó.

—Fue una mala pasada para Abigail. Sólo falta que un empleado suyo le haga quedar mal.

—¿Podría realmente una cosa así influir en la decisión del presidente? —preguntó Pat.

—Pat, todo puede influir en la decisión del presidente; un error te puede arruinar. No tengo necesidad de explicártelo. Si no hubiera sido por Chappaquiddick, Teddy Kennedy podría ser presidente ahora. Además, ahí tienes los casos de Watergate y Abscam. Y remontándonos en el tiempo, los abrigos de vicuña y los congeladores. Es el cuento de nunca acabar. Todo repercute en el hombre o la mujer que ostenta el poder. Es un milagro que Abigail sobreviviera al escándalo de la desaparición de los fondos de la campaña, y si hubiera intentado acallar el asunto de su ayudante habría supuesto el fin de su credibilidad. ¿Cómo se llama la chica?

—Eleanor Brown. —Pensó en lo que le había dicho Margaret Langley—: Eleanor no podía robar por ser demasiado tímida. Eleanor siempre se declaró inocente.

Él se encogió de hombros.

—Fui fiscal del condado durante cuatro años. ¿Quieres saber algo? Nueve de cada diez criminales juran que son inocentes, y al menos ocho de cada nueve mienten.

—Pero siempre hay uno que realmente es inocente —persistió ella.

—Sólo muy de vez en cuando —dijo Sam—. ¿Qué te apetece comer?

En la hora y media que estuvieron juntos, observó cómo se fue relajando poco a poco. «Yo te convengo, Sam —pensó—. Puedo hacerte feliz. Estás pensando que tener un niño sería como cuando nació Karen, que tuviste que ocuparte de todo porque Janice estaba enferma. Conmigo sería distinto.»

A la hora del café él le preguntó:

—¿Qué tal te va en aquella casa? ¿Tienes algún problema?

Vaciló antes de decidirse a contarle lo de la nota que había encontrado debajo de la puerta y la segunda llamada telefónica.

—Pero como tú muy bien dices debe ser un bromista —concluyó después de contárselo.

Sam no le devolvió su intento de sonreír.

—Dije que una llamada aislada a la estación de Boston podría carecer de importancia. Pero me estás diciendo que en los últimos tres días has recibido una segunda llamada y una nota por debajo de la puerta. ¿Cómo supones que este loco ha conseguido tu dirección?

—¿Cómo la conseguiste tú? —preguntó Pat.

—Llamé a la Emisora Potomac y dije que era amigo tuyo. Una secretaria me dio tu número de teléfono y la dirección de aquí y me dijo cuándo llegarías. Francamente, me quedé un poco sorprendido de que me dieran tanta información sin preguntar nada.

—Yo les dije que lo hicieran. Voy a usar la casa como despacho para esta campaña y te sorprendería saber cuánta gente se ofrece para colaborar con anécdotas o recuerdos cuando leen que se prepara un documental. No quería correr el riesgo de perder ninguna llamada. No se me ocurrió pensar que eso podía causarme problemas.

—Entonces, ese tipejo la puede haber conseguido

de la misma manera que yo. ¿Por casualidad llevas la nota encima?

—La tengo en el bolso.

La sacó satisfecha de desprenderse de ella. Él la estudió frunciendo el entrecejo.

—Dudo de que alguien pueda localizar al autor de esto, pero voy a enseñársela a Jack Carston. Es agente del FBI y se precia de ser un experto grafólogo; prométeme que colgarás enseguida si recibes otra llamada.

A las ocho y media la dejó en su casa.

—Tienes que comprar unos dispositivos para que los farolillos se enciendan automáticamente —comentó él mientras estaban en el umbral de la puerta—. Cualquiera podría subir aquí y pasar una nota por debajo de la puerta sin ser visto.

Ella le miró. Su expresión relajada había desaparecido y las arrugas se le habían acentuado. «Siempre has tenido que preocuparte por Janice —pensó—. No quiero que te preocupes por mí.»

Intentó recuperar el agradable compañerismo de toda la tarde.

—Gracias por hacer de Comité de Bienvenida —dijo—. Te van a nombrar director del Comité de Hospitalidad del Capitolio.

Él sonrió fugazmente y por un momento la tensión desapareció de su mirada.

—Mi madre me enseñó a ser galante con las chicas guapas.

Estrechó las manos de ella entre las suyas. Permanecieron callados; entonces se inclinó y la besó en la mejilla.

—Me alegro de que no hagas diferencias —murmuró ella.

—¿Qué?

—La otra noche me besaste debajo del ojo derecho; esta noche toca el izquierdo.

—Buenas noches, Pat. Cierra con llave.

Apenas había llegado a la biblioteca cuando el teléfono empezó a sonar. Por un momento sintió miedo. Descolgó.

—Diga. —Su voz sonó tensa y grave a sus propios oídos.

—Señorita Traymore —era la voz de una mujer—. Soy Lila Thatcher, su vecina de enfrente. Sé que acaba de llegar a casa, pero ¿le sería posible pasar por aquí un momento? Hay algo importante que usted debería saber.

«Lila Thatcher —pensó Pat—. Claro, ya caigo, es la médium que ha escrito esos libros de tanto éxito sobre pes[1] y otros fenómenos psíquicos. Hace poco se hizo célebre por la ayuda que prestó a la policía en la búsqueda de un niño perdido.»

—Iré enseguida —contestó con pocas ganas—, pero me temo que sólo me podré quedar un momento.

Mientras cruzaba la calle como podía, intentando esquivar los lugares donde se acumulaban la nieve fundida y el barro, trató de olvidar su sensación de inseguridad.

Estaba convencida de que no le iba a gustar lo que Lila Thatcher iba a decirle.

11

Una doncella abrió la puerta y la acompañó a la sala de estar. Pat no sabía qué tipo de persona iba a encontrar; se había imaginado a una gitana con turbante, pero se encontró con una mujer de aspecto plácido y agradable que se levantó para saludarla. Era algo entrada en

---

1. Percepciones extrasensoriales.

carnes, con el pelo canoso y los ojos inteligentes y chispeantes. Sonrió calurosamente a Pat.

—Patricia Traymore —dijo—. Me alegro de conocerla. Bienvenida a Georgetown. —Cogiendo la mano de Pat la estrechó delicadamente—. Sé que debe de estar muy ocupada con el programa que está preparando. Estoy segura de que es un proyecto importante. ¿Cómo se lleva con Luther Pelham?

—Bien, hasta ahora.

—Espero que siga así.

Lila Thatcher llevaba las gafas colgadas del cuello por una larga cadena de plata. Distraídamente, las cogió con la mano derecha y empezó a golpearse con ellas la mano izquierda.

—Sólo dispongo de unos minutos, igual que usted, pues tengo una reunión dentro de media hora y mañana salgo temprano para California. Por eso decidí llamarla. Esto no es algo que suelo hacer. Sin embargo, mi conciencia me impide marcharme sin avisarla. ¿Se da cuenta de que hace veintitrés años tuvo lugar un asesinato seguido de un suicidio en la casa que tiene usted alquilada?

—Ya me lo dijeron. —Era la respuesta que más se acercaba a la verdad.

—Y ¿no se siente incómoda?

—Señora Thatcher, muchas casas de Georgetown tienen alrededor de doscientos años, así que es seguro que haya muerto gente en ellas.

—No es lo mismo —la voz de la mujer se volvió más aguda, con una entonación algo nerviosa—. Mi marido y yo nos mudamos a esta casa, más o menos, un año antes de la tragedia. Recuerdo la primera vez que le dije que empezaba a sentir la oscuridad en la atmósfera alrededor de la casa de los Adams. Durante los meses que siguieron aparecía y desaparecía, pero cada vez que aparecía se volvía más pronunciada. Dean y Renée

Adams eran una pareja muy atractiva. Él tenía un aspecto espléndido; era uno de esos hombres magnéticos, que llaman la atención enseguida. Renée..., era muy diferente: callada, reservada, una joven muy cerrada. Me daba la sensación de que no se sentía cómoda siendo la esposa de un político. Inevitablemente el matrimonio se resintió. Pero estaba muy enamorada de su marido y ambos adoraban a su hija.

Pat la escuchaba atentamente.

—Unos días antes de morir, Renée me dijo que iba a volver a Nueva Inglaterra con Kerry. Estábamos delante de la casa, la de usted, y no le puedo describir la sensación tan grande que tuve de que algo malo y peligroso se avecinaba. Intenté avisar a Renée diciéndole que si su decisión era irrevocable, no debía esperar más tiempo. El aviso llegó demasiado tarde. Nunca he vuelto a notar, hasta esta última semana, nada parecido a lo que sentí entonces. Pero me está volviendo. No sé por qué, pero es como la última vez. Presiento que la oscuridad la envuelve. ¿No puede dejar la casa? No debería estar usted allí.

Pat midió sus palabras cuidadosamente.

—¿Tiene alguna otra razón, aparte de sentir esta aura negativa que rodea mi casa, para aconsejarme que me marche?

—Sí. Hace tres días, mi doncella vio a un hombre merodeando por la esquina. Entonces vio huellas en la nieve junto a su casa. Pensamos que podía ser un ladrón y lo notificamos a la policía. Volvimos a ver huellas ayer por la mañana después de la nevada. Quienquiera que sea no se acerca más allá de aquel rododendro alto. Cualquiera puede observar su casa sin que le vean desde nuestras ventanas o desde la calle, si se esconde detrás de ese árbol.

La señora Thatcher cruzó los brazos como si hubiera sentido un súbito escalofrío; aparecieron en su rostro unas graves y profundas arrugas. Miró a Pat con fijeza y en el instante en que Pat le devolvió la mirada, sus ojos se agrandaron y mostraron una expresión de inteligencia. Cuando Pat se fue, unos minutos más tarde, la mujer estaba profundamente afectada y volvió a insistir en que Pat dejara la casa.

«Lila Thatcher sabe quién soy —pensó Pat—. De eso estoy segura.»

Se fue directamente a la biblioteca y se sirvió una generosa copa de coñac.

—Esto está mejor —murmuró, mientras entraba en calor.

Intentaba no pensar en la amenazante oscuridad de fuera. Le consolaba pensar que la policía estaba al tanto del merodeador. Intentó calmarse. Lila le había rogado a Renée que se marchara. Si su madre la hubiera escuchado, ¿podría haberse evitado la tragedia? ¿Debería ella ahora seguir los consejos de Lila e irse a un hotel o alquilar un apartamento?

—No puedo —dijo en voz alta—. Sencillamente, no puedo.

Tenía muy poco tiempo para preparar el documental. Sería impensable perder tiempo mudándose. El hecho de que, como médium, Lila Thatcher podía presentir la desgracia, no quería decir que la pudiera evitar. Pat pensó: «Si mi madre se hubiera ido a Boston, seguramente mi padre la habría seguido. Si alguien se propone encontrarme, lo conseguirá. Tendría que tomar las mismas precauciones si me mudo a un apartamento. Tendré mucho cuidado.»

Pero, de ningún modo, la reconfortaba pensar que Lila había adivinado su verdadera identidad. «Ella tenía afecto a mis padres; me conoció de pequeña. Después de acabar el programa podré hablar con ella y hurgar en sus recuerdos. Puede que me ayude a descifrarlo todo.»

Pero lo que ahora importaba era revisar los archivos personales de la senadora y seleccionar documentos para el programa. Se sirvió otra copa de coñac. «Así está mejor», murmuró mientras notaba el delicioso efecto producido por el licor y tratando de no pensar en la oscuridad.

Los carretes de película estaban todos mezclados en una de las cajas que Toby había traído. Afortunadamente, todos llevaban su etiqueta. Empezó a ordenarlos. Algunos eran de actividades políticas de la campaña y discursos. Por fin encontró los personales, los que más le interesaba ver. Empezó con la película etiquetada: WILLARD Y ABIGAIL, FIESTA NUPCIAL.

Sabía que se habían escapado para casarse antes de que él se licenciara en la Facultad de Derecho de Harvard. Abby acababa de terminar su primer año en Radcliffe. Willard se había presentado para miembro del Congreso poco después de la boda. Ella le ayudó en la campaña y después acabó sus estudios en la Universidad de Richmond. Parece que hubo una recepción cuando él la llevó a Virginia.

La película empezaba con una fiesta en un jardín. Había unas mesas adornadas cubiertas con sombrillas de colores en un lugar sombreado por los árboles. Los criados se movían entre los grupos de invitados; mujeres con trajes veraniegos y pamelas: los hombres llevaban chaquetas oscuras y pantalones blancos de franela.

En la terraza, recibiendo a los invitados, aparecía una joven y despampanante Abigail vestida con una túnica de seda, y a su lado un hombre con aspecto de colegial. Una mujer mayor, obviamente la madre de Willard Jennings, se encontraba a la derecha de Abigail. Su aristocrático rostro era de rasgos adustos y fieros. A medida que los invitados pasaban, lentamente, delante de ella, los iba presentando a Abigail. Ni una sola vez la miró directamente.

¿Qué era lo que había dicho la senadora? «Mi suegra siempre me consideró la yanqui que le robó a su hijo.» Realmente, Abigail no exageraba.

Pat estudió a Willard Jennings. Era sólo un poco más alto que Abigail, tenía el cabello claro y un rostro delgado y tierno. Por su forma de dar la mano y besar mejillas parecía un hombre muy tímido.

De los tres, sólo Abigail parecía estar cómoda. Sonreía constantemente, inclinaba la cabeza hacia adelante como si memorizara con cuidado los nombres, extendiendo la mano para mostrar sus anillos.

«¡Qué pena que no hubiese una banda sonora!», pensó Pat.

Acababa de saludar al último de los invitados. Pat observó que mientras Abigail y Willard se volvían el uno hacia el otro, la madre de Willard miraba hacia el frente. Su rostro se iba volviendo cada vez menos adusto y más sonriente hasta sonreír abiertamente. Un hombre alto y de pelo castaño se acercó a ella y la abrazó. La soltó y la volvió a abrazar; luego se volvió para felicitar a los recién casados. Pat se inclinó hacia adelante. Cuando el rostro del hombre fue claramente reconocible, paró el proyector.

El último invitado era su padre, Dean Adams. «¡Qué joven está!», pensó. No debía de tener más de treinta años. Intentó dominar la emoción que la embargaba. ¿Tenía algún recuerdo de su padre tal y como aparecía en la película? Sus anchas espaldas llenaban toda la pantalla. «Era como un dios —pensó ella—. Un gigante, comparado con Willard, que emanaba energía y personalidad.»

Observó su rostro rasgo a rasgo, con detenimiento. El semblante inmóvil fijado en la pantalla le permitía hacerlo minuciosamente. Se preguntó dónde estaría su madre y entonces se dio cuenta de que la película había sido filmada cuando su madre aún era estudiante en el

Conservatorio de Boston y tenía intención de seguir una carrera de música.

Dean Adams era un miembro del Congreso recién elegido por Wisconsin. Conservaba el aspecto saludable y abierto de hombre del Oeste, como si se hubiera pasado toda la vida al aire libre.

Pulsó un interruptor y las figuras cobraron vida de nuevo; Dean Adams bromeaba con Willard Jennings, Abigail extendía la mano hacia él... Dean, ignorándola, la besó en la mejilla. Algo que le dijo a Willard hizo que todos se echaran a reír.

La cámara les siguió mientras descendían por la escalinata de piedra de la terraza y se mezclaban entre los invitados. Dean Adams tenía en su mano el brazo de la madre de Willard, mientras ella le hablaba con animación. Era evidente que se apreciaban mucho.

Cuando la película acabó, Pat la puso de nuevo, marcando las escenas que podían ser utilizadas en el programa. Willard y Abigail cortando el pastel, brindando, bailando el primer baile. No podía utilizar los fotogramas de recibimiento de los invitados, porque el gesto de desagrado en el rostro de la señora Jennings era demasiado evidente, y ofrecer sólo el trozo en el que aparecía Dean Adams estaba totalmente fuera de lugar.

«¿Qué había sentido Abigail aquella tarde?», se preguntaba Pat. Aquella preciosa casa de ladrillo blanca, aquella reunión de la flor y nata de Virginia era muy distinta de la vivienda de servicio de los Saunders en Apple Junction.

La casa de los Saunders... ¿Y la madre de Abigail, Francey Foster? ¿Dónde estaba aquel día? ¿Había declinado su asistencia a la fiesta nupcial de Abigail dándose cuenta de que desentonaría entre aquella gente? ¿O quizá Abigail había tomado la decisión por ella?

Empezó a pasar los carretes uno por uno haciendo

acopio de fuerzas para sobreponerse a la impresión de ver aparecer a su padre en casi todas las películas que habían filmado en aquella finca.

Aun sin saber las fechas, era posible ordenar las películas cronológicamente.

La primera campaña: películas profesionales de noticiarios, de Abigail y Willard cogidos de la mano andando por una calle y saludando a los transeúntes... Abigail y Willard inspeccionando una nueva urbanización. La voz del locutor decía... «Mientras tanto Willard Jennings esa tarde hacía su campaña electoral para el escaño que había quedado vacante debido al cese por jubilación de su tío, el congresista Porter Jennings, jurando continuar la tradición familiar del servicio al electorado de su distrito.»

Había una entrevista a Abigail: ¿Cómo se siente uno al pasar la luna de miel haciendo una campaña electoral?

Respuesta de Abigail: «No puedo pensar en una manera mejor de estar al lado de mi marido, ayudándole a empezar su carrera política.»

Había un deje suave en la voz de Abigail, la cadencia inconfundible del acento sureño. Hizo un cálculo rápido. En ese momento, Abigail llevaba en Virginia menos de tres meses. Subrayó aquellos fotogramas para el programa.

En total había secuencias de cinco campañas. Mientras avanzaban, Abigail tenía un papel más prominente. A menudo su discurso empezaba así: «Mi marido está en Washington trabajando para vosotros. A diferencia de muchos otros, él no utiliza el tiempo en que debería estar haciendo su importante trabajo en el Congreso, para hacer una campaña electoral. Me alegro de poder comunicaros algunos de mis éxitos.»

Las películas de los acontecimientos sociales en la finca fueron las más difíciles de ver. 35 ANIVERSARIO DE

WILLARD. Dos jóvenes parejas posando con Abigail y Willard: Jack y Jackie Kennedy y Dean y Renée Adams. Ambas recién casadas.

Era la primera vez que Pat veía una película de su madre. Renée llevaba un vestido verde pálido; el pelo oscuro le caía libremente sobre los hombros. Parecía muy tímida, pero cuando sonrió a su marido, su expresión fue de adoración. Pat se dio cuenta de que no podía soportar pensar más en él. Se alegró de poder rebobinar la película. En unas tomas más adelante, los Kennedy y los Jennings posaban juntos. Tomó nota en su libreta. «Ésa sería una secuencia maravillosa para el programa —pensó con amargura—. Los buenos tiempos con la ausencia vergonzosa del congresista Dean Adams y la esposa asesinada.»

La última película que vio fue la del funeral de Willard Jennings. En la película había un retazo de un noticiario que empezaba ante las puertas de la catedral. La voz del locutor era suave:

«El cortejo funerario del congresista Willard Jennings acaba de llegar. Todos, los importantes y los menos importantes, están reunidos en el interior para ofrecer el último adiós al legislador de Virginia que murió al estrellarse su avión cuando se dirigía a pronunciar un discurso. El congresista Jennings y el piloto, George Graney, murieron en el acto.

»La joven viuda va acompañada del senador por Massachussets John Fitzgerald Kennedy. La madre del congresista Jennings, señora Stuart Jennings, va acompañada por el congresista Dean Adams, de Wisconsin. El senador Kennedy y el congresista Adams eran los más íntimos amigos de Willard Jennings.»

Abigail bajaba del primer coche, con un rostro que no denotaba ninguna emoción y un negro velo cubriendo su cabello rubio. Llevaba un vestido negro de seda de corte sencillo y un collar de perlas. El joven y atractivo senador de Massachussets le ofreció, ceremoniosamente, su brazo.

La madre de Willard estaba, sin lugar a dudas, sumida en el dolor. Cuando la ayudaron a salir del coche sus ojos fueron a caer sobre el ataúd cubierto con la bandera. Juntó las manos y sacudió ligeramente la cabeza en un claro gesto de rechazo. En aquel momento el padre de Pat dio el brazo a la señora Jennings y estrechó sus manos entre las suyas. Lentamente, el cortejo penetró en la catedral.

Había visto más de lo que era capaz de asimilar en una noche. Estaba claro que el material humano que había estado buscando se reflejaba ampliamente en aquellas viejas secuencias familiares. Apagó las luces de la biblioteca y entró en el salón.

En el salón había corriente de aire. En la biblioteca no había ninguna ventana abierta, así que comprobó las del comedor, las de la cocina y las del recibidor y todas estaban bien cerradas.

Pero a pesar de ello había corriente de aire...

Una sensación de temor aceleró su respiración. La puerta de la sala de estar estaba cerrada. Puso la mano sobre ella. El espacio entre la puerta y el marco estaba frío como el hielo. Abrió la puerta lentamente y le llegó un soplo de aire frío; asustada, encendió la luz.

Las puertas del patio estaban abiertas. Un panel de cristal, que había sido cortado, estaba sobre la alfombra.

Y entonces la vio.

Apoyada contra la chimenea, con la pierna derecha doblada debajo del cuerpo y el delantal blanco empapado de sangre, yacía una muñeca de trapo Raggedy Ann. Cayendo de rodillas, Pat la contempló. Una mano hábil había pintado curvas descendentes en la boca cosida, añadido lágrimas a las mejillas y pintado arrugas en la frente; la típica cara sonriente de las muñecas Raggedy Ann había sido transformada en una imagen dolorosa y sufriente.

Para contener el grito se puso la mano en la boca. ¿Quién había estado allí? ¿Por qué? Medio escondida por el manchado delantal había una hoja de papel clavada al vestido de la muñeca; retiró sus dedos al sentir el contacto de la sangre seca. Era el mismo papel barato de la otra nota; la misma escritura pequeña e inclinada. «Éste es mi último aviso. No debes hacer un programa sobre Abigail Jennings.»

Se oyó un sonido chirriante. Una de las puertas del patio se movía. ¿Había alguien allí? Se puso en pie de un salto. Pero sólo era el viento que empujaba la puerta. Cruzó corriendo la sala y cerró, de golpe, las dos puertas. ¿Quién sabe si el intruso estaba aún allí, escondido en el jardín, detrás de los abetos?

Sus manos temblaban mientras marcaba el número de la policía. La voz del agente era tranquilizadora.

—Mandamos un coche patrulla ahora mismo.

Mientras esperaba, releyó la nota. Ésta era la cuarta vez que le advertían que dejara el programa. Súbitamente suspicaz, se preguntó si las amenazas tendrían algún fundamento. ¿Era posible que esto fuese algún tipo de truco sucio para convertir el documento de la senadora Jennings en el centro de todos los comentarios y hacerle una publicidad gratuita?

La muñeca le impresionó a causa de los recuerdos que le evocaba pero sólo era una Raggedy Ann con la cara pintarrajeada. Examinándola de cerca, su aspecto era más extraño que terrorífico. Incluso el delantal ensangrentado podía ser un burdo truco para amedrentarla. «Si fuese una periodista encargada de cubrir esta historia, sacaría una fotografía de la muñeca en la primera página del periódico de mañana», pensó.

El aullido de la sirena de la policía la decidió. Rápidamente desclavó la nota y la dejó sobre la chimenea.

Adentrándose en la biblioteca, arrastró una caja de cartón que había debajo de la mesa y dejó caer la muñeca en ella. Al tocar el sangriento delantal sintió náuseas. El timbre de la puerta estaba sonando con un toque regular y persistente. Impulsivamente deshizo el nudo del delantal, se lo quitó a la muñeca y lo escondió en el fondo de la caja. Sin él, la muñeca parecía una niña que se hubiera hecho daño.

De un empujón, metió la caja debajo de la mesa y se apresuró a abrir la puerta a los policías.

12

En la calle estaban aparcados dos coches de policía con las luces del techo encendidas. Un tercer coche les había seguido. ¡Que no sea la prensa!, rogó Pat. Pero sí lo era. La policía tomó fotografías del cristal roto de la ventana. Registraron el jardín y tomaron huellas digitales en el salón.

Era difícil dar una explicación sobre la nota.

—Estaba prendida a otra cosa —indicó uno de los detectives—. ¿Dónde la encontró?

—Aquí mismo, cerca de la chimenea. —Aquello se acercaba bastante a la verdad. El periodista era del *Tribune*. Solicitó ver la nota escrita—. Preferiría que no se hiciera pública —manifestó Pat. Pero el periodista tenía derecho a leerla.

—¿Qué quiere decir eso de último aviso? —preguntó el detective—. ¿Había recibido otras amenazas anteriormente?

Omitiendo la referencia a esta casa, les habló de las dos llamadas telefónicas y de la carta que encontró la primera noche.

—Esta carta no está firmada —indicó el detective—. ¿Dónde está la otra?

—No la he guardado. Tampoco estaba firmada.

—Pero por teléfono se llamó a sí mismo ángel vengador.

—Dijo algo como: soy un ángel de la misericordia, de la liberación, un ángel vengador.

—Parece estar loco —comentó el detective a Pat con atención—. Es curioso que se haya molestado en entrar en su casa. ¿Por qué no se limitó a echarla por debajo de la puerta?

Consternada, Pat miró al periodista que estaba tomando notas.

Finalmente la policía acabó su trabajo. Todas las mesas del salón estaban llenas de polvo para detectar huellas dactilares; las puertas del patio habían sido unidas con alambre de forma que no pudieran ser forzadas hasta que el cristal de la ventana fuera sustituido.

Pat se sentía incapaz de irse a dormir. Decidió quitar las manchas y el polvo del salón para distraer sus pensamientos, pero mientras trabajaba no lograba olvidarse de la muñeca mutilada.

La niña corrió hacia la habitación y tropezó, la niña cayó encima de algo blando, y sus manos se volvieron húmedas y pegajosas, la niña levantó la mirada y vio...

¿Qué fue lo que vi? Se preguntó furiosamente. ¿Qué fue lo que vi? Sus manos trabajaban mecánicamente, extrayendo la mayor cantidad posible de aquel polvo grasiento y luego frotó las mesas de madera antigua con una gamuza humedecida en aceite. Cambió los objetos y los muebles de sitio. En la alfombra había huellas de pisadas de los policías. ¿Qué fue lo que vi?

Volvió a colocar los muebles en su posición habitual. No, no, aquí no; esta mesa estaba cerca de aquella pared, la lámpara sobre el piano y la silla estaba junto a los ventanales.

Sólo cuando acabó de poner las cosas en su sitio, comprendió lo que había estado haciendo.

El taburete. Los encargados de la mudanza lo habían puesto demasiado cerca del piano.

La niña corrió desde el recibidor hasta la habitación. Gritó. Papá, papá, y entonces tropezó con el cuerpo de su madre. Su madre estaba sangrando. Levantó la mirada y entonces...

Y entonces, sólo la oscuridad...

Eran cerca de las tres. No podía pensar más en esto aquella noche. Estaba agotada y le dolía la pierna. Cualquier persona se habría dado cuenta de su cojera, ya que tuvo que ir arrastrando el aspirador hasta el armario donde guardaba los aparatos electrodomésticos. Luego, subió trabajosamente hasta su habitación.

A las ocho sonó el teléfono. Era Luther Pelham. A pesar de despertar de un sueño profundo, inmediatamente se dio cuenta de que estaba furioso.

—Pat, he oído rumores de que entraron anoche en tu casa. ¿Estás bien?

Parpadeó tratando de sobreponerse al sueño que aún la envolvía.

—Sí.

—Has salido en la primera página del *Tribune*. En el titular del artículo dice: «La vida de un personaje famoso amenazada». Déjame leerte el primer párrafo:

«Un personaje famoso de la televisión, Patricia Traymore, después de recibir unas extrañas amenazas, ha tenido una intrusión en su domicilio de Georgetown. Las amenazas están vinculadas al documental *El perfil de la senadora Abigail Jennings*, que será dirigido y presentado por la señorita Traymore y se emitirá el próximo miércoles en el canal de Televisión Potomac.» ¡Esto es justamente la clase de publicidad que no necesita Abigail!

—Lo siento —balbuceó Pat—. Hice todo lo que pude para que el periodista no viera la nota.

—¿Por qué no me telefoneaste a mí, en vez de llamar a la policía? Francamente, pensaba que eras más lista de lo que has demostrado esta noche. Habríamos podido contratar detectives privados para que vigilaran tu casa. Esto es obra de un loco inofensivo, pero la pregunta que todo Washington se hará es: ¿quién puede tener tantos motivos para odiar así a la senadora Jennings?

Luther tenía razón.

—Lo siento —repitió Pat, pero seguidamente añadió—: Sin embargo, cuando una persona se percata de que su casa ha sido invadida clandestinamente, la reacción más lógica y normal es llamar a la policía.

—No sirve de nada seguir discutiendo acerca de esto hasta que no podamos paliar el daño causado. ¿Has visto ya las películas de Abigail?

—Sí, tengo unas secuencias excelentes para montar.

—No le habrás dicho a Abigail que estuviste en Apple Junction, ¿verdad?

—No, no lo he hecho.

—Bueno, espero que seas lo suficientemente lista para no mencionárselo. ¡Es de lo último que se tiene que enterar!

Sin despedirse siquiera, Luther colgó el auricular.

Arthur tenía la costumbre de ir a la panadería a las ocho de la mañana a comprar panecillos recién hechos y luego ir a buscar el periódico. Hoy estaba tan impaciente por ver si aparecía algo referente a la instrusión en la casa de Pat que fue en primer lugar al quiosco.

Allí estaba, a toda plana, en la portada. Leyó el artículo saboreando cada palabra y, al terminar, frunció el entrecejo. No se hablaba para nada de la muñeca Raggedy Ann. La muñeca había sido su manera de hacerles comprender que la violencia ya había entrado una vez en aquella casa y podría volver.

Compró dos panecillos con pepitas de sésamo y caminó cabizbajo las tres manzanas de regreso a su casa, y subió a su destartalado apartamento en el segundo piso. Estaba situado tan sólo a quinientos metros de la calle King donde había restaurantes y tiendas caras. Pero este barrio era pobre y descuidado.

La puerta de la habitación de Glory estaba abierta, y pudo observar que ella ya se hallaba vestida. Se había puesto unos vaqueros y un suéter de color rojo. Últimamente Glory había conocido a una chica en la oficina que era algo descarada y que la enseñaba a maquillarse y hasta llegó a convencerla de que se cortara el pelo.

No levantó la mirada a pesar de que, probablemente, le había oído entrar en el piso. Arthur suspiró. La actitud de Glory hacia él se había vuelto distante y hosca.

La noche pasada, cuando intentó contarle lo difícil que fue hacerle tragar su medicamento a la vieja señora Rodríguez y cómo tuvo que romper la pastilla en pedacitos y dársela con un poco de pan para disimular el mal sabor, Glory le había interrumpido:

—Padre, ¿no podríamos hablar alguna vez de algo que no tenga nada que ver con la residencia? —Seguidamente se fue al cine con algunas chicas del trabajo.

Puso los panecillos en los platos y sirvió el café.

—El desayuno está preparado —exclamó.

La chica se precipitó en la cocina con el abrigo puesto y el bolso bajo el brazo, como si no pudiese tardar un minuto más en irse.

—Hola —dijo saludando dulcemente a su hija—. Mi niñita está muy guapa hoy.

Glory ni siquiera sonrió.

—¿Cómo era la película? —le preguntó.

—No estaba mal. Mira, no te preocupes más en prepararme el panecillo o la pasta, desde ahora me lo comeré con mis compañeras en la oficina.

Se sintió herido pues le gustaba compartir el desayuno con ella antes de irse los dos a trabajar.

Glory debió de percibir la desilusión de su padre y una expresión apenada apareció en sus ojos.

—Eres tan bueno conmigo —le dijo ella y su voz tenía un deje de tristeza.

Después de que su hija se hubo marchado, se quedó sentado algún tiempo con la mirada fija. La noche pasada había sido agotadora, por el hecho de haber vuelto, después de todos estos años, a aquella casa, a aquella habitación, y haber colocado la muñeca de Glory en el lugar exacto donde había estado tendida la niña. Cuando acabó de ponerlo todo frente a la chimenea, la pierna derecha de la muñeca crujió y no se habría sorprendido si, al girarse, hubiera visto los cuerpos del hombre y de la mujer tendidos en el suelo.

13

Después de la llamada de Luther, Pat se levantó, hizo café y empezó a planificar el montaje del programa. Había decidido hacer dos versiones distintas para el documental; una de ellas empezaba con unas secuencias de los primeros años de vida de Abigail en Apple Junction y la otra en la recepción el día de su boda. Cuanto más pensaba en ello más se convencía de que Luther tenía razón al enfadarse. Abigail tenía ya suficiente aprensión al programa sin necesidad de que apareciera esta desagradable publicidad. «Por lo menos tuve la idea de esconder la muñeca», pensó.

Hacia las nueve se encontraba en la biblioteca pasando el resto de las películas . Luther ya le había mandando algunas secuencias montadas sobre el caso de

Eleanor Brown, que mostraba a Abigail saliendo del Palacio de Justicia después de que se la declarara culpable. Éstas eran sus tristes declaraciones:

«—Éste es un día muy doloroso para mí. Sólo espero que Eleanor sea ahora lo suficientemente honesta como para decir dónde escondió el dinero. Podía haber servido para los fondos de mi campaña, pero lo más importante era que se trataba de donaciones de gente que cree en los ideales que yo represento.»

Un periodista le preguntó:

«—Entonces, senadora, ¿no hay nada de verdad en la declaración de Eleanor cuando dijo que su chófer la llamó por teléfono pidiéndole que buscase el anillo de brillantes de usted, que se encontraba en la caja fuerte del despacho electoral?

—Mi chófer me conducía aquella misma mañana a un mitin en Richmond y el anillo lo llevaba puesto en mi dedo.»

En las escenas siguientes aparecía una fotografía de Eleanor Brown, que mostraba con claridad todos sus rasgos, su cara pequeña y descolorida, su boca tímida y sus ojos asustadizos.

La película finalizaba con una secuencia donde se veía a Abigail dirigiéndose a los estudiantes de una universidad. El tema sobre el que versaba la conferencia era «Funciones públicas». Su tesis se basaba en la responsabilidad absoluta de un legislador de mantener a su personal y equipo electoral por encima de toda sospecha. Había otra secuencia, que ya había sido montada por Luther, que era una recopilación de varias audiencias de la senadora sobre la seguridad en el vuelo, con extractos de discursos donde exigía reglamentos más rigurosos. A menudo se refería al hecho de que era viuda porque su marido tuvo la desgracia de arriesgar su vida yendo con un piloto inexperto y en un avión mal equipado.

Al final de cada una de estas secuencias Luther había anotado: «dos minutos de discusión entre la senadora J. y Pat sobre este tema.»

Pat se mordió los labios.

Aquellas dos secuencias no tenían nada que ver con su idea de lo que debía ser la emisión. ¿Qué ha sido de mi autoridad sobre este programa?, se preguntó. Todo está sucediendo demasiado deprisa y este documental se va a convertir en una chapuza.

El teléfono sonó cuando empezaba a leer las cartas que algunos electores habían escrito a Abigail. Era Sam.

—Pat, he leído lo que ha sucedido, he mirado si había algún piso libre en mi edificio. —Sam vivía en un piso de las torres de Watergate—. Hay algunos pisos en alquiler disponibles. Quiero que cojas uno para este mes, hasta que apresen a ese sujeto.

—Sam, no puedo. Ya conoces las presiones a las que estoy sometida en estos momentos. Va a venir un cerrajero y la policía mandará un guardia para que vigile mi casa. Tengo todo el material de trabajo aquí. —Intentó cambiar de tema—. El único problema que tengo en estos momentos es qué me voy a poner para la cena de la Casa Blanca.

—Siempre estás guapísima. Abigail también estará allí. Me encontré con ella esta mañana.

Poco tiempo después, la senadora llamó para expresar su estupefacción ante lo ocurrido, y enseguida fue al grano.

—Desafortunadamente, la insinuación de que te han amenazado por causa de este programa nos lleva a toda clase de especulaciones. Es preciso echar tierra sobre este asunto. Claro que, una vez se airee y se divulgue, las amenazas desaparecerán, aunque provengan de un maniático.

»¿Has visto las películas que te mandé?

—Sí, las he visto —contestó Pat—. Son muy interesantes. He tomado algunas notas, pero me gustaría disponer de Toby por un tiempo. Hay algunas imágenes de las que necesito saber los nombres de los que aparecen y su procedencia.

Acordaron que Toby acudiría a casa de Pat antes de una hora. Cuando colgó el auricular, tuvo la sensación de que se había convertido en un molesto estorbo para Abigail Jennings.

Toby llegó a los tres cuartos de hora. Su rostro acartonado estaba iluminado por la sonrisa.

—Me habría gustado estar aquí cuando ese individuo entró en su casa —le dijo—. Le habría hecho picadillo.

—Estoy segura de que sí.

Toby se sentó a la mesa de la biblioteca, mientras ella ponía en marcha el proyector.

—Éste es el viejo congresista Porter Jennings —comentó Toby—. Fue él quien dijo que no pensaba retirarse si no era Willard el que ocupara su puesto. Ya sabe usted lo que es la aristocracia de Virginia; se creen que el mundo es suyo. Pero tengo que reconocer que se enfrentó a su cuñada cuando apoyó a Abigail en su idea de suceder a Willard. La madre de Willard, aquella vieja bruja, puso un sinfín de impedimentos para evitar que Abigail accediera al Congreso. Y, entre nosotros, Abigail fue mucho mejor congresista que Willard. Él no era lo bastante agresivo. ¿Entiende lo que le quiero decir?

Mientras esperaba a Toby, Pat había estado mirando los recortes de periódicos sobre el caso de Eleanor Brown. Todo el asunto parecía demasiado sencillo. Eleanor decía que Toby la había llamado y le había dicho que se dirigiera a la oficina electoral. De todo el dinero sustraído, sólo cinco mil dólares aparecieron en el trastero del sótano del edificio donde vivía.

—¿Cómo quería usted que Eleanor Brown pudiera convencer a los jueces con una historia tan poco creíble como ésta? —preguntó Pat.

Toby se inclinó hacia atrás, apoyándose en la silla de cuero y cruzando sus gruesas piernas. Se encogió de hombros. Pat se fijó en el puro que llevaba en el bolsillo de la camisa. Haciendo de tripas corazón, le instó a fumar. Su rostro, radiante de alegría, se convirtió en una pura arruga.

—Muchas gracias, la senadora no soporta el olor del puro. No me atrevo ni siquiera a dar una chupada en el coche, aunque tenga que quedarme horas esperándola.

Encendió el puro y empezó a fumar agradecido.

—Hablando de Eleanor Brown... —sugirió Pat, dejando reposar los codos sobre las rodillas, y apoyando la barbilla en las manos.

—Yo me imagino que la historia fue así —se confió Toby—. Eleanor pensó que no echaríamos en falta el dinero hasta mucho tiempo después. Ahora la ley es mucho más severa a este respecto, pero entonces se podía dejar una gran suma de dinero en la caja fuerte de la oficina electoral, durante un par de semanas o más.

—Pero ¿setenta mil dólares en efectivo?

—Señorita Traymore, Pat, tiene que comprender el número de firmas que contribuyen con sus fondos a las campañas políticas de los partidos. Quieren sentirse seguros de que están apostando por el ganador. Ahora, por supuesto, no es posible entregar dinero en efectivo a los senadores en su despacho. Está fuera de la ley. Por lo tanto, lo que hace la persona interesada es visitar al senador o a la senadora, haciéndole saber que tiene la intención de entregar una donación para servir a la patria. Seguidamente se da un paseo con el ayudante del senador por los jardines del Capitolio y allí le entrega el dinero. El senador nunca llega a ver ese dinero, pero sabe de su existencia. Éste se invierte inmediatamente, con los otros fondos de la campaña; pero al ser dinero en efectivo, siempre será mucho más discreto, en caso de que el partido rival gane las elecciones. ¿Comprende lo que quiero decir con esto?

—Ya lo entiendo.

—No me interprete mal. Está dentro de la ley. Pero Phil había recibido unas cuantas donaciones muy generosas para la campaña y, naturalmente, Eleanor estaba al corriente de ello. A lo mejor tenía un amigo que quería efectuar una operación espectacular en la Bolsa, y sólo cogió el dinero prestado. Después, cuando advirtieron tan rápidamente su desaparición, tuvo que inventarse un pretexto cualquiera.

—No tengo la impresión de que sea tan complicada —observó Pat, mientras pensaba en la vieja fotografía de colegio que estaba en el álbum.

—Bueno, como dijo el fiscal, «no te fíes de las aguas mansas». Siento darle prisa, Pat, pero la senadora va a necesitar mis servicios dentro de unos instantes.

—Tengo sólo una o dos preguntas más que hacerle.

Sonó el teléfono.

—Es sólo un momento.

Pat cogió el teléfono.

—¿Diga?

—¿Cómo está, querida?

Pat reconoció aquella voz culta y afectada.

—Hola, señor Saunders.

Recordó demasiado tarde que Toby conocía a Jeremy Saunders. El chófer se sobresaltó. ¿Llegaría a asociar el nombre de Saunders con el de Jeremy Saunders que conoció en Apple Junction?

—Intenté localizarla ayer por la tarde, a última hora. Llamé varias veces. —La voz de Saunders vibró. Esta vez no se encontraba borracho. Estaba segura de ello.

—¿Por qué no dejó su nombre?

—Los mensajes grabados pueden ser escuchados por cualquiera. ¿Está de acuerdo conmigo?

—Espere un momento, por favor.

Pat miró a Toby. Estaba fumando el puro con aire pensativo, y parecía mostrarse indiferente ante la llamada. Seguramente, no habría asociado el nombre de Saunders con el de un hombre al que hacía treinta y cinco años que no había visto.

—Toby, es una llamada privada. ¿Le importaría si...?

Toby se levantó rápidamente antes de que ella pudiera terminar la frase.

—¿Quiere que espere fuera?

—No, Toby. Tan sólo cuelgue cuando yo llegue a la cocina.

Pronunció deliberadamente el nombre de Toby, para que Jeremy lo escuchara y no empezara a hablar hasta que estuviera seguro de que era Pat la que estaba en el aparato. Toby cogió el auricular aparentando indiferencia, pero en su fuero interno estaba seguro de que era Jeremy Saunders.

¿Por qué habría llamado a Pat Traymore? ¿Qué relación existía entre ellos? Si Abigail se entera se pondrá furiosa. Una respiración ahogada le llegó a través del auricular. «Este falso apestoso —pensó—. ¡Pobre de él si intenta difamar a Abby!» Se oyó la voz de Pat.

—Toby, ¿le importaría colgar el auricular?

—No faltaba más, Pat —dijo en tono forzadamente cordial, y colgó el auricular de golpe, no atreviéndose a descolgarlo de nuevo.

—Toby —dijo Jeremy Saunders con voz incrédula—. No me diga que está usted intimando con Toby Gorgone.

—Me está ayudando a desentrañar los pormenores de la vida de Abigail, para el programa —replicó Pat, bajando el tono de la voz.

—Claro, él ha seguido, paso a paso, la vida de nuestra gran política, ¿verdad? Pat, quería llamarla porque creo que la combinación de vodka y su maravillosa simpatía me llevaron a ser indiscreto. Por favor, tengo mucho interés en que nuestra conversación quede sólo entre nosotros. A mi mujer y a mi hija no les gustaría ver mi sórdida relación, ya pasada, con Abigail, divulgada a los cuatro vientos, en la televisión.

—No tengo intención de citar nada de lo que me dijo —replicó Pat—. El *Mirror* podría estar interesado en su vida privada, pero le aseguro que yo no.

—Muy bien, me siento mucho más tranquilo. —La voz de Saunders se volvió amistosa—. Me encontré con Edwin Shepherd, en el club. Me dijo que le entregó una copia de una página del periódico donde aparecía Abby como reina de belleza. Ya me había olvidado; espero que no se le olvide mostrar la fotografía en la que aparece como Miss Apple Junction, con su adorable madre. ¡Esa imagen sí que vale más que mil palabras!

—Pues me temo que no —contestó Pat fríamente. La presunción de Saunders le hizo perder el interés por la conversación.

—Lo siento, pero tengo que volver a mi trabajo, señor Saunders.

Colgó el auricular y regresó a la biblioteca. Toby seguía sentado en la silla donde Pat le dejó, pero había algo distinto en él; su actitud cordial había desaparecido. Parecía inmerso en sus pensamientos y se fue casi inmediatamente.

Pat abrió enseguida la ventana, de par en par, para ahuyentar aquel olor a puro; pero el olor permanecía en la habitación. Notó que se sentía de nuevo muy intranquila e insegura, y que se sobresaltaba al menor ruido.

De regreso al despacho, Toby fue directamente a ver a Philip.

—¿Cómo va todo?

Philip levantó los ojos al cielo.

—La senadora está indignada con esta historia. Se ha peleado injustamente con Luther Pelham por inducirla a realizar este programa. Si no se hubiera anunciado ya a los medios de comunicación, renunciaría inmediatamente a llevarlo a cabo. ¿Cómo te ha ido con Pat Traymore?

Toby todavía no estaba preparado para hablar de Apple Junction, pero le pidió a Philip que se enterara de qué forma se alquiló la casa de los Adams, pues era algo que le preocupaba.

Llamó a la puerta del despacho de Abigail. Parecía tranquila, demasiado tranquila, pensó Toby. Eso significaba que estaba preocupada. Tenía el periódico de la tarde sobre la mesa.

—Mira esto —dijo a Toby.

Era la columna de una famosa cronista social; en ella se leía:

> Se rumorea que en el Capitolio se hacen apuestas sobre la identidad de la persona que ha amenazado la vida de Patricia Traymore, si sigue en su postura de realizar el programa sobre la senadora Jennings.
>
> Parece ser que las opiniones están muy divididas, y que cada uno apoya a un candidato diferente. La guapísima senadora por Virginia tiene fama, entre sus colegas, de ser una puntillosa perfeccionista.

De pronto, la cara de Abigail Jennings se transformó e, invadida por una furia salvaje, arrugó con rabia el periódico y lo lanzó a la papelera.

14

Sam Kingsley se abrochó el último botón de la camisa, y se anudó el lazo de la pajarita. Miró el reloj que estaba sobre la repisa de la chimenea de su habitación, y pensó que tenía tiempo suficiente para tomarse un whisky con soda.

Desde su apartamento del Watergate, se dominaba un amplio panorama del Potomac. Desde la ventana del salón, se divisaba el Kennedy Center. Algunas noches, cuando volvía tarde del despacho, iba allí y llegaba justo a tiempo de ver el segundo y tercer acto de una de sus óperas favoritas. Después de la muerte de Janice ya no tenía sentido quedarse en la enorme casa de Fox Hollow. Karen vivía ahora en San Francisco; ella y su marido pasaban las vacaciones en casa de los suegros, en Palm Springs. Sam dejó que Karen se quedara con la vajilla, la plata, los objetos de arte y los muebles que más le gustaron, y vendió casi todo lo que quedaba. Deseaba empezar una nueva vida, sin ataduras; esperando vencer aquella infinita sensación de cansancio que le invadía.

Mientras bebía, se acercó a la ventana. El Potomac brillaba reflejando las luces del edificio y los reflectores del Kennedy Center. Él sentía la fiebre del Potomac como la sentían la mayor parte de los habitantes de Washington. ¿La experimentaría Pat también?

Estaba realmente preocupado por ella. Su amigo Jack Carlson, del FBI, le había dicho sin ambages:

—Primero recibe una llamada telefónica; después le dejan una nota debajo de la puerta; más tarde, recibe una nueva llamada y, finalmente, entra alguien en su casa y le deja una nota como último aviso. Ya puedes imaginarte lo que puede ocurrirle la próxima vez. Nos encontramos frente a un psicópata en plena efervescencia; esta caligrafía tan inclinada es típica de esa clase de enfermos; compara estas notas. Están escritas con muy pocos días de diferencia. Algunas de las letras de la segunda son prácticamente ilegibles. Su agotamiento nervioso está aumentando hasta un grado que ya no puede controlar y, por alguna razón, dirige toda su energía agresiva contra tu amiga Pat Traymore.

Mi Pat Traymore. Estos últimos meses, antes de la muerte de Janice, consiguió alejar a Pat de su mente. Había sido afortunado, pues Janice y él habían logrado recuperar, durante un corto tiempo, algo de la relación intensa que existió alguna vez entre ellos. Janice había muerto segura de su amor.

Después se sintió vacío, agotado y sin vida; viejo. Demasiado viejo para unirse a una joven de veintisiete años, e incapaz de enfrentarse a la clase de vida que ello implicaba. Sólo deseaba vivir en paz.

Entonces, leyó en los periódicos que Pat iba a trabajar a Washington, y decidió llamarla e invitarla a cenar. No había forma posible de evitarla y tampoco quería hacerlo. No deseaba que su encuentro se desarrollase en presencia de extraños, por eso la invitó a salir.

Se dio cuenta enseguida de que, fuera lo que fuese, lo que existía entre los dos no había desaparecido; eran rescoldos que sólo esperaban ser avivados, y esto era precisamente lo que ella aguardaba.

¿Pero qué era lo que él quería?

—No lo sé —dijo Sam en voz alta.

La advertencia de Jack resonaba todavía en sus oídos.

«—¿Y si le sucede algo a Pat?»

El teléfono sonó.

—Su coche está abajo, señor —le avisó el portero.

—Gracias. Bajaré enseguida.

Dejó el vaso medio vacío en el bar, y fue a su habitación para coger la chaqueta y el abrigo. Se movía con rapidez; en pocos instantes estaría a su lado.

Pat se había puesto un traje de raso, color esmeralda, para la cena de la Casa Blanca. El traje era de Óscar de la Renta; Verónica había insistido en que se lo comprara para ir al baile de la Sinfónica de Boston. Ahora le estaba agradecida por su insistencia. Para hacer juego con el traje, llevaba las esmeraldas de su abuela.

—No pareces una periodista —le comentó Sam en el momento en que la vio.

—No sé si tomármelo como un cumplido.

Sam llevaba un abrigo de cachemir, azul marino, y una bufanda de seda blanca. ¿Cómo lo había catalogado Abigail? Había dicho que era uno de los solteros más codiciados de Washington.

—Pues lo es. ¿No has recibido más llamadas o notas?

—No. —Todavía no le había hablado de la muñeca, y no deseaba hacerlo ahora.

—Bien. Me alegraré cuando acabes ese programa.

—¡Ah! Te alegrarás.

Durante el viaje en la limusina, camino de la Casa Blanca, le preguntó cómo iban las cosas.

—Tengo trabajo —contestó ella—. A Luther le parecieron bien las secuencias que escogí de las películas y ya hemos terminado el guión. Está completamente decidido a no enfrentarse a la senadora y a no incluir lo referente a su juventud. Va a convertir lo que se supone que es un documental imparcial en un elogio descarado de Abigail. Periodísticamente es un suicidio.

—¿Y no puedes hacer nada para evitarlo?

—Podría decir que renuncio, pero no he venido hasta aquí para dejarlo a la primera semana de trabajo.

Estaban pasando por la avenida de Pensilvania, delante del que fue uno de los hoteles más elegantes, el Roger Smith. Cuando era pequeña, pensó Pat, asistí a una fiesta navideña en este hotel. Llevaba un vestido de terciopelo rojo, calcetines largos blancos y unos zapatos de charol, negros. Derramé helado de chocolate en mi vestido, empecé a llorar y papá me dijo: «No es culpa tuya, nena.»

—No quiero que te preocupes por mí, Sam. Quiero que me veas como una persona divertida y sin problemas.

La limusina se aproximó a la entrada noroeste de la Casa Blanca. Se pararon al llegar a la larga fila de coches que se había formado delante del riguroso control de seguridad de la entrada. Cuando les llegó el turno, un guardia, respetuosamente, comprobó sus nombres en la lista de invitados.

El interior de la mansión estaba decorado con motivos navideños. La banda de música de la Marina estaba tocando en el recibidor de mármol. Los camareros, con guantes blancos, ofrecían champán. Pat reconoció algunas caras familiares entre los invitados; estrellas de cine, senadores, miembros del gabinete, personas de la alta sociedad, una gran actriz de teatro.

—¿Habías estado alguna vez aquí? —le preguntó Sam.

—Sí, en un viaje organizado por el colegio, cuando tenía dieciséis años. Hicimos una excursión y nos dijeron que Abigail Jennings tenía por costumbre tender su colada en lo que ahora es el salón este.

—No vas a encontrar ningún tendedero ahora. Bueno, si pretendes hacer carrera en Washington, tienes que conocer gente.

Unos instantes más tarde Sam le presentaba al secretario del Gabinete de Prensa del Presidente.

Brian Salem era una persona amable y también rotunda.

—¿Está usted tratando de acaparar las primeras páginas de los periódicos, señorita Traymore? —le preguntó, sonriendo.

Así que también en el Despacho Oval se contaba la intrusión que había sufrido la casa de Pat.

—¿Tiene alguna pista la policía?

—No estoy segura, pero todos pensamos que debe tratarse de un loco.

Penny Salem, esposa del secretario de Prensa, poseía unos ojos muy vivos, era muy delgada y debía de tener unos cuarenta años.

—Dios sabe cuántas cartas de locos ha visto Brian dirigidas al presidente.

—En efecto —respondió su marido—. Cualquier persona que tenga un cargo público, está destinada a ser perseguida. Cuanto más poder tenga la persona, más se convierte en el blanco de los locos, y Abigail Jennings toma una actitud positiva, que es la de saber salirse con sutiles evasivas. ¡Oh!, hela aquí —y sonriendo añadió—. ¿No les parece maravillosa?

Abigail acababa de entrar en el salón este; era una noche en la que había decidido no hacer resaltar su belleza. Llevaba una capa de raso color melocotón con un corpiño bordado de perlas y una falda acampanada que resaltaba la finura del talle y el esbelto cuerpo. El cabello, recogido en un moño, enmarcaba las perfectas facciones. Sus extraordinarios ojos estaban acentuados por una sombra azul claro y el colorete rosado que subrayaba los pómulos. Un tono melocotón, algo más oscuro, perfilaba la línea perfecta de sus labios.

Era una Abigail distinta, que reía dulcemente dejando caer su mano, sólo el tiempo preciso, en el brazo de un embajador octogenario y aceptando los cumplidos sobre su belleza como si fuera un duro deber.

Pat se preguntó si las demás mujeres se sentían como ella en aquel instante: repentinamente anodina e insignificante.

Abigail había calculado bien el momento de su llegada. Unos segundos más tarde, la banda de música de la Marina entonaba el himno *Saludo a los presidentes*, en el momento en que el presidente y su esposa llegaban de sus habitaciones privadas, acompañados del nuevo primer ministro de Israel y su esposa. Al finalizar las primeras notas del *Saludo a los presidentes*, dio comienzo el himno nacional de Israel. Se formó una fila con las personas que querían saludar a los presidentes. Cuando Pat y Sam se aproximaron a ellos, Pat notó que el corazón le latía con violencia.

La esposa del presidente era mucho más atractiva en persona que en las fotografías. Tenía una cara larga y risueña, una boca generosa y los ojos de color avellana. Su cabello era castaño claro veteado por algunas canas. Un halo de total seguridad en sí misma la envolvía. Sus ojos se achinaban cada vez que sonreía y sus labios entreabiertos mostraban unos dientes perfectos y sanos. Se dirigió a Pat y le dijo que, de joven, su ambición había sido trabajar en la televisión, y en lugar de eso, se encontró casada apenas salir de Vassar, casi sin darse cuenta, añadió sonriendo a su marido.

—Fui lo bastante listo para pescarla antes de que otro se me anticipara —dijo el presidente—. Pat, encantado de conocerla.

Sintió una enorme emoción al dar la mano al hombre más poderoso del mundo.

—Son buena gente —comentó Sam, mientras aceptaba una copa de champán—, y ha sido un presidente muy enérgico. Parece increíble que pueda estar acabando su segundo mandato. Es joven, todavía no ha cumplido los sesenta. Será interesante seguir su trayectoria en los últimos años.

Pat miraba detenidamente a la esposa del presidente.

—Me encantaría realizar un programa sobre ella. Da la impresión de ser una mujer muy segura de sí misma.

—Es lógico que lo esté —contestó Sam—, su padre era embajador en Inglaterra, su abuelo era vicepresidente. Es producto de generaciones de educación y dinero unidos a la vida diplomática. Todo esto contribuye a tener seguridad en uno mismo. ¿No te parece?

En el lujoso comedor, las mesas estaban servidas con una vajilla de Limoges de delicados diseños en verde con el borde dorado. El mantel era de seda verde pálido. En las mesas había centros de cristal con rosas y helechos.

—Siento que no nos hayan sentado juntos —comentó Sam—, pero creo que te han puesto en una buena mesa. Por favor, fíjate en la mesa en que han situado a Abigail.

Abigail estaba en la mesa presidencial, entre el presidente y el invitado de honor, el primer ministro de Israel.

—Cómo me habría gustado filmar esto —murmuró Pat.

Echó un vistazo al menú para ver los entremeses: salmón en *gelée*, suprema de capón con salsa brandy flameada y arroz.

El vecino de mesa de Pat era el presidente de la Junta de Jefes de Estado Mayor. Los otros comensales eran: el rector de la universidad, un autor dramático que había ganado el premio Pulitzer, un obispo episcopaliano, y el director del Centro Lincoln.

Miró a su alrededor buscando a Sam, que se encontraba en la mesa del presidente enfrente de la senadora Jennings. Se sonreían el uno al otro. Pat sintió una punzada de celos y miró hacia otro lado.

Hacia el final de la cena, el presidente invitó a todas las personas presentes a rezar por el vicepresidente que se encontraba gravemente enfermo y añadió: «Algunos de nosotros sabemos que trabaja sin descanso catorce horas al día, y ahora lo está pagando con su salud.»

Cuando finalizó el homenaje, todos los presentes sabían con certeza que el vicepresidente no volvería a reemprender su trabajo. El presidente sonrió a Abigail mientras se sentaba, con un gesto que bien podía ser de beneplácito.

—¿Qué tal lo has pasado, te has divertido? —le preguntó Sam a Pat cuando regresaban—. Aquel escritor que estaba en tu mesa sólo tenía ojos para ti. Bailaste con él tres o cuatro veces, ¿verdad?

—Sí, mientras tú lo hacías con Abigail. ¡Qué gran honor sentarse a la mesa del presidente!

—Siempre es un honor.

Había algo forzado en su conversación, algo que le hizo pensar que la noche había sido un fracaso. Quizá Sam le había conseguido la invitación sólo para que conociera gente de Washington. A lo mejor se sentía en la obligación de ayudarla, antes de desaparecer de su vida de nuevo.

Sam esperó a su lado mientras ella abría la puerta, pero rechazó la copa que le ofreció.

—Me espera un día muy largo mañana. Cojo el avión a las seis de la mañana para Palm Springs; voy a pasar las vacaciones con Karen y Tom en casa de los padres de él. ¿Vas a irte a Concord estas vacaciones, Pat?

Ella no quiso decirle que Verónica y Charles se habían marchado a hacer un crucero por el Caribe.

—Estas Navidades tengo que trabajar —le contestó.

—Las celebraremos a mi vuelta, cuando se acabe el programa, y entonces te daré mi regalo de Navidad.

—Me parece una buena idea —dijo Pat esperando que su tono de voz fuera tan admirable como el de Sam. No quería que él se diera cuenta del sentimiento de vacío que tenía en aquellos momentos.

—Estabas guapísima en la fiesta. Te sorprenderías si supieras la cantidad de comentarios halagadores que he oído sobre ti.

—Espero que fuese de gente de mi edad. Buenas noches, Sam —y empujando la puerta, entró.

—Maldita sea, Pat. —Sam entró en el recibidor y la agarró por un hombro obligándola a volverse. La chaqueta de Pat se cayó al suelo en el instante en que él la atraía hacia sí; ella se le abrazó al cuello, rozando con las yemas de los dedos el abrigo; acarició su fría piel y jugó con los mechones de su pelo. Todo era como ella lo recordaba; el agradable y tenue olor de su aliento; la misma sensación cuando sus brazos la envolvían y la certeza de que rodeándola se pertenecían el uno al otro.

—Oh, mi amor —susurró Pat—. Te he echado tanto de menos.

Él reaccionó como si le hubieran abofeteado. Instintivamente se irguió y dio un paso atrás. Sin saber qué hacer, Pat retiró los brazos del cuello.

—Sam.

—Perdona —dijo él intentando sonreír—. Pero, por desgracia para ti, eres demasiado atractiva.

Durante un minuto interminable se miraron. Después Sam la tomó por los hombros.

—¿No te das cuenta de que no hay nada que desee más en este mundo que reanudar lo que iniciamos aquel día? Pero no me voy a permitir el hacerte esto. Eres una joven guapísima y en menos de seis meses tendrás una corte de jóvenes que podrán ofrecerte la clase de vida que tú te mereces. A mí ya se me ha pasado el tiempo. Por poco pierdo mi escaño en las últimas elecciones, ¿y sabes lo que dijo mi oponente? Dijo que ya era hora de que corriera sangre nueva por el Senado; que Sam Kingsley llevaba allí demasiado tiempo, y que estaba acabado. Ya es hora de que se le conceda el descanso que se merece.

—¿Y lo creíste?

—Lo creí porque es verdad. Aquel último año y medio con Janice me dejó vacío y seco. Me cuesta cada vez más tomar decisiones y no sé dónde me encuentro. Sólo elegir la corbata que tengo que ponerme me supone un gran esfuerzo; pero, Dios mío, por lo menos he tomado una decisión de la que no pienso retractarme. No voy a destrozarte la vida de nuevo.

—¿No has pensado, por casualidad, que justamente la estés destrozando al no querer entrar en ella? —Se miraron tristemente—. No me vas a convencer.

15

Glory parecía distinta. Ahora se arreglaba el pelo al levantarse, y llevaba ropa nueva, de colores más alegres. Sus blusas se cerraban con volantes en vez de llevar cuello camisero como antes; y hacía poco se había comprado unos pendientes.

Cada día le insistía en que no le preparara ningún bocadillo para el almuerzo, ya que comería en la oficina.

—¿Sola? —le preguntó.

—No, papá.

—¿Con Opal?

—Tan sólo voy a comer fuera —le decía con aquel tono de impaciencia tan poco habitual en ella.

Ya no se interesaba cuando él le contaba cosas de su trabajo. Había intentado explicarle un par de veces cómo a pesar del respirador, la señora Gillespie madre se pasaba todo el tiempo tosiendo con enormes dolores. Antes, Glory solía escuchar aquellas historias con atención y se mostraba compasiva ante la enfermedad de sus pacientes; estaba siempre de acuerdo con él en que sería una bendición que los ángeles se llevaran de este mundo a los más enfermos. Al contar con su aprobación le era más fácil llevar a cabo su misión.

Estaba tan distraído pensando en Glory que al entregar a la señora Gillespie al Señor fue un poco descuidado. Pensó que dormía, pero cuando desenchufó el respirador y empezaba a rezar por su alma ella abrió los ojos y comprendió lo que estaba haciendo. Su barbilla tembló al tiempo que susurraba:

—Por favor, por favor, oh Virgen santa, ayúdame...

Vio cómo sus ojos aterrorizados se tornaban vidriosos y finalmente adquirieron una expresión vacía y fija.

Pero la señora Harnick le vio cuando salía de la habitación de la señora Gillespie.

La enfermera Sheelan fue quien descubrió el cuerpo de la señora Gillespie. Ella no aceptaba que la muerte de la anciana hubiera sido la voluntad de Dios; en vez de eso, insistió en que verificasen el buen funcionamiento del respirador. Arthur vio más tarde a la enfermera hablando con la señora Harnick, la cual estaba muy nerviosa y gesticulaba señalando la habitación de la señora Gillespie.

Todo el mundo en la residencia de ancianos le apreciaba excepto la enfermera Sheelan. Le regañaba continuamente diciéndole que se excedía en su tarea. «Para eso ya tenemos a los capellanes. No es cosa suya aconsejar moralmente a los pacientes.»

Si hubiera sabido que la enfermera Sheelan estaba de turno no se habría atrevido a acercarse a la señora Gillespie.

Su preocupación por el documental sobre la senadora Jennings le estaba consumiendo de nervios y le impedía pensar con claridad. Había advertido cuatro veces a Patricia Traymore de que tenía que suspender el programa.

No habría un quinto aviso.

Pat no podía conciliar el sueño. Después de una hora de dar vueltas en la cama se rindió y fue a buscar un libro, pero le era imposible concentrarse en la biografía de Churchill que tanta ilusión le hacía leer.

Por fin se durmió a la una de la madrugada. A las tres volvió a despertarse y bajó a la cocina para calentarse un vaso de leche. Había dejado la luz del descansillo encendida pero a pesar de esto la escalera estaba oscura y tuvo que apoyarse en la barandilla, en el punto de la escalera donde los escalones formaban una curva. «Acostumbraba sentarme en este escalón fuera de la vista de los invitados que llegaban al recibidor y desde allí veía entrar a la gente. Llevaba un camisón azul con flores bordadas. Aquella noche lo llevaba puesto; estando sentada aquí, de repente me asusté y volví a la cama...»

—Y después... no sé —dijo en voz alta—. No sé.

Ni siquiera después de tomar la leche pudo conciliar el sueño.

A las cuatro, bajó de nuevo y cogió el guión del programa que estaba ya casi terminado. El programa comenzaría así: la senadora y Pat, en el estudio, sentadas de espaldas a una fotografía ampliada de Abigail y Willard Jennings en la fiesta de su boda. La imagen de la señora Jennings madre había sido eliminada cuando hicieron el montaje. Mientras se pasaba la película de la fiesta nupcial, la senadora hablaría de cuando conoció a Willard, cuando estaba estudiando en Radcliffe.

«Al menos, de esta forma incluyo algo sobre el Nordeste», pensó Pat.

Luego aparecería un montaje de secuencias de todas las campañas electorales de Willard, mientras Pat le preguntaría a la senadora cómo se había iniciado su vocación por la política. La fiesta para celebrar el treinta y cinco cumpleaños de Willard sería una brillante muestra de la relación entre los Kennedy en los años de pre-Camelot.

Después mostraría imágenes del funeral, donde se veía a Abigail escoltada por Jack Kennedy. Luther había suprimido la escena donde aparecía la suegra de Abigail cuando llegaba en otro coche, vestida de luto, muy pálida y solemne, cuidando su cargo en el Congreso.

Seguidamente, aparecían las escenas sobre la desaparición de los fondos de la campaña y sobre la dedicación de Abigail a mejorar la seguridad aérea, en las que parecía muy ceremoniosa y mojigata. Después se veía la fotografía de aquella joven asustada, Eleanor Brown. Una cosa es preocuparse por la seguridad aérea y otra muy distinta es acusar al piloto, que también perdió la vida en el accidente. Pero sabía que no podría convencer a Luther de que se cambiara ni una sola escena.

El día después de Navidad, filmarían a Abigail en su despacho rodeada de sus colaboradores y de algunos visitantes seleccionados. La sesión del Congreso había sido finalmente aplazada y tenían que darse prisa.

Al final, Luther había estado de acuerdo en filmar a Abigail en su casa rodeada de sus amigos. Pat le había sugerido que diera una cena de Navidad y preparara ella misma alguno de los platos. Todos los invitados serían personalidades distinguidas de Washington además de algunos miembros de su equipo electoral que habían tenido que pasar las Navidades alejados de sus hogares a causa de la campaña.

En la última escena, se vería a la senadora regresando a su casa al anochecer con una cartera bajo el brazo. Y después, como conclusión, una voz en *off* diría:

«Como la mayoría de los seis millones de personas solas, entre solteros y viudos, que viven en Estados Unidos, la senadora Abigail Jennings ha encontrado su familia, su dedicación y su vocación en un trabajo que le gusta.»

Luther había escrito esta frase para que Pat la pronunciara como final en el documental. A las ocho, telefoneó a Luther y le pidió nuevamente que intentara convencer a la senadora para que la dejara hablar sobre los primeros años de su vida.

—El material que tenemos hasta ahora es soso —dijo Pat—; excepto lo que se refiere a esas películas antiguas, lo demás es un documental publicitario de treinta minutos.

Luther la interrumpió.

—¿Has revisado todas las películas?

—Sí.

—¿Qué me dices de las fotografías?

—Había muy pocas.

—Llama y pregunta si tienen algunas más. No, prefiero llamar yo mismo. Tú no estás, precisamente, en la lista de personas gratas a la senadora en estos momentos...

Cuarenta y cinco minutos más tarde, Philip la llamó. Toby iría a su casa al mediodía a llevarle varios álbumes de fotos. La senadora había pensado que podría encontrar algunas fotografías interesantes.

Algo intranquila, se dirigió a la biblioteca, donde había introducido, debajo de la mesa, la caja de cartón con la muñeca.

Aprovecharía el tiempo para revisar los documentos de su padre.

Cuando sacó la muñeca de la caja la llevó junto a la ventana y la examinó detenidamente. Un experto dibujante había sombreado hábilmente los ojos, retocado las cejas y le había conferido aquel rictus de amargura. A la luz del día, parecía todavía más patética. ¿Era tal vez una copia de su imagen?

Apartó la muñeca y empezó a desempaquetar el resto del contenido de la caja de cartón. Había fotografías de su madre y de su padre; pequeños paquetes de cartas y papeles y álbumes de fotos. Sus manos se iban ensuciando a medida que sacaba y ordenaba los documentos. Después, se sentó en la alfombra, con las piernas cruzadas, y empezó a revisarlos.

Manos amorosas habían conservado los recuerdos de niñez de Dean Adams. Los cuadernos de calificación estaban cuidadosamente ordenados por años. La nota más alta era A+ y la más baja B+.

Había vivido unos años en una granja a cien kilómetros de Milwaukee. La casa tenía las puertas y ventanas enmarcadas en blanco y poseía un pequeño porche. Había fotografías de él con su padre y su madre. «Mis abuelos», pensó Pat, y se dio cuenta de que no sabía sus nombres. En el reverso de una de las fotografías estaba escrito: «Irene Wilson con Dean a la edad de seis meses.»

Cogió un paquete de cartas; la goma que lo sujetaba se soltó y las cartas se desparramaron por la moqueta. Rápidamente las reunió de nuevo y les echó un vistazo. Una de ellas le llamó particularmente la atención.

> Querida mamá:
> Gracias. Creo que esta palabra es la única forma en que puedo expresarte mi agradecimiento por todos estos años de sacrificio al enviarme a la universidad y a la facultad de derecho. Sé muy bien de todos los vestidos que no te pudiste comprar, de las veces que no pudiste ir a fiestas con tus amigas. Una vez, hace muchos años, te prometí que intentaría ser como papá. Hoy mantengo esta promesa. Te quiero. Recuerda que tienes que ir al médico, por favor. La tos que tienes me preocupa.
> Tu hijo que te quiere
>
> DEAN

Una esquela de Irene Wagner Adams estaba junto a la carta, la fecha era de seis meses más tarde.

Las lágrimas invadieron los ojos de Pat; estaba emocionada pensando en aquel joven que no había sentido vergüenza en expresar amor por su madre. Ella también había experimentado este deseo de amor tan generoso. Su mano en la de él. Sus chillidos de alegría cuando regresaba a casa. Papá, papá. Unas manos fuertes la cogían y alzándola la hacían girar en el aire. Estaba montando en triciclo por el sendero, cuando su rodilla rozó el suelo de grava y la voz de su padre le decía: «Esto no te va a doler, Kerry, pero tenemos que asegurarnos de que la herida esté bien limpia. Vamos a comprar un helado. ¿De qué lo quieres?»

Sonó el timbre de la puerta. Puso todas las fotografías y las cartas en el mismo montón y se levantó. Parte de ellas cayeron al suelo en el momento en que las metía en la caja de cartón. El timbre volvió a sonar, esta vez con insistencia. Empezó a gatear para recoger las fotografías y las cartas que se habían desparramado por el suelo para ponerlas con el resto. Miró por toda la habitación y vio que había olvidado esconder las fotos de sus padres y la muñeca Raggedy Ann. «¡Si Toby llega a ver todo esto!», pensó. Guardó todo en la caja y lo metió debajo de la mesa.

Toby estaba a punto de pulsar de nuevo el timbre cuando Pat abrió bruscamente la puerta. Instintivamente, al encontrarse frente a la voluminosa humanidad de Toby, dio un paso atrás.

—¡Estaba a punto de darme por vencido! —dijo intentando en vano parecer cordial.

—No te rindas tan pronto, Toby —dijo ella fríamente.

¿Quién era él para ponerse nervioso por tener que esperar unos cuantos minutos? Pareció estudiarla atentamente. Pat bajó la mirada y se dio cuenta de que había estado frotándose los ojos con las manos sucias. Seguramente tenía la cara llena de churretes.

—Parece que hayas estado jugando a hacer casitas de barro.

Su rostro tenía una expresión perpleja y suspicaz. Ella no le contestó. Cambió de brazo el paquete que llevaba y el enorme anillo de ónix brilló en su dedo.

—¿Dónde quieres que ponga todo esto? ¿En la biblioteca?

—Sí.

La siguió tan de cerca que tuvo la sensación de que tropezaría con ella si se le ocurría pararse de golpe. Había estado sentada tanto tiempo con los pies cruzados, que la pierna derecha se le había dormido y le dolía al apoyarse en ella.

—¿Cojeas? ¿No te habrás caído en el hielo o algo parecido?

«No se te escapa una», pensó.

—Pon la caja sobre la mesa —le dijo.

—De acuerdo. Tengo que irme enseguida. A la senadora no le hizo ninguna gracia tener que pensar dónde estaban estos álbumes. Tengo mucha prisa.

Pat esperó a oír el ruido que hizo la puerta al cerrarse antes de ir a echar el cerrojo. Cuando llegó al recibidor, vio, sorprendida, cómo la puerta se abría de nuevo. Toby se sobresaltó al verla allí parada; entonces hizo una mueca desagradable que quería parecer una sonrisa.

—Esta cerradura sería muy fácil de abrir para alguien que estuviese decidido a entrar. Asegúrate de poner el cerrojo.

El resto de los documentos que había mandado la senadora consistían en recortes de periódicos y cartas de admiradores. La mayoría de las fotografías mostraban a Abigail en actos políticos, cenas oficiales e inauguraciones. A veces, cuando pasaba una página, algunas de ellas se desprendían y caían al suelo.

Las últimas páginas del álbum eran más aprovechables. Se detuvo en una foto ampliada de Abigail y Willard cuando eran jóvenes. Estaban sentados sobre una manta, en las proximidades de un lago. Willard le estaba leyendo algo a Abigail. Era un atardecer idílico; parecían unos enamorados de la época victoriana.

Había unas cuantas instantáneas más que podían ser incluidas en el montaje. Cuando acabó, se inclinó para recoger las fotografías que se habían caído. Debajo de una de ellas había una hoja, de un lujoso bloc de notas, doblada. La abrió y leyó:

Billy querido:
Estuviste espléndido en la sesión de esta tarde. Estoy orgullosa de ti. Te quiero tanto que sólo deseo pasar contigo el resto de mi vida y trabajar a tu lado. ¡Oh!, mi amor, tú y yo vamos a cambiar el mundo.

La carta estaba fechada el 13 de mayo, Willard Jennings iba a dirigir su primer discurso a la Cámara cuando encontró la muerte el 20 de ese mes.

«¡Qué final tan efectista!», pensó con entusiasmo. Sorprendería a cualquier persona que se imaginara a la senadora como una persona fría e inhumana. ¡Si pudiera convencer a Luther para que le dejara leer la carta en el programa! ¿Cómo sonaría en voz alta? «Billy querido —leyó en voz alta—. Lo siento...»

Su voz se apagó. «¿Qué es lo que me está pasando?», pensó con impaciencia. Comenzó de nuevo con determinación. «Billy querido, estuviste espléndido...»

16

El 23 de diciembre, a las catorce horas, la senadora Abigail Jennings se sentó en la biblioteca de su casa, con Toby y Philip, para ver en la televisión cómo el vicepresidente de Estados Unidos presentaba su dimisión al jefe del Gobierno.

Con la boca seca y clavándose las uñas en las palmas de las manos, Abigail escuchaba al vicepresidente, que apoyado en las almohadas de su cama del hospital, pálido, con la muerte reflejada en el rostro, decía con voz sorprendentemente fuerte:

«Tenía el proyecto de demorar mi decisión hasta primeros de año. Sin embargo, creo mi deber poner mi cargo a disposición del presidente y, de esta manera, no obstaculizar los procedimientos usuales de sucesión de esta gran nación. Agradezco la confianza que el presidente y mi partido han depositado en mí, bien demostrada cuando fui por dos veces candidato a la vicepresidencia. Agradezco a todos los norteamericanos la oportunidad que me han dado de servirles.»

Con profundo pesar, el presidente aceptó la dimisión de su viejo amigo y colega. Cuando le preguntaron si estaba decidido quién ocuparía el puesto vacante, contestó: «Tengo a varios candidatos en la cabeza», pero no quiso decir si eran los sugeridos por la prensa.

Toby silbó.

—Bueno, por fin ha sucedido, Abby...

—Senadora, fíjese en lo que le digo —empezó a decir Philip.

—Callaos de una vez y escuchad —cortó la senadora. Mientras tanto la escena de la habitación del hospital desaparecía de la pantalla; la cámara enfocaba a Luther Pelham, en los estudios de la cadena Potomac.

—Es un momento histórico —empezó diciendo Luther, y con actitud digna y algo reticente, narró un breve esbozo de la vida del vicepresidente. Después, fue derecho al grano—. Es hora de que una mujer sea elegida para un alto cargo, una mujer con la experiencia necesaria y de probada eficacia. Señor presidente, éste es el momento, nómbrela ahora.

Abigail profirió una risa aguda.

—Ésa soy yo.

Empezó a sonar el teléfono.

—Deben de ser los periodistas. Decid que no estoy.

Una hora después, toda la prensa estaba reunida delante de la puerta. Finalmente, concedió una entrevista. Su apariencia era de tranquilidad. Dijo que estaba muy ocupada preparando la cena de Navidad que iba a dar a sus amigos. Cuando le preguntaron si esperaba ser nombrada vicepresidente, dijo en tono divertido: «¿De verdad espera que haga algún comentario sobre eso?»

En el momento en que los periodistas desaparecieron, su expresión cambió por completo. Ni siquiera Toby se atrevió a dirigirle la palabra.

Luther llamó para confirmar la hora de la grabación. La voz de Abigail podía oírse en toda la casa.

—Sí; lo he visto. ¿Quieres que te diga una cosa? Ya lo tengo en el bolsillo, y sin necesidad de tu maldito programa, que sólo me hubiera traído problemas. Ya te dije que era una mala idea; y no me digas que sólo querías ayudarme, lo que querías era que te estuviera agradecida; ambos lo sabemos.

La voz de Abigail bajó de tono. Philip miró a Toby.

—¿Qué es lo que has descubierto? —le preguntó.

—Pat Traymore fue a Apple Junction la semana pasada. Pasó por el periódico y se llevó algunas fotos antiguas; también visitó a Saunders, quien estuvo enamorado de Abby, cuando era todavía una niña, y que se despachó a gusto con ella. Después, fue a ver a la antigua directora de la escuela, ya retirada, y que conoció a Abby. Yo estaba en casa de Pat, en Georgetown, cuando Saunders la telefoneó.

—¿Hasta qué punto podrían perjudicar a la senadora esas personas? —preguntó Philip.

Toby se encogió de hombros.

—Depende.

—¿Te has enterado de algo relacionado con la casa?

—Hemos encontrado la inmobiliaria que se ha encargado de alquilarla, durante años. Tenían un nuevo inquilino en perspectiva, pero el banco que se ocupa de los intereses de los herederos les comunicó que alguien de la familia tenía el propósito de habitarla, y que, por lo tanto, no estaba disponible.

Bien poco le había dicho con aquello.

—¿Alguien de la familia? —repitió Toby—. ¿Quién de la familia?

—Supongo que Pat Traymore —dijo Philip, sarcásticamente.

—No te hagas el listo conmigo —respondió Toby, con brusquedad—. Quiero saber a quién pertenece esa casa ahora, y qué pariente la ocupa.

Invadida por sentimientos contradictorios, Pat contempló la emisión de la Potomac sobre la dimisión del vicepresidente. Al final de la secuencia de Luther, el presentador dijo que, de todas maneras, era poco probable que el presidente nombrase un sucesor antes de Año Nuevo.

«Y el programa se emite el día 27», pensó Pat. Como Sam le había dicho, la primera noche que llegó a Washington, su programa podía influir en la elección de la primera mujer vicepresidente.

Otra vez no pudo dormir; su sueño había sido interrumpido por extrañas pesadillas. ¿En realidad se acordaba tan claramente de su madre y de su padre? ¿O era por las películas y fotografías que había visto de ellos? El recuerdo de su padre vendándole la rodilla y llevándola a tomar un helado era auténtico; de eso estaba segura. Pero también, a veces, había tenido que ponerse la almohada contra las orejas, para no oír las voces airadas y los llantos histéricos.

Estaba decidida a acabar de revisar los efectos personales de su padre. Los había examinado con determinación, y le habían interesado mucho los documentos referentes a su madre. Había cartas de su abuela, dirigidas a Renée. Una de ellas llevaba fecha de seis meses antes de la tragedia, y decía así:

> Renée, querida, el tono de tus cartas me preocupa. Si ves que tienes ataques depresivos de nuevo, por favor, ve a ver a un médico de inmediato.

Había sido su abuela, según los recortes de periódico, la que había declarado que Dean Adams poseía una personalidad inestable.

Encontró también una carta de su padre, dirigida a su madre; escrita un año antes de la muerte de ambos:

> *Querida Renée:*
> Me siento muy apenado ante la idea de que quieras pasar todo el verano en New Hampshire, con Kerry. Tienes que saber cuánto os echo de menos a las dos. Me es absolutamente necesario ir a Wisconsin, ¿por qué no intentas venir? Podríamos alquilar un Steinway, para estos días, pues comprendo perfectamente que la vieja espineta de mamá no es demasiado apropiada. Por favor, querida, hazlo por mí.

Pat sintió como si estuviera ahondando en una llaga abierta. Cuanto más profundizaba en ella, más confusa se sentía. La sensación de dolor emocional era física; dolor increíblemente agudo. Una de las cajas de cartón estaba llena de adornos navideños. Al verlos, Pat tuvo una idea. Se compraría un pequeño árbol de Navidad; ¿por qué no? ¿Dónde estarían Verónica y Charles ahora? Consultó el itinerario que seguían. El barco llegaría a St. John al día siguiente. Se preguntó si podría llamarlos el día de Navidad.

El correo le hizo olvidar, por un rato, todas sus preocupaciones. Había recibido gran cantidad de tarjetas navideñas e invitaciones, mandadas por sus amigos de Boston.

«Ven a Boston aunque sólo sea para el día de Navidad. Estamos todos esperando ver el programa.»

«Esta vez ganas el Emmy, no será sólo una nominación.»

Una carta había sido enviada desde la emisora de Boston. El remite decía: CATHERINE GRANEY; 22 BALSAM PLACE, RICHMOND, VA.

Graney era el apellido del piloto que murió con Willard Jennings. La carta era breve.

> Querida señorita Traymore:
> He leído que está usted proyectando hacer un programa sobre la senadora Abigail Jennings. He tenido la oportunidad de ver y admirar algunos de sus logrados programas y me siento en la necesidad de advertirle que el programa sobre la senadora Abigail Jennings puede llegar a ser causa de una demanda judicial por mi parte. La prevengo. No dé oportunidad a la senadora de hablar sobre la muerte de su marido; por su propio bien, no le deje manifestar que ésta fue debida a un error del piloto. Aquel piloto, mi marido, también encontró la muerte. Sería una broma cruel, si osase aparecer como una viuda desconsolada. Si desea comunicarse conmigo, puede llamarme a este número de teléfono: 804-555-6841.

Pat cogió el teléfono y marcó el número. Esperó bastante rato. Estaba a punto de colgar cuando oyó un «diga» apresurado. Era Catherine Graney. Se oían ruidos, como si hubiese mucha gente a su alrededor. Pat trató de concertar una cita.

—Tendrá que ser mañana —le dijo la mujer—. Trabajo en una tienda de antigüedades y hoy hay rebajas.

Acordaron una hora y, apresuradamente, le dio a Pat una serie de indicaciones.

Aquella tarde, Pat fue de compras. La primera tienda que visitó fue un anticuario. Dejó, para enmarcar, una de las marinas que provenían del despacho de su padre. Sería el regalo de Navidad para Sam.

—Lo tendré listo dentro de una semana. Es un hermoso grabado, y tiene bastante valor. Se lo digo por si alguna vez quiere venderlo.

—No pienso hacerlo.

En una lujosa tienda de comestibles, cerca de su casa, encargó víveres, incluido un pequeño pavo. En la floristería compró dos *poinsettas* y una guirnalda de ramas, para la repisa de la chimenea. Encontró un árbol de Navidad que le llegaba a los hombros. Estaba despuntado pero tenía bonita forma y sus agujas eran de un verde resplandeciente.

Al anochecer, ya había acabado de decorar la casa. Colocó el árbol cerca de las vidrieras que daban al patio y cubrió la repisa de la chimenea con las ramas; puso una *poinsetta* en la mesita baja, cerca del canapé, y la otra en la mesa de cóctel, enfrente del pequeño sofá.

Ya había colgado todos los cuadros. Había tenido que buscarles sitio, pero parecía que el salón ya estaba completo. «Encenderé la chimenea —pensó—. En un hogar, siempre tiene que haber una chimenea ardiendo.»

Encendió fuego y se puso cómoda, delante del televisor. Después, se preparó una tortilla y una ensalada, y se llevó la bandeja al salón. Esta noche se dedicaría a ver la televisión y a descansar. Había llegado al límite de sus fuerzas y debía dejar que los recuerdos se abriesen camino por sí mismos. Siempre había pensado que aquella habitación le resultaría odiosa; pero, a pesar del terror de la noche pasada, la encontraba acogedora y tranquila. ¿Conservaría también recuerdos felices?

Puso en funcionamiento el televisor. El presidente y

su mujer aparecieron en la pantalla. Estaban tomando un avión particular, con destino a su mansión familiar, donde pasarían las Navidades. De nuevo, los periodistas asediaron al presidente con preguntas acerca de su elección para el puesto vacante. «Anunciaré quién es ella o él en Año Nuevo —dijo—. Felices Navidades.»

«Ella.» ¿Había sido un lapsus premeditado? Por supuesto que no.

Sam llamó unos minutos más tarde.

—Pat, ¿cómo va todo?

Hubiera querido que la boca no se le secase al oír su voz.

—Bien. ¿Has visto, ahora mismo, al presidente por la televisión?

—Sí. Seguramente, la cosa está entre dos personas. Se halla firmemente decidido a nombrar a una mujer. Voy a llamar a Abigail, debe de estar mordiéndose las uñas.

Pat arqueó las cejas.

—Yo lo haría en su situación. —Distraídamente, jugueteó con la hebilla de su cinturón—. ¿Qué tiempo hace ahí?

—Hace un calor infernal. Francamente, prefiero pasar las Navidades en un lugar de invierno.

—Entonces no debías haberte ido. He estado dando vueltas para comprar un árbol, hacía bastante frío. ¿Cuáles son tus planes para el día de Navidad? ¿Irás a la cena de Abigail?

—No.

—Estoy sorprendida de que no te haya invitado.

—Estaba invitado, pero se está muy bien con Karen y Tom; aunque no son mi familia. Tuve que morderme la lengua, durante el almuerzo, para no soltarle una impertinencia a un fatuo pesado que tenía una lista enorme de todos los fallos que él consideraba que ha cometido esta Administración.

Pat no pudo refrenarse.

—¿La madre de Tom no te está presentando a todas sus amigas y parientes casaderas?

Sam rió.

—Temo que sí. No me quedaré hasta fin de año; regresaré unos días después de Navidad. ¿No has recibido más amenazas, verdad?

—Ni siquiera una llamada telefónica de obseso sexual. Te echo de menos, Sam —añadió intencionadamente.

Se hizo una pausa. Podía imaginarse la expresión preocupada de Sam, intentando encontrar la frase correcta.

«Te importa exactamente lo mismo ahora que hace dos años», pensó.

—Sam, ¿estás ahí?

Su voz parecía forzada.

—También yo te echo de menos, Pat. Eres muy importante para mí.

¡Qué forma tan fantástica de decirlo!

—Tú eres uno de mis mejores amigos.

Sin esperar respuesta, colgó el auricular.

17

—Papá, ¿has visto mi muñeca de trapo Raggedy Ann?

Sonrió a Glory esperando que no notara su nerviosismo.

—No, claro que no la he visto. ¿No la tenías guardada en el armario de tu habitación?

—Sí. No lo entiendo, papá. ¿Estás seguro de que no la has tirado?

—¿Por qué iba yo a tirarla?

—No lo sé. Voy a hacer unas compras para Navidad. No tardaré. —Se levantó de la mesa. Parecía preocupada—. Papá, ¿estás empezando a encontrarte mal otra vez? Estas últimas noches, has estado hablando mientras dormías. Podía oírte desde mi habitación. ¿Hay algo que te preocupa? ¿No estarás oyendo de nuevo esas voces, verdad?

Vio el temor en sus ojos. No había debido hablar a Glory de aquellas voces, pues no lo había comprendido y empezaba a preocuparse por él.

—Oh, no; estaba bromeando cuando te dije aquello.

Estaba seguro de que no le creía.

Glory puso la mano en el hombro de su padre.

—Cuando sueñas en alto, repites el nombre de la señora Gillespie. ¿No es la señora que murió hace poco en la casa de reposo?

Cuando Glory se marchó, Arthur se sentó a la mesa de la cocina, pensativo, enroscando sus piernas delgadas en las patas de la silla. La enfermera Sheelan y los médicos le habían interrogado acerca de la tal señora Gillespie.

—¿Había estado examinándola?

—Sí —dijo él—. Sólo quería comprobar si se encontraba bien.

—La señora Harnick y la señora Drury le vieron a usted, pero la señora Drury dice que eran las tres y cinco, y la señora Harnick, en cambio, asegura que era más tarde.

—La señora Harnick se ha equivocado. Solamente entré a verla una vez.

No tenían más remedio que creerle, pues, durante la mayor parte del día, la señora Harnick, debido a su edad, no se daba cuenta de nada. Aunque, el resto del tiempo, era muy aguda.

De repente, volvió a coger el periódico. Había tomado el metro para regresar a casa, y vio, en el andén, una señora mayor que se apoyaba en un bastón e iba cargada con la bolsa de la compra. Estaba a punto de ayudarla cuando el tren llegó. La muchedumbre se precipitó hacia adelante, un joven, con los brazos cargados de libros, había estado a punto de tropezar con la anciana y tirarla al suelo, en su urgencia por coger un asiento libre. Recordó cómo la había ayudado a subir al tren antes de que las puertas se cerraran.

—¿Se encuentra bien? —le preguntó.

—Oh, sí. Tenía miedo de caerme. Los jóvenes de ahora son tan bruscos..., no como en mis tiempos.

—Son crueles —dijo él suavemente.

El joven se bajó en Dupont Circle y cruzó el andén. Le siguió y logró situarse cerca de él cuando se paró, justo al borde. Al acercarse el tren le dio un empujón en el brazo, de manera que uno de los libros se le cayó. El joven intentó agarrarlo al vuelo y, en ese momento, fue fácil empujarlo a la vía.

El periódico. Sí, aquí estaba, en la tercera página: «UN JOVEN DE DIECINUEVE AÑOS ATROPELLADO POR EL TREN.» El artículo decía que la muerte había sido accidental. Un testigo vio resbalar el libro del brazo del estudiante, quien, intentando atraparlo, perdió el equilibrio.

La taza de café que Arthur tenía en las manos se había enfriado. Lo tomaría frío, y después se iría a trabajar.

Había tantos ancianos indefensos en la residencia...

Su mente había estado ocupada con Patricia Traymore. Ésa era la razón por la que no había sido lo suficientemente precavido con la señora Gillespie. Mañana le diría a Glory que tenía que trabajar hasta tarde, y volvería a casa de Patricia Traymore. Tendría que entrar de nuevo allí. Glory quería recuperar su muñeca.

A las once de la mañana del 24 de diciembre, Pat se encaminó hacia Richmond.

El sol inundaba las calles, pero el aire seguía siendo muy frío. Iban a ser unas Navidades gélidas.

Después de salir de la autopista se equivocó tres veces de desvío, y empezó a ponerse nerviosa. Al final, acabó por encontrar Balsam Place. Era una calle de casas de estilo Tudor, de dimensiones medias, pero confortables.

La del número veintidós era más grande que las otras, y tenía un letrero en el césped, donde se podía leer: Antigüedades.

Catherine Graney la estaba esperando a la entrada. Rondaba la cincuentena y tenía el rostro cuadrado, profundos ojos azules, y cuerpo delgado pero robusto. Su pelo entrecano era liso y lo llevaba cortado de forma irregular. Saludó a Pat dándole la mano calurosamente.

—Parece como si la conociera desde hace tiempo. Voy a Nueva Inglaterra muy a menudo para hacer compras y, siempre que puedo, veo su programa.

El piso de abajo se utilizaba como tienda. Sillas, canapés, jarrones, lámparas, cuadros, alfombras orientales y porcelanas llevaban una etiqueta con el precio. Había unas figuras sobre un aparador estilo reina Ana; enfrente, dormitaba un *setter* irlandés de pelo rojizo, salpicado de gris.

—Vivo en el piso de arriba —explicó la señora Graney—. Teóricamente, la tienda está cerrada, pero una persona me telefoneó y me preguntó si podía venir para comprar un regalo de última hora. Tomará un café, ¿verdad?

Pat se quitó el abrigo, y miró a su alrededor, observando los objetos que había en la habitación.

—Tiene usted unas cosas preciosas.

—A mí también me lo parecen —comentó complacida—. Me gusta buscar antigüedades y restaurarlas. Tengo el taller en el garaje.

Sirvió el café en una cafetera de Sheffield.

—Además, este trabajo me permite estar rodeada de objetos hermosos. Con ese pelo castaño y esa blusa de color oro parece usted salida del siglo xix, hace juego con el sillón Chippendale.

—Gracias.

Pat se dio cuenta de que simpatizaba con aquella mujer franca y extrovertida; había algo en ella que era, a la vez, directo y honesto, lo cual hizo que les fuera fácil llegar al motivo real de la visita.

—Señora Graney, usted se da cuenta de que su carta es bastante alarmante. Explíqueme por qué no llamó directamente a la cadena de televisión, en vez de escribirme a mí.

Catherine Graney bebió un poco de café.

—Como ya le he dicho, he visto bastantes programas suyos, y tengo la impresión de que es usted una persona íntegra. Por eso estaba segura de que, si supiera la verdad, no querría participar en un calumnioso infundio. Por eso le pido que se asegure de que el nombre de George Graney no se mencionará en el programa sobre la senadora, y de que Abigail Jennings no se atreverá a decir que hubo error del piloto en el accidente de Willard. Sepa que mi marido era capaz de volar en cualquier cosa que tuviera alas.

Pat pensó en las secuencias del programa que ya estaban montadas. La senadora acusaba al piloto, de eso estaba segura. Pero ¿citaba el nombre de éste? No estaba muy segura. En cambio, se acordaba de algunos detalles del accidente.

—¿No fueron los peritos que lo investigaron quienes dijeron que su marido volaba demasiado bajo? —preguntó.

—El avión volaba demasiado bajo cuando se adentró en la montaña. Abigail Jennings comenzó a utilizar este accidente para que su nombre saliera en los periódicos, y se erigió ella misma en adalid de la seguridad en el aire. Tenía que haberme opuesto, y haberme enfrentado a ella inmediatamente.

Pat contempló el *setter* irlandés, que, como si hubiera notado la tensión en la voz de su ama, se levantó y cruzó la habitación para situarse a sus pies.

Catherine, inclinándose, lo acarició.

—¿Por qué no intervino inmediatamente?

—Por muchas razones. Una de ellas fue que mi hijo nació pocas semanas después del accidente; y otra que yo apreciaba mucho a la madre de Willard.

—¿A la madre de Willard?

—Sí. George viajaba con Willard Jennings en bastantes ocasiones. Se hicieron buenos amigos. La señora Jennings madre lo sabía; vino a verme cuando se enteró del accidente. Vino a verme a mí, no a su nuera. Las dos nos sentamos a esperar el desastre final. Puso a nombre de mi hijo una generosa suma, para su educación; no quise disgustarla usando el arma que hubiese utilizado contra Abigail. Las dos teníamos nuestras sospechas, pero para la señora Jennings, madre, el escándalo era impensable.

Tres relojes antiguos de pared dieron la hora al unísono. Era la una de la tarde; el sol inundaba la habitación.

Pat observó que, mientras hablaba, Catherine Graney hacía girar en su dedo el anillo de casada. Sabía que no se había vuelto a casar.

—¿Qué clase de arma habría podido utilizar contra la senadora? —preguntó Pat.

—Si hubiera querido, habría podido hundir la reputación de supuesta honestidad de Abigail. Willard estaba desengañado de ella y de la vida política. El día que murió tenía el propósito de anunciar que no iba a presentarse a la reelección de su cargo; y que iba a aceptar el nombramiento de decano en una universidad. Le gustaba la vida académica.

»Aquella última mañana, él y Abigail tuvieron una pelea espantosa en el aeropuerto. Ella le rogó que no hiciera pública su renuncia y él le dijo, delante de George y de mí: «Abigail, para ti esto no representará un problema. Hemos acabado.»

—¿Abigail y Willard Jennings estaban a punto de divorciarse?

—Esa historia de la honorable y desconsolada viuda ha sido siempre una farsa. Mi hijo, George Graney, es actualmente piloto de las fuerzas aéreas. Nunca llegó a conocer a su padre. No voy a permitir que se avergüence de él por otra de sus mentiras. Y, tanto si gano este proceso, como si no, haré que todo el mundo se entere de lo mentirosa y falsa que siempre ha sido.

Pat midió sus palabras cuidadosamente.

—Señora Graney, desde luego haré todo lo posible para que el nombre de su marido no se aluda en forma vejatoria, pero tengo que decirle que he estado investigando los ficheros personales de la senadora, y todo lo que he visto me da a entender que Abigail y Willard Jennings estaban muy enamorados.

Catherine Graney hizo un gesto desdeñoso.

—Me gustaría ver la cara que pondría la señora Jennings, madre, si oyera esto. Le diré algo. Al volver, haga un kilómetro más y pase por Hillcrest, la propiedad de los Jennings. Imagínese lo herida que se tiene que haber sentido esa mujer, para no dejársela a su única nuera, ni dejarle tampoco, ni un mísero centavo, en herencia.

Quince minutos más tarde, Pat contemplaba, a través de las altas verjas de hierro, la hermosa mansión que estaba situada en una loma rodeada de terrenos cubiertos de nieve. Como viuda de Willard, Abigail estaba en pleno derecho de pensar que heredaría esa propiedad, así como su escaño en el Congreso. Por otro lado, si se hubiera divorciado, se habría convertido, de nuevo, en una proscrita; y si Catherine Graney decía la verdad, la tragedia de la que Abigail hablaba tan conmovedoramente había sido, de hecho, el golpe de suerte que la había salvado del olvido, hace veinticinco años.

18

—Queda muy bien, Abby —dijo Toby afablemente.

—Saldrá bien en las fotos —asintió ella.

Estaban admirando el árbol de Navidad, en el salón de Abigail. La mesa del comedor ya estaba preparada para la cena navideña.

—Mañana por la mañana, seguro que aparecerán por aquí algunos periodistas —dijo ella—. Averigua a qué hora son los primeros oficios en la catedral. Quiero que me vean allí.

No pensaba dejar ningún cabo suelto. Desde que el presidente había dicho: «Yo anunciaré quién es la candidata», Abigail había padecido una terrible ansiedad.

—Yo soy la mejor candidata —había afirmado una y otra vez—. Claire es paisana suya, y eso no es bueno políticamente; ojalá no estuviéramos comprometidos con ese maldito programa.

—Quizá te beneficie —dijo él, intentando consolarla, a pesar de que en su fuero interno estaba tan preocupado como ella.

—Toby, el programa me beneficiaría si tuvieran que elegir entre muchos candidatos; pero no creo que el presidente, cuando lo vea, pegue un salto y diga: ¡Ella es! Lo que seguramente hará es esperar a ver si hay alguna reacción negativa ante el programa y, después, anunciar su decisión.

Toby sabía que ella tenía razón.

—No te preocupes; de todas formas, no te puedes echar atrás. El programa ya está en la palestra.

La senadora había escogido cuidadosamente a los invitados para la cena de Navidad. En la lista había dos senadores, tres miembros del Congreso, un juez del Tribunal Supremo y Luther Pelham.

—Qué pena que Sam Kingsley esté en California —dijo.

A las seis en punto todo había sido preparado. Abby tenía un ganso asándose en el horno. Lo serviría frío para la cena del día siguiente. El cálido y rico olor llenaba la casa. A Toby le recordaba la cocina de los Saunders, cuando ellos eran colegiales. Aquella cocina siempre olía a un buen asado o a deliciosos pasteles. Francey Foster había sido una magnífica cocinera; ¡eso no se podía negar!

—Bueno, creo que me voy a ir, Abby.

—¿Tienes una cita amorosa interesante, Toby?

—No demasiado. —La camarera de la hamburguesería estaba empezando a aburrirle. Todas acababan por aburrirle.

—Te veré por la mañana. Ven a buscarme temprano.

—De acuerdo, señora. Duerme bien. Mañana tienes que estar impecable.

Toby dejó a Abby arreglando cuidadosamente unas cintas de plata que estaban mal colocadas en el árbol. Volvió a su apartamento, se duchó y se puso unos pantalones, una camisa cómoda y una chaqueta deportiva. La chica de la hamburguesería le había dicho bien claro que no pensaba cocinar aquella noche. La llevaría por ahí, para variar; luego irían a su apartamento a pasar el rato.

A Toby no le gustaba gastar el dinero en comida; menos aún cuando los caballos eran mucho más interesantes. Se ajustó una corbata verde oscura, de punto, y se estaba mirando en el espejo cuando sonó el teléfono. Era Abby.

—Sal corriendo y consígueme un ejemplar del *National Mirror* —le ordenó.

—¿El *Mirror*?

—Ya me has oído; sal y consíguelo. Philip acaba de telefonearme. Miss Apple Junction y su elegante madre salen en la primera página. ¿Quién encontró esa foto? ¿Quién fue?

Toby apretó el auricular. Pat Traymore había estado en las oficinas del periódico de Apple Junction. Jeremy Saunders había telefoneado a Pat Traymore.

—Senadora, si alguien está intentando perjudicarla, yo le haré picadillo.

Pat llegó a casa a las tres y media, con ganas de echarse una siesta. Como siempre, su pierna pagaba el precio que suponía el esfuerzo de haber estado mucho tiempo de pie, colgando los cuadros, la noche anterior. El dolor fastidioso y continuo no había cesado desde que salió de Richmond. Acababa de entrar en casa cuando sonó el teléfono. Era Lila Thatcher.

—Me alegro de haberte encontrado, Pat. Te he estado buscando. ¿Qué haces esta noche?

—Bueno, de hecho... —cogida de imprevisto, Pat no podía pensar en una excusa razonable. No se puede mentir fácilmente a una vidente, pensó.

—Por favor, no estés ocupada, el embajador da su cena habitual para celebrar la Nochebuena; le llamé y le dije que me gustaría llevarte. Después de todo, ahora eres vecina suya, y estará encantado de conocerte.

El octogenario embajador retirado era, quizá, el hombre de estado más antiguo y distinguido del distrito. Su casa era visita obligada para casi todos los jefes de estado del mundo, cuando visitaba Washington.

—Me encantará ir —dijo Pat—. Gracias por pensar en mí.

Cuando colgó el auricular, Pat subió a la habitación. Los invitados del embajador debían de ser muy elegantes. Decidió llevar un traje negro de terciopelo, con puños de cibelina. Todavía le quedaba tiempo para darse un buen baño caliente y descansar un poco.

Mientras estaba echada en la bañera, se dio cuenta de que un extremo del papel de la pared se estaba despegando. Un color azul intenso asomaba, en un sitio, por debajo del crema del papel. Se levantó y arrancó un buen trozo de la cenefa superior.

Era eso lo que recordaba, aquel bonito color violeta, mezclado con el azul; la cama tenía una colcha de satén color marfil; y en el suelo, había una moqueta azul.

Se secó mecánicamente y se puso un albornoz ocre. La habitación estaba fría, y llena de las oscuras sombras del atardecer.

Como precaución, puso el despertador a las cuatro y media.

Las voces enfurecidas..., las mantas sobre su cabeza..., el enorme ruido..., otro ruido ensordecedor..., sus pies descalzos, andando silenciosos por las escaleras...

El sonido insistente de alarma del reloj la despertó. Se frotó la frente intentando recordar el vago sueño. ¿El papel del cuarto de baño había accionado un mecanismo en su cabeza? Dios mío, ojalá no hubiera puesto el despertador.

«Pero se va acercando», pensó. La verdad se va acercando cada vez más.

Se levantó lentamente y se dirigió al tocador. Tenía el rostro tirante y pálido. Un crujido que se produjo abajo, en la entrada, la sobresaltó; se puso la mano en la garganta. Eran sólo las paredes, que crujían. Pensó.

A las cinco en punto, Lila Thatcher tocó el timbre. Estaba allí, de pie en la entrada; casi parecía un hada buena, de mejillas rosadas y pelo blanco. Se había arreglado y llevaba un abrigo de visón gris, y una diminuta corona navideña en el amplio cuello.

—¿Tenemos tiempo para tomar una copa de jerez? —preguntó Pat.

—Creo que sí. —Lila miró la fina mesa de mármol de Carrara, que hacía juego con el espejo, enmarcado en mármol, del vestíbulo.

—Siempre me gustaron estas piezas. Me alegro de que estés de nuevo aquí.

—¿Sabes? —era una afirmación, más que una pregunta—. Yo pensé lo mismo la otra noche.

Pat puso sobre la mesa una botella de jerez y un plato de galletas saladas. Lila se detuvo en la puerta del salón.

—Sí —dijo ella—, has hecho un buen trabajo. Por supuesto, ya hace tanto tiempo... Pero todo es como yo lo recordaba. Esta preciosa moqueta, este sofá, incluso los cuadros —murmuró—. No me extraña que esté preocupada por ti. Pat, ¿estás bien segura de lo que haces?

Se sentaron y Pat sirvió el jerez.

—No sé si hago bien, pero sé que es necesario.

—¿Qué recuerdas de aquella época?

—Fragmentos, instantes. Nada que tenga mucho sentido.

—Solía llamar al hospital a preguntar por ti. Estuviste inconsciente durante varios meses. Cuando te trasladaron, nos dijeron que si salías de aquello, quedarías dañada para toda la vida. Entonces apareció la noticia de tu muerte en los periódicos.

—Verónica, la hermana de mi madre, y su marido, me adoptaron. Mi abuela no quería que el escándalo nos persiguiera siempre a ellos y a mí.

—¿Ésa es la razón por la que te cambiaron el nombre?

—Yo me llamo Patricia Kerry. Supongo que lo de Kerry fue idea de mi padre. Patricia era el nombre de mi abuela. Decidieron que, puesto que había cambiado mi apellido, podía empezar a usar mi verdadero nombre.

—Así que Kerry Adams se convirtió en Patricia Traymore. ¿Qué es lo que esperas encontrar aquí? —Lila tomó un trago de jerez y dejó el vaso sobre la mesa.

Inquieta, Pat se levantó y se encaminó hacia el piano; en un acto reflejo, tocó el teclado y, entonces, retiró sus manos.

Lila la estaba mirando.

—¿Tocas?

—Sólo para divertirme.

—Tu madre tocaba constantemente. ¿Lo sabías?

—Sí. Verónica me ha hablado de ella. Al principio, yo sólo quería comprender lo que había ocurrido en esta casa; entonces me di cuenta de que he odiado siempre a mi padre; le he odiado por haberme hecho daño, por haberme robado a mi madre. Creo que yo esperaba encontrar alguna prueba de que él estaba enfermo, de que se estaba desmoronando, no sé, algo así. Pero, ahora que empiezo a recordar algunas cosas, me doy cuenta de que hay algo más que eso; no soy la misma persona que habría llegado a ser si... —indicó, con un gesto, el lugar donde los cuerpos habían sido hallados—, si todo esto no hubiera ocurrido... Necesito pensar, vincular la niña que yo era con la mujer que soy ahora. Algo de mí se ha perdido al volver a esta casa. Me han inculcado tantas ideas preconcebidas... Mi madre era un ángel, mi padre un demonio... Verónica me dio a entender que mi padre hundió la carrera musical de mi madre y, después, su vida. ¿Pero qué se sabe de él? Ella se casó con un político y, después, rehusó compartir su vida. ¿Era eso justo? ¿En qué medida era yo un catalizador del problema entre ellos? Verónica me dijo una vez que esta casa era demasiado pequeña; cuando mi madre ensayaba al piano, yo me despertaba y empezaba a llorar.

—Catalizadora —dijo Lila—. Eso es exactamente lo que me temo que eres, Pat. Estás activando unas cosas que es mejor dejarlas como están. Parece que te has recuperado muy bien de tus heridas —volvió a decirle.

—Pasó mucho tiempo hasta que al fin recuperé la conciencia; me tuvieron que enseñar todo de nuevo.

No entendía el significado de las palabras; no sabía utilizar un tenedor. Llevé una abrazadera en la pierna hasta la edad de siete años.

Lila se dio cuenta de que estaba acalorada. Un momento antes, había sentido frío. Prefirió no analizar la razón de ese cambio. Sólo sabía que aquella habitación no había completado el escenario de su tragedia. Se levantó.

—Es mejor que no hagamos esperar al embajador —dijo bruscamente.

Podía descubrir, en el rostro de Pat, los pómulos y la sensual boca de Renée, así como los ojos, grandes y separados, y el cabello castaño de Dean.

—Bueno, Lila, ya me has repasado bastante. ¿A cuál de ellos me parezco?

—A ambos; pero creo que eres más como tu padre.

—No en todo, por favor, Dios mío —dijo Pat, haciendo un desesperado intento por sonreír.

19

Bien escondido, a la sombra de los árboles y arbustos, Arthur observaba a Pat y a Lila, a través de las puertas del patio. Le había decepcionado amargamente ver la casa con luz y el coche en la calle. Quizá no podría entrar a buscar la muñeca y quería, por encima de todas las cosas, que Glory la tuviera para Navidad. Intentó oír lo que las dos mujeres estaban diciendo, pero no podía entender más que alguna palabra suelta. Ambas iban muy elegantes. ¿Sería posible que se dispusieran a salir? Decidió esperar. Estudió con avidez la cara de Patricia Traymore. Estaba tan seria, su expresión era tan preocupada. ¿Habría empezado a prestar atención a sus avisos? Por su bien, él esperaba que sí.

Llevaba sólo unos minutos mirándola, cuando se levantaron. Se disponían a salir. Silenciosamente, se deslizó a lo largo de uno de los lados de la casa, y oyó el ruido de la puerta principal que se abría. No tomaban el coche; quizá no iban demasiado lejos; a lo mejor a casa de un vecino o a un restaurante cercano. Se tendría que dar prisa.

Rápidamente, volvió de nuevo al patio. Patricia Traymore había dejado las luces del salón encendidas, y pudo ver las nuevas y resistentes cerraduras que había colocado en las cristaleras. Incluso si cortase un cristal, no le sería posible entrar. Pero él ya se había anticipado a eso, y había planeado lo que iba a hacer. Había un olmo cerca del patio; era fácil trepar a él y una de sus ramas gruesas iba a parar justo debajo de una de las ventanas del piso de arriba.

La noche que dejó la muñeca en la casa, se dio cuenta de que esa ventana no cerraba bien por la parte de arriba, y que sería fácil de forzar.

Unos minutos después, se introducía en el interior, saltando sobre el alféizar de la ventana. En la casa reinaba un ambiente sepulcral. Cuidadosamente, encendió la linterna, y vio que la habitación estaba vacía; entonces abrió la puerta que conducía al descansillo. Estaba seguro de que no había nadie; estaba completamente solo. ¿Por dónde debía empezar a buscar?

Se había metido en tantos problemas, a causa de esa muñeca... Estuvieron a punto de cogerlo cuando intentaba apoderarse del frasco de sangre, en el laboratorio de la residencia. Se había olvidado del cariño que Glory tenía a su muñeca, de cómo, cuando él entraba de puntillas en su habitación, para ver si dormía apaciblemente, siempre estaba abrazada a ella.

No podía creer que por segunda vez en una misma semana volviera a pisar aquella casa. El recuerdo de aquella mañana, tan lejana, estaba aún vivo en su mente.

La ambulancia, las luces destellando, las sirenas sonando, los neumáticos chirriando en el camino. Gente amontonada en la acera, vecinos con el abrigo encima de lujosos albornoces, coches de policía bloqueando la calle Norte y polis por todas partes. Una mujer gritaba; era la asistenta, que había encontrado los cuerpos exánimes.

Él y su compañero de ambulancia, del hospital de Georgetown, entraron rápidamente en la casa. Un poli joven estaba de guardia en la puerta. No corra, le dijo, ya no le necesitan.

El hombre estaba tendido boca arriba, con una bala en la sien; debió morir al instante. El arma estaba entre él y la mujer. El cuerpo de ella se hallaba inclinado hacia delante, y la sangre que manaba del pecho había manchado la alfombra, dejando un cerco a su alrededor. Tenía los ojos abiertos, y la mirada fija y desenfocada, como si se estuviera preguntando cómo y por qué razón había ocurrido todo. No tendría más de treinta años. Su pelo oscuro estaba despeinado y le caía por encima de los hombros. Tenía la cara afilada, nariz deliciosa, y pómulos altos y bien dibujados. Una túnica de seda amarilla rodeaba su cuerpo, como si fuera un traje de noche. Él fue el primero en inclinarse sobre la niña. Su pelo rojizo estaba manchado de sangre seca, y parecía castaño; su pierna derecha sobresalía del camisón floreado, y el hueso desnudo aparecía formando una pirámide. Se acercó más a ella. «Está viva», susurró.

Habían colgado una botella de «O» negativo, además de aplicar una máscara de oxígeno en su carita tranquila y entablillar la pierna destrozada. Él ayudó a vendarle la cabeza, sus dedos rozaron la frente y el pelo se le enrolló alrededor. Alguien dijo que se llamaba Kerry. Entonces él murmuró. «Si Dios quiere, yo te salvaré, Kerry.»

—No se salvará —le dijo el interno duramente, quitándole de en medio.

Mientras tanto, la policía fotografiaba a la niña y a los cadáveres. Marcas, hechas con tiza, delimitaban la posición de los cuerpos.

Ya entonces, sintió que aquél era un lugar de pecado y maldad; un lugar donde dos flores inocentes, una mujer joven y su niña pequeña habían sido atacadas con saña. En una ocasión le había enseñado la casa a Glory y le explicó todo lo ocurrido aquella sangrienta madrugada.

La pequeña Kerry estuvo, durante dos meses, internada en la unidad de cuidados intensivos, en el hospital de Georgetown. Él la visitó tantas veces como pudo, pero ella nunca despertó; estaba siempre dormida, y parecía una muñeca. Se dio cuenta de que era imposible que viviera, y trató de encontrar la manera de entregársela al Señor. Pero, antes de que él pudiera hacer algo, trasladaron a la niña a un hospital especializado, cerca de Boston. Poco después, leyó que había muerto.

Su hermana había tenido una muñeca: «Déjame cuidarla —suplicaba—, jugaremos a que está enferma y que yo la curo.» Su padre le dio una bofetada con la mano callosa, y la sangre brotó de su nariz «¡Cúrate eso, marica!»

Empezó a buscar la muñeca de Glory en la habitación de Patricia Traymore. Abrió el guardarropa, miró en los estantes y en la parte inferior, pero no estaba allí. Con rabia contenida, observó la gran cantidad de ropa de valor que allí había. Blusas de seda, saltos de cama, batas, y esos vestidos que se ven en los anuncios de las revistas. Glory llevaba casi siempre pantalones vaqueros y jerséis, se los compraba en K-Mart.[1] En la residencia la gente llevaba batas de franela, generalmente de una talla mayor, envolviendo sus cuerpos informes.

1. Almacén barato. (N. del T.)

Uno de los atuendos de Patricia Traymore le llamó la atención. Era una túnica de lana marrón, con un cinturón atado; le recordaba el hábito de un monje, lo sacó del guardarropa y, sosteniéndolo con las manos, se lo puso sobre el cuerpo. Luego, buscó en los cajones que había en el fondo del armario. La muñeca tampoco estaba allí. Si estaba en la casa, seguro que no se encontraba en aquella habitación. No podía perder tanto tiempo. Echó una mirada a los vestidores de las otras habitaciones vacías, y bajó las escaleras.

Patricia Traymore se había dejado encendida la luz del vestíbulo, así como una lámpara de la biblioteca y otras del salón; incluso había dejado encendidas las luces del árbol de Navidad. Era escandalosamente derrochadora, pensó con rabia. Es injusto malgastar tanta electricidad, cuando tantos ancianos no pueden permitirse una calefacción para calentar sus hogares. Además, el árbol ya estaba seco. Si una llama le tocara se incendiaría, las ramas crujirían y los adornos se fundirían.

Uno de los adornos se cayó. Lo cogió y lo puso de nuevo en su lugar. No había ni un solo sitio para poder esconderse en todo el salón.

La biblioteca fue la última habitación en que buscó. Los ficheros estaban cerrados con llave; ahí es donde seguramente la puso, pensó. Entonces descubrió una caja de cartón metida debajo de la mesa de la biblioteca. Tuvo un presentimiento. Tiró con fuerza para sacar la caja y cuando la abrió, su corazón saltó de alegría. Allí estaba la adorada muñeca de Glory.

El delantal había desaparecido, pero no podía perder tiempo buscándolo. Se paseó cuidadosamente por todas las habitaciones, asegurándose de que no había dejado huellas. No encendió ni apagó ninguna luz. Tampoco había tocado puerta alguna; por suerte, tenía mucha experiencia, a causa de su trabajo en la residencia. Naturalmente, si Patricia Traymore buscaba la muñeca, se daría cuenta de que alguien había entrado en la casa; pero esa caja de cartón había sido metida muy adentro, debajo de la mesa; quizá no la echaría en falta durante algún tiempo.

Saldría por el mismo lugar por el que había entrado, por la ventana que correspondía a la segunda habitación. Patricia Traymore no la usaba; y, seguramente, pasarían días sin que penetrara en ella.

Cuando entró en la casa eran las cinco y cuarto, y las campanas de la iglesia cercana a la universidad tocaban las seis cuando se deslizó abajo y se abrió camino hacia el patio delantero, desapareciendo en la noche.

La casa del embajador era inmensa. Su magnífica colección de arte contrastaba con las paredes blancas del fondo de la estantería. Cómodos canapés, tapizados lujosamente, y mesas georgianas antiguas llamaron la atención de Pat. Un enorme árbol de Navidad, decorado con plata, se alzaba ante las puertas que daban al patio.

La mesa del comedor era un *buffet* por todo lo alto; había caviar, jamón de Virginia, pavo en *gelée*, galletas calientes y ensaladas. Dos camareros llenaban discretamente las copas de champán de los invitados.

El embajador Cardell, que era un hombre bajo, pulido, y con el pelo blanco, dio cortésmente la bienvenida a Pat y la presentó a su hermana Rowena van Cleef, que vivía ahora con él.

—Su hermana pequeña —dijo la señora Van Cleef a Pat, mientras sus ojos parpadeaban—. Yo tengo sólo setenta y cuatro años, y Edward ochenta y dos.

En total, debía de haber unos cuarenta invitados. En voz baja, Lila indicó a Pat los más importantes.

—El embajador británico y su esposa, sir John y lady Clemens; el embajador francés, Donald Arlen, que está a punto de ser nombrado presidente del Banco Mundial; el general Wilkins, aquel hombre alto que se halla junto a la repisa de la chimenea, y que tomará próximamente posesión del mando de la OTAN; el senador Whitlock. La que va con él no es su esposa.

Lila presentó a Pat a todos los vecinos, y ésta se sorprendió de ser el centro de atención. ¿Había algún indicio de quién era el autor de la intrusión en su casa? ¿No parecía sumamente probable que el presidente fuese a nombrar a la senadora Jennings vicepresidente? ¿Era fácil trabajar con la senadora? ¿Habían grabado el programa completo con antelación?

Gina Butterfield, columnista del *Washington Tribune,* se acercó rápidamente, escuchando con avidez las respuestas de Pat.

—Resulta tan extraño que alguien se metiera en su casa y le dejase una nota amenazadora —comentó la columnista—. Supongo que no se lo tomaría usted en serio.

Pat trató de parecer espontánea.

—Todos creemos que fue obra de un maníaco. Siento que se haya dado tanta publicidad a esto. No es justo para la senadora.

La columnista sonrió.

—Esto es Washington, querida. ¿No creerá que una noticia tan suculenta puede pasar inadvertida? Parece muy tranquila, pero yo no lo estaría tanto en su lugar, si encontrara mi casa invadida y mi vida amenazada.

—Además, en esa casa —añadió otro—. ¿Te explicaron el asesinato-suicidio de los Adams, que ocurrió allí?

Pat, con la mirada perdida, simulando observar las burbujas del champán, contestó:

—Sí, ya había oído esa historia, pero eso ocurrió hace mucho tiempo, ¿no?

—¿Tenemos que discutir ahora sobre este tema?

¿Precisamente hoy que es Nochebuena? —interrumpió Lila.

—Espera un momento —dijo rápidamente Gina Butterfield—. Adams, Adams el del Congreso. ¿Quieres decir que Pat está viviendo en la casa donde Adams se suicidó? ¿Cómo se le pudo escapar a la prensa?

—¿Qué relación tiene eso con el incidente del otro día? —preguntó Lila.

Pat se dio cuenta de que su amiga le tocaba el brazo, con la intención de avisarle. ¿Quizá la expresión de su cara la estaba delatando?

El embajador se detuvo y les invitó:

—Por favor, sírvanse ustedes mismos.

Pat se volvió para seguirle, pero la detuvo la pregunta de la periodista a una invitada.

—¿Vivía usted aquí en Georgetown, cuando ocurrieron estas muertes?

—Sí —contestó la mujer—. Dos casas más abajo del lugar del crimen. Mi madre todavía vivía por aquel entonces. Conocíamos bastante a los Adams.

—Eso fue antes de que yo llegara a Washington —explicó Gina Butterfield—. Pero, naturalmente, conozco todos los comentarios. ¿Es cierto que se ocultaron bastantes cosas sobre lo ocurrido?

—Claro que es cierto —dijo un vecino, sonriendo abiertamente—. La madre de Renée, la señora Shuyler, representó el papel de *grande dame*, en Boston; diciendo a la prensa que Renée se dio cuenta de que su matrimonio era un error, y planeaba divorciarse de Dean Adams.

—¿Había tramitado ya el divorcio? —preguntó Gina.

—Lo dudo —contestó la otra—. Estaba loca por Dean, loca de celos, y muy en contra de su trabajo. Se comportaba de manera muy extraña en las fiestas; nunca abría la boca; y hay que ver cómo tocaba aquel maldito piano, durante ocho horas al día. Cuando llegaba el buen tiempo, nos volvíamos locos oyéndolo todo el día; y créeme, no era ninguna Myra Hess, su forma de tocar era más bien vulgar.

«No puedo creerlo», pensó Pat. Y es que no quiero creerlo. ¿Qué preguntaba ahora la periodista? ¿Que si a Dean Adams se le conocía como conquistador?

—Era tan atractivo que las mujeres siempre se lo disputaban —la vecina se encogió de hombros—. Yo entonces sólo tenía veintitrés años, y estaba locamente enamorada de él. Por la tarde, Adams solía pasear con la pequeña Kerry, y yo siempre me las arreglaba para hacerme la encontradiza; pero no me sirvió de nada. Creo que será mejor ir al *buffet*, me estoy muriendo de hambre.

—¿Le parecía a usted que Adams era una persona inestable? —preguntó Gina.

—Por supuesto que no. Fue la madre de Renée la que inició el rumor y ella sabía lo que estaba haciendo. Recuerdo que las huellas digitales de ambos estaban en el arma. Mi madre y yo siempre pensamos que, seguramente, fue Renée la que irrumpió a tiros; y teniendo en cuenta lo que le sucedió a Kerry... ¡Esas huesudas manos de pianista tenían una fuerza increíble! No me extrañaría que fuera ella la que golpeó a la pobre niña.

20

Sam bebía cerveza a sorbos, mientras su mirada vagaba entre la muchedumbre que llenaba el club de Palm Springs. Giró la cabeza, miró a su hija y sonrió. Karen había heredado el colorido de su madre, el oscuro tono tostado del bronceado hacía resaltar su cabello rubio, que todavía parecía más claro. Apoyaba la mano en el hombro de su marido. Thomas Walton Snow, junior, era un tipo estupendo, un buen marido y un hombre de negocios de éxito. Su familia era fastidiosamente sociable, para el gusto de Sam, pero estaba contento de que su hija se hubiera casado bien.

Desde su llegada, Sam había sido presentado a varias mujeres que rozaban la cuarentena, extremadamente atractivas, viudas, jóvenes viudas con profesión, cada una de ellas dispuesta a escoger un hombre para el resto de su vida. Todo ello contribuía a que Sam sintiese una cierta inquietud, una incapacidad para el descanso, una dolorosa e inmensa sensación de no pertenecer a nadie.

¿Adónde demonios pertenecía él?

A Washington. Se estaba bien con Karen; pero, simplemente, la gente que ella encontraba tan interesante, a él le importaba un bledo.

Mi hija tiene veinticuatro años, pensó, está felizmente casada y esperando un hijo. No estoy dispuesto a conocer a todas las cuarentonas disponibles de Palm Springs.

—Papá, ¿podrías dejar de poner esa expresión feroz?

Karen se inclinó a través de la mesa y lo besó; luego, volvió a abrazar a Tom. Examinó los ojos brillantes y expectantes de la familia de Tom; en uno o dos días empezarían a cansarse de él. Estaba empezando a convertirse en un huésped incómodo.

—Corazón —le dijo a Karen, en tono confidencial—, me preguntaste si creía que el presidente apoyaría a la senadora Jennings, para ser elegida vicepresidente, y te dije que no lo sabía. Tengo que ser más sincero, creo que acabará por ser elegida.

De repente, todas las miradas se posaron en él.

—Mañana por la noche la senadora dará una fiesta en su casa, y una parte saldrá en la televisión. A ella le gustaría que yo estuviera presente. Si no te importa, creo que tengo que asistir.

Todo el mundo lo comprendió.

El suegro de Karen mandó que trajeran un horario de aviones. Si Sam se marchaba de Los Ángeles a la mañana siguiente, en el vuelo de las ocho, llegaría al aeropuerto internacional de Washington hacia las cuatro y media, hora de la Costa Este. ¡Qué interesante ser invitado a una cena transmitida por televisión! ¡Todos esperaban con ilusión el programa!

Sólo Karen no dijo nada hasta después, que exclamó riendo:

—¡Papá, corta el rollo! ¡He oído rumores de que la senadora Jennings te ha echado el ojo!

21

A las nueve y quince minutos de la noche, Pat y Lila salieron de la casa del embajador y, juntas, emprendieron en silencio el camino hacia sus casas. Estando ya muy cerca, Lila dijo suavemente:

—Pat, no puedes imaginarte cuánto lo siento.

—¿Cuánto de lo que ha dicho aquella mujer es digno de crédito, y cuánto hay de exageración? Tengo que saberlo.

El eco de sus palabras aisladas todavía le resonaba en la mente: neurótica..., largos, huesudos..., mujeriego..., creemos que golpeó a aquella pobre niña.

—Tengo la imperiosa necesidad de saber cuánto hay de verdad en esas frases —repitió.

—Pat, esa mujer es una chismosa empedernida. Ella sabía perfectamente lo que estaba haciendo cuando empezó a hablar de la casa con la periodista del *Washington Tribune*.

—Se equivocaba, claro —dijo Pat con un tono neutro.

—¿Equivocaba?

Habían llegado ante la puerta de Lila. Pat miró su propia casa, al otro lado de la calle. A pesar de haber dejado algunas luces encendidas en la planta baja, le seguía pareciendo remota y oscura.

—Hay algo que estoy segura que recuerdo. Fue cuando aquella noche empecé a correr desde el recibidor hasta el salón, y tropecé con el cuerpo de mi madre —se volvió hacia Lila—. Ya ves lo que esto me lleva a pensar. Una madre neurótica que, aparentemente, me consideraba un estorbo, y un padre enloquecido que intentó matarme. ¡Qué herencia!, ¿verdad?

Lila no respondió. El presentimiento que la había estado acechando se volvía más y más intenso.

—Oh, Kerry: quiero ayudarte.

Pat le cogió la mano.

—Me estás ayudando Lila —dijo—. Buenas noches.

En la biblioteca, la luz del contestador automático centelleaba sin cesar. Pat corrió la cinta hasta el principio y lo puso en marcha. Había sólo una llamada.

—Soy Luther Pelham. Son ahora las siete y veinte minutos. Tenemos un grave problema. No importa a la hora que llegues, llámame a casa de la senadora Jennings. Teléfono 703-555-0143. Es absolutamente necesario que nos veamos allí esta noche.

Con la boca seca, Pat marcó el número. Comunicaba. Tuvo que intentarlo tres veces antes de obtener la llamada. Contestó Toby.

—Soy Pat Traymore, Toby. ¿Qué es lo que ocurre?

—Muchas cosas. ¿Dónde está usted?

—En mi casa.

—Bien. El señor Pelham tiene un coche preparado para ir a buscarla. Estará allí dentro de diez minutos.

—Toby, ¿qué ocurre?

—Señorita Traymore, puede que eso sea lo que tenga que explicar usted misma a la senadora —y colgó.

Media hora más tarde, el coche de la Emisora, que Luther había mandado, llegaba a casa de la senadora Jennings, en McLean. Durante el camino, Pat se había preocupado con mil conjeturas, pero todas sus reflexiones la llevaban a la misma fría conclusión:

Algo había ocurrido que estaba molestando o inquietando a la senadora, y cualquiera que fuese el problema, la estaban culpando de ello.

Toby abrió la puerta con una expresión siniestra, y la acompañó hasta la biblioteca.

Unas sombras silenciosas estaban sentadas alrededor de la mesa, en consejo de guerra; la tensión de los presentes desentonaba con el ambiente festivo que creaban las *poinsettias* a ambos lados de la chimenea.

Con una serenidad glacial, y la expresión de una esfinge marmórea, la senadora Jennings se quedó mirando fijamente a Pat. Philip se hallaba sentado a su derecha, su cabello largo y fino estaba despeinado, y le caía descuidadamente sobre su cabeza ovalada.

Las mejillas de Luther Pelham tenían un color sonrosado. Parecía estar a punto de darle un ataque.

«Esto no es un juicio —pensó Pat—, esto es la Inquisición española. Mi culpabilidad ya ha sido decidida. ¿Pero culpa de qué?» Sin ofrecerle un asiento, Toby dejó caer su pesado cuerpo en la última silla de la mesa.

—Senadora —dijo Pat—, algo terrible ha sucedido, y es evidente que tiene algo que ver conmigo. ¿Podrían explicarme qué es lo que ha pasado?

Había una revista en el centro de la mesa. Con un rápido gesto, Philip la cogió y la empujó hacia Pat.

—¿Dónde has conseguido esta fotografía? —preguntó fríamente.

Pat miró con fijeza la portada del *National Mirror*. El titular decía: «¿LOGRARÁ MISS APPLE JUNCTION SER LA PRIMERA MUJER VICEPRESIDENTE DEL PAÍS?» La fotografía, que ocupaba toda la portada, mostraba a Abigail, con la corona de Miss Apple Junction, acompañada de su madre.

Ampliada, la fotografía mostraba, todavía más cruelmente, las enormes proporciones de Francey Foster, y se podía apreciar su carne, aprisionada bajo un vestido de corte barato, lleno de manchas. El brazo que rodeaba a Abigail era una masa informe de grasa, y la sonrisa de orgullo contribuía a resaltar su sotabarba.

—¿Vio usted esta fotografía anteriormente? —le espetó.

—Sí.

¡Qué terrible para la senadora! Recordaba la sombría observación de Abigail cuando explicó que había pasado más de treinta años intentando desligarse de su pasado, en Apple Junction. Ignorando a los demás asistentes, Pat se dirigió a la senadora directamente.

—Usted no creerá que tengo algo que ver con la publicación de esta fotografía en el *National Mirror*.

—Escuche, señorita Traymore —contestó Toby—, no se moleste en mentirnos. He descubierto que usted estuvo merodeando por Apple Junction; estuvo incluso buscando ediciones antiguas del periódico local. Yo estaba en su casa cuando la llamó Saunders.

No había nada de respetuoso en el tono de voz de Toby.

—Le he dicho a la senadora que fuiste a Apple Junction, contraviniendo mis órdenes expresas —bramó Luther.

Pat comprendió el aviso. Debía evitar que Abigail supiera que Luther había permitido que ella fuera al lugar donde nació Abigail; pero ahora, eso no tenía importancia, lo que importaba era Abigail.

—Senadora —empezó Pat—, comprendo que debe sentirse...

Sus palabras hicieron el efecto de una explosión. Abigail saltó.

—¿De veras? Creía que había sido suficientemente explícita; pero déjeme repetírselo de nuevo. He odiado cada minuto de mi vida en esa horrible ciudad. Luther y Toby han acabado por explicarme lo que fue usted a hacer allí; por lo tanto, sé que vio a Jeremy Saunders. ¿Qué le ha dicho esa sanguijuela inútil? ¿Que estaba obligada a utilizar la puerta trasera y que mi madre era la cocinera? Apostaría algo a que lo ha hecho. Creo que usted facilitó la fotografía, Pat Traymore, y además, sé la razón. Está decidida a describirme a su manera. Le gustan las historias de Cenicienta, sólo hay que ver sus cartas. Y como fui lo bastante estúpida para dejar que se hablara de mí en ese programa, decidió que tenía que ser a su manera, para que todos hablaran del toque mordaz y conmovedor que tiene Patricia Traymore. El hecho de que eso pueda costarme aquello por lo que he estado trabajando toda mi vida no le importa.

—¿Usted cree que yo soy capaz de mandar esta fotografía a esa revista con el propósito de progresar en mi carrera? —La mirada de Pat iba de un lado a otro.

—Luther, ¿ha visto la senadora el guión, o todavía no?

—Sí, ya lo ha visto.

—¿Qué me dice del guión alternativo?

—Olvídalo.

—¿Qué otro guión? —preguntó Philip.

—El que he estado rogando a Luther que utilizara, y le aseguro que en ése no se menciona el concurso de belleza, ni hay fotografías de él. Senadora, en cierta manera, usted tiene razón —continuó Pat—. Es verdad que quiero que esta producción se haga a mi manera, pero por la mejor de las razones. Yo la admiro a usted muchísimo, y cuando le escribí aquella carta, no sabía que tenía usted posibilidades de ser elegida vicepresidente en un corto plazo; y esperaba que usted sería firme candidata a la presidencia. Yo tenía mis esperanzas depositadas en usted, y pensaba que sería un rival para la próxima nominación presidencial, el año que viene. —Pat hizo una pausa para respirar y, rápidamente, prosiguió—: Espero que haya leído con detalle la primera carta que le mandé; realmente pensaba lo que le decía. El único problema que usted tiene es que el público americano la considera fría y distante. Esta fotografía es un buen ejemplo de ello; sencillamente, se avergüenza de ella. Pero mire la expresión de su madre; ¡está tan orgullosa de usted! Está gorda. ¿Es eso lo que le molesta? Miles de personas lo están, y en la generación de su madre, mucha gente mayor tenía ese problema. Por lo tanto, si yo fuera usted, cuando me entrevistasen, les diría a todos que aquél fue el primer concurso de belleza al que tuvo acceso, y que participó porque sabía lo feliz que haría a su madre si lo ganaba. No hay una madre en el mundo que dejara de simpatizar con usted por eso; Luther puede mostrarle el resto de mis sugerencias para el programa, pero le diré una cosa; si no la eligen vicepresidente, no será a causa de esta fotografía; será debido a su reacción ante ella, y por el hecho de que se avergüenza de su pasado. —Tras una pausa continuó—: Voy a pedir al chófer que me lleve a casa. —Y seguidamente, con la mirada encendida, se dirigió a Luther—. Te ruego que me llames mañana por la mañana y me digas si deseas que siga adelante con el programa. Buenas noches, senadora.

Se dio la vuelta para irse, pero la voz de Luther la detuvo.

—Toby, levanta tu trasero de esa silla y haz algo de café. Pat, siéntate y a ver si arreglamos este embrollo.

Era la una y treinta minutos de la madrugada cuando Pat llegó a su casa. Se puso el camisón y la bata, hizo té, se lo llevó al salón y se arrebujó en el canapé.

Mirando el árbol de Navidad, reflexionaba sobre la jornada que acababa de pasar. Si creía lo que había dicho Catherine Graney, toda la historia del gran amor entre Abigail y Willard Jennings se desmoronaba; si creía lo que había oído en la fiesta del embajador, su madre había sido una neurótica; si creía lo que le decía la senadora Jennings, todo lo que le había contado Jeremy Saunders era una retorcida protesta.

Debió de haber sido él quien había mandado la fotografía de Abigail al *Mirror*. Sólo él podía haber cometida tamaña bajeza.

Bebió el último sorbo de té y se levantó; no servía de nada seguir pensando en eso. Se acercó al árbol de Navidad y pulsó el interruptor para apagar las luces. De pronto, se detuvo. Recordaba que cuando Lila y ella estaban tomándose el jerez, notó que uno de los adornos del árbol se había caído y estaba en el suelo. «Debo de haberme equivocado», pensó.

Se encogió de hombros y se fue a la cama.

22

A las nueve y cuarto de la mañana del día de Navidad, Toby estaba en la cocina de Abigail Jennings, delante de la estufa de hierro, esperando a que se hiciera el café. Abrigaba la esperanza de poder tomarse una taza antes de que apareciera Abby. A pesar de que la conocía desde que eran niños, no podía predecir su reacción, aquel día. La noche pasada había sido muy agitada. Él sólo la había visto dos veces tan enfadada, y nunca se permitía a sí mismo recordar esas dos ocasiones.

Cuando Pat Traymore se hubo ido, Abby, Pelham y Philip se quedaron todavía una hora más, para decidir lo que tenían que hacer. Abby gritó a Pelham, repitiéndole una docena de veces que ella seguía creyendo que Pat Traymore trabajaba para Claire Lawrence y que, quizá, Pelham también.

Incluso, para lo que ella acostumbraba, Abigail se había pasado un poco, y Toby estaba sorprendido de que Pelham hubiera aguantado el chaparrón. Más tarde, Phil aportó la respuesta.

—Escuchen, él es el personaje más famoso de todos los noticiarios de la televisión de este país. Ha hecho una fortuna, pero ya tiene sesenta años, y está hasta las narices. Ahora, lo que quiere es convertirse en otro Edward R. Murrow, que remató su carrera como jefe de la Agencia de Información Americana. Pelham desea tan desesperadamente ese puesto, que ya se le está haciendo la boca agua. Significaría un enorme prestigio y dejar de tener que competir por la calidad. La senadora le ayudará, si él le ayuda a ella. Sabe que tiene derecho a quejarse de cómo se está realizando este programa.

Toby no tenía más remedio que estar de acuerdo con lo que Pelham decía. Le gustara o no, el daño ya estaba hecho; o el programa se concebía incluyendo Apple Junction y el concurso de belleza, o parecería una farsa.

—No puedes ignorar el hecho de que apareces en la portada del *National Mirror* —le recordaba Pelham a Abby—. Lo leen cuatro millones de personas, y se envía a Dios sabe cuánta gente más. Esta fotografía será reproducida por todos los periódicos sensacionalistas del país; tienes que decidir qué es lo que vas a decirles.

—¿A decirles? —Abby estalló—. Les diré la verdad, que mi padre era una mierda y que la única cosa decente que hizo fue morirse cuando yo tenía seis años. También puedo decirles que mi madre tenía la visión del mundo propia de una fregona, y que su máxima ambición respecto a mí era que me convirtiera en Miss

Apple Junction y en una buena cocinera. ¿No creéis que ése es, exactamente, el pasado que un vicepresidente debe tener?

Le caían lágrimas de rabia; normalmente, Abigail no lloraba. Toby sólo podía recordar que lo hiciera en escasas ocasiones. Él tambien dijo lo suyo.

—Abby, escúchame. No te quedes parada pensando en la foto de Francey, deja de pensar en eso y sigue los consejos de Pat Traymore.

Eso la calmó. Ella confiaba en él.

Oyó los pasos de Abby en el recibidor. Tenía ganas de ver cómo iría vestida. Pelham estuvo de acuerdo en que debía ir a la misa de la catedral, y llevar algo fotogénico, aunque no ostentoso.

—Deja tu visón en casa —le dijo.

—Buenos días, Toby. Feliz Navidad. —El tono era sarcástico, pero comedido; incluso antes de darse la vuelta y mirarla, él supo que Abby había recobrado el dominio de sí misma.

—Feliz Navidad, senadora. —La observó detenidamente—. Oye, estás guapísima.

Vestía un traje de chaqueta cruzado, de un rojo brillante que hacía juego con el color de su laca de uñas. La falda era plisada y llevaba el abrigo en la mano.

—Parezco un paje de Santa Claus —bromeó ella, y a pesar de que se mostraba un poco cínica, había algo de buen humor en su tono de voz. Cogió una taza de café e hizo un ademán de brindis—. También saldremos de ésta, ¿verdad, Toby?

—¡Puedes estar segura de que sí!

En la catedral, la estaban esperando. Tan pronto como Abigail salió del coche, un periodista de la televisión le puso un micrófono delante.

—Feliz Navidad, senadora.

—Feliz Navidad, Bob.

«Abby es muy lista —pensó Toby—. Se las arregla para conocer a toda la gente de la prensa y de la televisión, incluso si son poco importantes.»

—Senadora, está usted a punto de entrar en la catedral para los oficios de Navidad, ¿ofrecerá una oración por algo en especial?

Abby titubeó el tiempo justo y dijo:

—Bob, supongo que todos estamos rezando por la paz del mundo, ¿no es verdad? Mi oración será para los que pasan hambre. ¿No sería maravilloso que supiéramos que cada hombre, mujer y niño de esta tierra, tienen una buena cena esta noche? —Sonrió y se unió a la gente que entraba por el portalón de la catedral.

Toby volvió a meterse en el coche. «Perfecto», pensó. Buscó por debajo del asiento y sacó el resultado de las carreras. No le había ido demasiado bien últimamente, ya era hora de que su suerte cambiara.

La misa duró una hora y cuarto. Cuando la senadora salía, otro periodista la estaba esperando; éste tenía preparadas unas preguntas algo más difíciles.

—Senadora, ¿ha visto la portada del *National Mirror* de esta semana?

Toby acababa de dar la vuelta al coche para abrirle la portezuela. Aguantó la respiración, esperando a ver cómo se las arreglaba ella.

Abby sonrió, fue una sonrisa cálida y feliz.

—Sí, desde luego.

—¿Y qué piensa de ello, senadora?

Abby se puso a reír.

—Me quedé muy sorprendida. Tengo que confesar que estoy más acostumbrada a que se hable de mí en el *Congressional Record* que en el *National Mirror*.

—¿La aparición de esa foto le ha molestado o hecho enfadar, senadora?

—Desde luego que no. ¿Por qué habría tenido que

molestarme? Como la mayoría de nosotros, en Navidad pienso en la gente que he querido y que ya no está conmigo. Esa foto me hizo recordar lo feliz que fue mi madre cuando gané ese concurso de belleza. Participé en él sólo para contentarla. Era viuda, ¿sabe? Y ella sola me sacó adelante. Estábamos muy unidas.

En este momento, sus ojos se tiñeron de tristeza y sus labios temblaron. Rápidamente inclinó la cabeza y se metió en el coche. Con un gesto rápido, Toby cerró la puerta tras ella.

La luz del contestador automático centelleaba cuando Pat volvió de misa. Automáticamente apretó el dispositivo de marcha atrás hasta que la cinta se detuvo, entonces accionó el botón para oír lo grabado.

Las tres primeras llamadas habían sido anuladas. Luego apareció la voz de Sam:

—Pat, he estado intentando localizarte. Estoy a punto de subir al avión que me lleva a Washington. Te veré en casa de Abigail, esta noche.

«¿Cómo te debes comportar cuando te enamoras de verdad?», se preguntó Pat.

Sam había planeado pasar toda la semana con Karen y su marido y ahora volvía corriendo a casa. Evidentemente, Abigail le había convencido para que asistiera, como uno de sus íntimos amigos, a su cena de Navidad. ¡Era obvio que existía algo entre ellos!

Abigail tenía ocho años más que él, pero no los aparentaba; muchos hombres se casan con mujeres mayores que ellos.

Luther Pelham también había telefoneado:

—Sigue trabajando en la segunda versión del guión. Debes estar en casa de la senadora a las cuatro en punto. Si los periódicos te llaman para preguntarte algo acerca de la fotografía del *Mirror*, di que no la has visto.

El siguiente mensaje empezó con una voz baja y suave:

—Señorita Traymore... Pat, quizá no me recuerdes —una pausa—, pero claro que sí, lo que pasa es que conoces a tanta gente, ¿verdad? —Pausa—. Tengo que darme prisa. Soy Margaret Langley, soy la directora..., retirada, desde luego, del colegio de Apple Junction.

Se había acabado el tiempo para dejar el mensaje. Exasperada, Pat se mordió los labios.

La señorita Langley había llamado de nuevo, esta vez había dicho con rapidez:

—Para continuar esta conversación, por favor, llama al 518-555-2460. —Se oían ruidos de una respiración trémula, entonces la señorita Langley se puso a llorar—. Señorita Traymore, hoy he sabido algo de Eleanor.

El teléfono sonó sólo una vez, antes de que la señorita Langley respondiera. Pat se identificó y fue interrumpida antes de acabar de decir su nombre.

—Señorita Traymore, después de todos estos años, hoy he hablado con Eleanor: justo cuando volvía de la iglesia mi teléfono estaba sonando, y ella dijo: «hola»; con esa voz suya, dulce y tímida, y las dos nos hemos puesto a llorar.

—Señorita Langley, ¿dónde está Eleanor? ¿Qué es lo que hace?

Se hizo una pausa, entonces Margaret Langley habló pausadamente, como si estuviera escogiendo las palabras.

—Ella no me dijo donde está. Dijo que se encuentra mucho mejor y que no quiere vivir escondiéndose siempre; dijo que estaba pensando en entregarse. Sabe que volverá a la cárcel, ya que no respetó su palabra. Expresó que esta vez le gustaría que yo la visitara.

—¡Entregarse! —Pat pensó en la expresión átona y desvalida de Eleanor Brown, después de oír su condena.

—¿Qué le dijo?

—Le pedí que la telefoneara. Pensé que quizá sería capaz de conseguir que le dieran la libertad bajo palabra. —La voz de Margaret Langley se quebró—. Señorita Traymore, por favor, no deje que esa chica vuelva a la cárcel.

—Lo intentaré —prometió Pat—. Tengo un amigo, un miembro del Congreso, que creo que nos podrá ayudar. Señorita Langley, por favor, por el bien de Eleanor, ¿sabe dónde la puedo encontrar?

—No, de verdad que no lo sé.

—Si ella vuelve a llamarla, pídale que se ponga en contacto conmigo antes de rendirse. Su postura será mucho más fuerte; si se entrega, no podrá negociar su libertad con la justicia.

—Ya sabía que usted nos ayudaría. Me di cuenta de que es una buena persona. —El tono de voz de Margaret Langley cambió—. Quiero que sepa lo contenta que estoy de que el encantador señor Pelham me llamara y me invitara a salir en su programa. Una persona vendrá mañana por la mañana para grabar una entrevista conmigo.

De modo que Luther también había tomado nota de esa sugerencia.

—Me alegro mucho. —Pat intentó parecer entusiasta—. Acuérdese de decir a Eleanor que me llame.

Pat colgó el auricular lentamente. Si Eleanor Brown era la chica tímida que la señorita Langley creía, entregarse sería un admirable acto de valor, pero para Abigail Jennings podía ser algo extremadamente perjudicial que, en los próximos días, una desvalida joven fuera encarcelada, de nuevo, por robo en la oficina de Abigail, mientras proclamaba a los cuatro vientos su inocencia.

23

Mientras andaba por el pasillo de la residencia, Arthur notó la atmósfera tensa, y se puso inmediatamente en guardia. El lugar parecía bastante tranquilo, algunos árboles de Navidad y algunas velas estaban sobre mesitas de jugar a las cartas, cubiertas con fieltro verde y nieve artificial. En todas las puertas de los residentes, había colgadas tarjetas navideñas. En el tocadiscos de la habitación de recreo, sonaba una melodía navideña. Pero algo malo sucedía.

—Buenos días, señorita Harnick. ¿Cómo se encuentra?

Ella avanzaba lentamente hacia el recibidor, apoyada en su andador, con su figura de pajarillo inclinada hacia adelante. Tenía el pelo estropajoso y la cara grisácea. Levantó los ojos hacia él, manteniendo la cabeza baja; sólo sus ojos se movieron, con una mirada hundida, aguada, temerosa.

—Aléjate de mí, Arthur —dijo, con voz temblorosa—. Les dije que te vi salir de la habitación de Anita, y sé que tengo razón.

Él le tocó el brazo, pero ella se apartó.

—Claro que estuve en la habitación de la señorita Gillespie —dijo él—. Ella y yo éramos amigos.

—No era amiga tuya, ella te tenía miedo.

Intentó no demostrar su cólera.

—Bueno, señora Harnick...

—Yo sé lo que me digo, Anita quería vivir. Su hija, Anne Marie, iba a venir a verla. Hacía dos años que no había estado en el Este. Anita decía que no le importaba morir, siempre que antes pudiera volver a ver a su Anne Marie. Ella no dejó de respirar sola, eso ya se lo he dicho a ellos.

La enfermera jefe, Elizabeth Sheehan, se sentaba en

una mesa, a mitad del pasillo. Él la odiaba; tenía la cara severa y los ojos de un azul grisáceo que se podían volver como el acero, cuando se enfadaba.

—Arthur, antes de que hagas tu ronda, por favor, ven a la oficina.

Él la siguió hasta el despacho de la administración de la residencia, el lugar donde las familias iban a hacer los papeleos para acomodar a sus familiares ancianos. Pero hoy no había familiares, solamente un hombre con cara de niño que llevaba una gabardina y unos zapatos que necesitaban un buen cepillado. Sonreía afablemente y tenía un porte muy agradable, pero Arthur no se dejó engañar.

—Soy el detective Barrot —dijo.

El director de la residencia, el doctor Cole, también estaba allí.

—Arthur, siéntese —dijo, intentando que su voz pareciera amistosa—. Gracias, enfermera Sheehan, no necesita quedarse.

Arthur escogió una silla de respaldo recto y recordó cruzar las manos en el regazo y aparentar estar un poco confuso, como si no tuviera ni idea de lo que estaba ocurriendo. Había ensayado antes esa mirada, frente al espejo.

—Arthur, la señora Gillespie murió el pasado jueves —dijo el detective Barrot.

Arthur asintió con expresión de tristeza. De repente, se alegró de haberse encontrado con la señora Harnick en la entrada.

—Lo sé. Yo esperaba que viviera un poco más. Su hija iba a venir a visitarla. No la había visto desde hacía dos años.

—¿Usted sabía esto? —preguntó el doctor Cole.

—Claro. La señora Gillespie me lo dijo.

—Ya veo. Nosotros no sabíamos que ella había hablado de la visita de su hija.

—Doctor, usted sabe el tiempo que pasábamos para alimentar a la señora Gillespie. A veces necesitaba descansar, y entonces hablábamos.

—Arthur, ¿le alegró ver morir a la señora Gillespie? —le preguntó el detective Barrot.

—Me alegro de que muriera antes de que el cáncer empeorara. Habría sufrido muchísimos dolores. ¿No es verdad, doctor? —Miró hacia el doctor Cole, agrandando los ojos.

—Es posible que sí —respondió el doctor Cole—. Aunque nunca se sabe...

—Pero, ojalá la señora Gillespie hubiera vivido para ver a Anne Marie. Ella y yo rezábamos por ello. Me solía pedir que le leyera oraciones de su misal de san Antonio, como un favor especial. Ésa era su oración.

El detective Barrot le estaba mirando detenidamente.

—¿Fue usted a la habitación de la señora Gillespie, el pasado lunes?

—Oh sí, yo entré justo antes de que la enfermera Krause la visitara, pero la señora Gillespie no quería nada.

—La señora Harnick dijo que le vio salir de la habitación alrededor de las cuatro o las cinco. ¿Es eso cierto?

Arthur ya había preparado la respuesta.

—No. Yo no entré en su habitación. Miré en su habitación, pero estaba dormida. Había pasado una mala noche y estaba preocupado por ella. La señora Harnick vio cómo yo miraba.

El doctor Cole se recostó en su silla. Parecía aliviado. La voz del detective Barrot se volvió más suave.

—Pero, el otro día, usted dijo que la señora Harnick estaba equivocada.

—No. Alguien me preguntó si yo había entrado en la habitación de la señora Gillespie dos veces, y no lo había hecho; pero entonces, cuando pensé en ello, me acordé de que había mirado dentro. O sea que, ya ven, la señora Harnick y yo teníamos, ambos, razón.

El doctor Cole sonreía.

—Arthur es uno de nuestros ayudantes más cuidadosos —dijo.

»Ya se lo dije, señor Barrot.

Pero el detective Barrot no sonreía.

—Arthur, ¿son muchos los ayudantes que rezan con los pacientes o es sólo usted?

—Oh, creo que sólo yo. Verá, yo una vez estuve en el seminario. Pensaba llegar a ser sacerdote, pero me puse enfermo y tuve que irme. En cierta manera, me considero un clérigo.

Los ojos del detective Barrot, suaves y limpios, incitaban a la confidencia.

—¿Cuántos años tenía usted cuando entró en ese seminario, Arthur? —preguntó amablemente.

—Tenía veinte años, y me quedé hasta que tuve veinte años y medio.

—Ya —dijo el detective—. Dígame, ¿en qué seminario estuvo?

—En Collegeville, Minnesota, con la comunidad benedictina.

El detective Barrot sacó un cuadernillo y lo apuntó. Arthur tardó en darse cuenta de que había hablado demasiado. Podía ser que el detective Barrot se pusiera en contacto con la comunidad benedictina y le dijeran que, después de la muerte del padre Damián, se le pidió a Arthur que se fuera.

Arthur estuvo preocupado todo el día. A pesar de que el doctor Cole le había dicho que volviera a trabajar. Podía notar las miradas sospechosas de la enfermera Sheehan, y todos los pacientes le miraban de una manera especial.

Cuando fue a mirar la habitación del viejo señor Thoman, su hija estaba allí, y le dijo:

—Arthur, ya no tienes que preocuparte por mi padre. Le he pedido a la enfermera Sheehan que se encargue de él otro ayudante.

Eso era una bofetada en pleno rostro. Justo la semana pasada, el señor Thoman había dicho:

—No puedo aguantar más tiempo tan enfermo.

Arthur le había confortado diciendo:

—Quizá Dios no se lo pida, señor Thoman.

Arthur intentó mantener su alegre sonrisa cuando atravesó la sala de recreo, para ayudar al señor Whelan, que estaba forcejeando con sus pies. Mientras acompañaba al señor Whelan por el recibidor, hasta el lavabo, se dio cuenta de que le estaba entrando dolor de cabeza; uno de esos dolores sordos que hacían que las luces bailaran ante sus ojos. Ya conocía lo que iba a suceder después.

Mientras ayudaba al señor Whelan a sentarse de nuevo en su silla, miró hacia el televisor. La pantalla aparecía borrosa; luego surgió lentamente un rostro; la cara de Gabriel, tal como sería el día del Juicio. El arcángel le habló sólo a él:

—Arthur, aquí ya no estás a salvo.

—Ya entiendo.

No se dio cuenta de que había pronunciado esas palabras en voz alta hasta que el señor Whelan dijo:

—Shhh.

Cuando bajó a donde estaba su armario, Arthur guardó cuidadosamente en una maleta sus enseres personales; pero dejó su uniforme de repuesto y los zapatos viejos. El día siguiente y el miércoles eran sus días de fiesta, de modo que quizá no se darían cuenta de que él no iba a volver el jueves por la mañana; a no ser que, por alguna razón, buscaran en su armario y lo encontraran vacío.

Se puso la chaqueta deportiva, aquella amarilla y marrón que había comprado en J. C. Penney, el año pasado. La guardaba allí por si iba con Glory al cine, o a algún otro sitio, para ir arreglado.

En el bolsillo de la gabardina puso el par de calcetines en que tenía trescientos dólares empaquetados. Siempre guardaba, a mano, dinero de emergencia; tanto aquí como en casa, sólo por si tenía que marcharse repentinamente.

El vestuario estaba frío y sucio. No había nadie por los alrededores. Habían dado el día libre a todos los empleados que lo deseaban. Él se había ofrecido voluntario para trabajar.

Sus manos estaban secas y se movían; sus nervios se encontraban a punto de estallar de resentimiento. No tenían derecho a tratarle de esta forma. Su mirada recorrió inquieta aquel cuarto. Casi todas las medicinas estaban guardadas en el almacén, pero había un armario empotrado, cerca de las escaleras, que estaba lleno de botellas semivacías, de recipientes de artículos de limpieza, de gamuzas usadas. Pensó en aquella gente, allí arriba. La señora Harnick acusándole, la hija del señor Thoman diciéndole que dejara en paz a su padre, la enfermera Sheehan... ¡Cómo osaban cotillear, dudar de él, rechazarle!

En el armario encontró una lata con un poco de trementina. Quito la tapa y la volcó. Las gotas empezaron a caer lentamente sobre el suelo. Dejó la puerta del armario abierta, al lado del armario había una docena de bolsas de basura, esperando ser llevadas al vertedero.

Arthur no fumaba, pero cuando las visitas se olvidaban cajetillas de tabaco por la residencia, siempre las recogía para llevárselas a Glory. Sacó un Salem del bolsillo, lo encendió, dio unas cuantas bocanadas, para asegurarse que no se apagaría y, desatando una de las bolsas de basura, lo echó dentro.

El cigarrillo no tardaría mucho en irse consumiendo; prendería fuego a la bolsa, luego, arderían las otras bolsas y la trementina desparramada provocaría un incendio incontrolable. Los trapos que estaban en el altillo causarían un denso humo y, cuando el personal de la residencia intentara evacuar a los ancianos, todo el edificio estaría ya destruido. Parecería un accidente debido a un descuido, un cigarrillo mal apagado en la basura, un fuego causado por una lata de trementina mal cerrada que había goteado desde el estante, si es que los investigadores podían llegar a deducir tanto.

Retiró la bolsa mientras el débil y agradable olor a quemado llegaba hasta su nariz y sus pulmones; entonces salió rápidamente del edificio y descendió por la solitaria calle, hacia la estación de metro.

Glory estaba sentada en el sofá de la sala de estar, leyendo un libro, cuando Arthur llegó a casa. Llevaba una bata muy bonita, de lana azul, con una cremallera que llegaba hasta el cuello, y mangas largas muy anchas. El libro que leía era una novela de la lista de los *bestsellers*, que había costado quince dólares con noventa y cinco. Arthur en su vida se había gastado más de un dólar en un libro. Él y Glory iban a libreros que vendían libros usados, revolvían la tienda y volvían a casa con seis o siete volúmenes; disfrutaban leyendo juntos, haciéndose compañía. Pero, de algún modo, los deslucidos volúmenes de manchadas cubiertas, que tanto habían disfrutado comprando, parecían pobres y ajados, al lado de este libro de impecables páginas, que las chicas de la oficina le habían regalado a ella.

Glory le tenía preparado un pollo asado, con salsa y bollos calientes, pero no era agradable cenar solo la noche de Navidad. Ella le dijo que no tenía hambre; parecía estar pensando muy profundamente. Varias veces la pescó mirándole con ojos interrogantes y preocupados que le recordaban cómo le había mirado la señora Harnick. No quería que Glory tuviera miedo de él.

—Tengo un regalo para ti —le dijo—. Sé que te gustará.

El día anterior, en la gran tienda de artículos rebajados, en el Mall, había comprado un delantal blanco con puntillas para la muñeca Raggedy Ann, y a no ser por unas pocas manchas en el vestido, la muñeca estaba intacta.

Adquirió papel navideño y lazos, e hizo que pareciera un regalo de verdad.

—Yo también tengo un regalo para ti, papá.

Intercambiaron los obsequios solemnemente.

—Ábrelo tú primero —dijo él. Quería ver su expresión. ¡Se pondría tan contenta!

—De acuerdo —dijo ella sonriendo, y él se dio cuenta de que su cabello parecía más claro. ¿Se lo habría teñido?

Desató la cinta cuidadosamente, apartó el papel y lo primero que vio fue el delantal de puntillas.

—Qué..., oh, padre —se quedó parada—. ¡La encontraste! Qué delantal nuevo tan bonito. —Parecía contenta, pero no tan maravillosamente feliz como él había esperado. Su rostro adquirió una expresión pensativa.

—Mira esa cara triste y desgraciada. Así era como me sentía. Recuerdo el día que la pintarrajeé, estaba muy enferma, ¿verdad?

—¿Te la llevarás contigo a la cama de nuevo? —preguntó él—. ¿Para eso la querías, no?

—Oh, no; yo sólo quería verla. Abre tu regalo, creo que te gustará.

Era un bonito jersey de lana, azul y blanca, con cuello en pico y manga larga.

—Lo hice para ti, papá —le dijo Glory alegremente—. ¿Puedes creer que me propuse hacer una cosa y, finalmente, logré acabarla? Creo que me estoy centrando; ya era hora, ¿no te parece?

—Me gustas tal como eres —dijo él—. Me gusta cuidarte.

—Pero dentro de poco temo que no será posible —observó ella.

Ambos sabían lo que aquello significaba.

Era hora de decírselo.

—Glory —murmuró lentamente—, hoy me pidieron algo muy especial. Hay varias residencias en Tennessee, con falta de personal. Necesitan gente como yo que sepa cuidar a pacientes muy enfermos. Quieren que vaya allí enseguida y elija la que más me guste, para trabajar en ella.

—¿Trasladarnos de nuevo? —preguntó Glory consternada.

—Sí, Glory. Yo hago el trabajo que Dios me indica, y ahora me toca a mí pedirte ayuda. Tú eres un gran consuelo para mí; nos iremos el jueves por la mañana.

Estaba seguro de que estaría a salvo hasta entonces. Como mínimo, el fuego debía de haber causado un gran revuelo y, con suerte, sus antecedentes habrían sido destruidos con los archivos. Incluso si el fuego se sofocaba antes de que se destruyera totalmente el edificio, pasarían unos cuantos días, por lo menos, antes de que la policía pudiera comprobar su historial y descubriera los largos intervalos transcurridos entre sus diferentes empleos, o supiera la razón por la que se le había pedido que dejara el seminario. Para cuando ese detective quisiera interrogarle de nuevo, él y Glory se habrían marchado.

Durante un largo rato, Glory estuvo callada.

—Papá, si mi foto sale en ese programa, el miércoles por la noche, me entregaré. Todo el país la verá y yo no puedo continuar preguntándome, cuando una persona me mira, si es porque me ha reconocido. Si no, iré contigo a Tennessee. —Apretó los labios y él supo que estaba a punto de llorar.

Se acercó a ella y le acarició las mejillas. No podía decirle a Glory que la única razón por la que no se iban antes del jueves era, precisamente, ese programa.

—Papá —dijo Glory empezando a llorar—, yo he comenzado a ser feliz aquí. No creo que sea justo que pretendan de ti que estés siempre llegando y marchándote.

24

A la una y media de la tarde, Lila pulsaba el timbre de la casa de Pat. Llevaba en las manos un pequeño paquete.

—Feliz Navidad —dijo.

—Feliz Navidad, entra. —Pat se alegraba de verdad de su visita. Había estado sopesando la conveniencia de confiar o no en Luther y consultarle si Eleanor debía entregarse a la policía; y también cómo abordar el tema de Catherine Graney. La posibilidad de una querella le sentaría muy mal.

—No me quedaré más de un minuto —dijo Lila—. Sólo quería traerte un poco de pastel de fruta. Una especialidad mía.

Pat la abrazó impulsivamente.

—Estoy muy contenta de que hayas venido. Es un poco raro esto de estar tan tranquila la tarde de Navidad. ¿Qué te parece un vaso de jerez?

Lila miró su reloj.

—Me tengo que ir a las dos menos cuarto —dijo.

Pat la llevó al salón; sacó un plato, un cuchillo y dos vasos; seguidamente, tras servir el jerez, cortó unos trozos finos de pastel de Navidad.

—Maravilloso —comentó después de probarlo.

—Es bueno, ¿verdad? —preguntó Lila, mientras su

mirada se paseaba por el salón—. Has cambiado algo en esta habitación.

—Cambié dos cuadros de sitio. Me di cuenta de que no se hallaban en su lugar.

—¿Estás recordando muchas cosas?

—Algunas. Estaba en la librería trabajando y algo me impulsó a venir aquí. En cuanto lo hice, supe que la naturaleza muerta y el paisaje estaban uno en el puesto del otro.

—¿Qué más, Pat? Hay algo más.

—Tengo los nervios crispados —dijo Pat sencillamente—. Y no sé por qué.

—Pat, por favor, no te quedes aquí. Vete a vivir a un apartamento, a un hotel, donde quieras. —Lila imploró con el gesto.

—No puedo. Pero ayúdame ahora. ¿Viniste aquí alguna vez el día de Navidad? ¿Cómo era?

—La última vez, tú tenías tres años y medio, y ya podías darte cuenta de lo que era la Navidad. Los dos estaban muy felices contigo. Fue una jornada verdaderamente dichosa.

—A veces, creo que recuerdo algo de ese día. Me parece que tenía una muñeca que andaba, e intentaba que lo hiciese conmigo. ¿Es posible?

—Sí. Tenías una muñeca que andaba, ese año.

—Mi madre tocó el piano aquella tarde. ¿No es así?

—Sí.

Pat fue hacia el piano y lo abrió.

—¿Recuerdas qué interpretó?

—Estoy segura de que fue su villancico favorito; se llama *Campanas de Navidad*.

—Lo sé. Verónica quería que yo lo aprendiera, pues decía que a mi abuela le encantaba. —Lentamente, sus dedos se deslizaron por el teclado.

Lila miraba y escuchaba. Cuando se oyeron las últimas notas comentó:

—Eso se parece mucho a lo que tocaba tu madre. Te dije que te parecías a tu padre pero no me había dado cuenta de hasta qué punto te pareces. Cualquiera que lo conociese bien vería enseguida la semejanza.

A las tres en punto, el equipo de la Emisora de Televisión Potomac llegó a la casa de la senadora Jennings, para filmar la cena de Navidad.

Toby miraba desconfiadamente mientras instalaban el equipo en el salón y en el comedor, asegurándose de que nada se rompiera o estropeara. Sabía cuánto significaba para Abby todo lo que allí había.

Pat Traymore y Luther Pelham llegaron con un minuto o dos de diferencia. Pat se había puesto un vestido de lana blanco que realzaba su buena figura. Llevaba el cabello recogido en una especie de moño. Toby nunca la había visto con aquel peinado; la hacía parecer distinta, y a la vez, le resultaba familiar. ¿A quién demonios le recordaba?

Ella parecía tranquila, pero se notaba que Pelham no lo estaba. Tan pronto como entró, empezó a regañar a un cámara. Abigail también estaba tensa, y eso no la beneficiaba; enseguida, empezó a discutir con la Traymore. Pat quería que pusiera la comida en el *buffet* y filmar a la senadora inspeccionándolo y cambiando algunas cosas de sitio; y Abigail no quería sacar la comida tan pronto.

—Senadora, costará un poco de tiempo conseguir la sensación que queremos —le dijo Pat—. Será mucho más fácil filmar ahora que cuando sus invitados estén ahí, de pie, mirando.

—No pienso tener a mis invitados de pie mirando, como extras de una película de segunda categoría.

—Entonces, sugiero que filmemos la mesa ahora.

Toby se dio cuenta de que Pat no cedía un palmo

cuando estaba convencida de algo. Luther comentó que Abigail había preparado ella misma toda la comida, y eso fue motivo de otra discusión. Pat quería una toma de ella trabajando en la cocina.

—Senadora, todo el mundo cree que cuando usted tiene una cena o una fiesta, se limita a encargar la comida por teléfono. El hecho de que lo haga todo usted misma encantará a las mujeres que preparan tres comidas diarias, por no hablar de los hombres y las mujeres cuya afición es cocinar.

Abigail rechazó la idea de pleno, pero Pat no se rindió.

—Senadora, el objeto de que estemos aquí es que la gente la vea como un ser humano.

Al final fue Toby quien persuadió a Abigail para hacerlo.

—Vamos, demuéstrales que eres un *grand chef*, senadora. —Eso la halagó.

Abby se negó a ponerse un delantal sobre su blusa y sus pantalones de firma; pero cuando empezó a preparar los entremeses, demostró que era una cocinera de categoría. Toby la miraba mientras ella golpeaba la masa para hacer empanadillas, cortaba tiritas de jamón ahumado para la *quiche*, sazonaba el cangrejo; aquellos largos y delgados dedos trabajaban prodigiosamente y, además, Abby no concebía una cocina desordenada o sucia. ¡Por lo menos eso tenía que agradecerle a Francey Foster!

En cuanto los técnicos se pusieron a filmar, Abigail se tranquilizó. Sólo habían hecho un par de tomas cuando Pat dijo:

—Senadora, gracias. Estoy segura de que ya tenemos lo que queremos; ha salido muy bien. Ahora, si no le importa cambiarse para ponerse lo que piensa llevar para la fiesta, podemos hacer una toma detallada de la mesa.

Toby tenía muchas ganas de ver lo que Abigail se

iba a poner, pues había estado haciendo dobladillos y arreglando varios vestidos. No le decepcionó cuando la vio salir. Llevaba una blusa de satén amarillo que hacía juego con la falda de tafetán. El cabello le caía suavemente, enmarcando su cuello y su cara. Se había maquillado los ojos un poco más exageradamente de lo usual. Estaba preciosa, resplandeciente, y además, algo especial emanaba de ella. Toby sabía lo que era; Sam Kingsley había telefoneado para decir que asistiría a la fiesta.

No había duda de que Abby había puesto el ojo en Sam Kingsley. A Toby no se le había pasado por alto cómo ella había sugerido a sus amigos que colocaran a Sam a su lado, en las cenas y en las fiestas que dieran. Había algo en él que a Toby le recordaba a Billy y, por supuesto, ésa era la razón por la que le gustaba a Abby. Ella evitó hacer una escena en público, pero se quedó destrozada cuando murió Billy. Toby sabía que no le caía bien a Sam, pero ése no era el problema. Sam no duraría más que los demás. Abby era demasiado dominante para la mayoría de los hombres; o bien se cansaba de amoldarse a sus horarios y a sus estados de ánimo o, si se dejaban dominar, ella se cansaba pronto de ellos. Él, Toby, sería parte de la vida de Abby hasta que uno de los dos muriera; sin él, estaría perdida, y ella lo sabía.

Mientras la veía posar cerca de la mesa, le invadió una ligera sensación de tristeza que le hizo tragar saliva. De vez en cuando, soñaba despierto cómo habrían sido las cosas si él hubiera sido más listo en el colegio, en vez de haber recibido sólo suspensos; si hubiera continuado estudiando para convertirse en ingeniero, en vez de ser un tipo que hace un poco de todo, y si hubiera sido guapo como el llorica de Jeremy Saunders, en vez de ser un tipo de cara tosca y ridícula... ¿Quién sabe? Quizá en algún momento Abby se habría enamorado de él.

Apartó de su mente aquellas fantasías y volvió al trabajo.

A las cinco en punto, llegó el primer coche y el juez retirado del Tribunal Supremo y su mujer hicieron su entrada unos minutos después.

—Feliz Navidad, señora vicepresidente —dijo el juez.

Abigail le devolvió un beso caluroso.

—Dios le oiga —respondió ella riendo.

Los otros invitados empezaron a llegar. Los camareros alquilados servían champán y ponche.

—Guarda la bebida fuerte para el final —le había dicho Luther—, al patriarca no le gusta que sus servidores públicos beban esos mejunjes.

Sam fue el último en llegar; Abigail le abrió la puerta. Lo besó cariñosamente en la mejilla. Luther estaba enfocándoles con la otra cámara y Pat sintió que le daba un vuelco el corazón. Sam y Abigail hacían una pareja perfecta. Los dos tan altos; el pelo rubio ceniza de ella contrastaba con el oscuro de él, cuyas hebras blancas estaban a tono con las finas arrugas que bordeaban sus ojos.

Pat pudo observar que todo el mundo se acercaba a Sam. «Yo lo veo siempre solo», pensó ella. «Nunca lo he contemplado en su entorno profesional.» ¿Había sucedido lo mismo con su padre y con su madre? Se habían conocido cuando los dos estaban de vacaciones en la isla Martha's Vineyard. Se casaron un mes después, sin saber nada de sus respectivos mundos y, luego, empezó el desastre.

Pero contigo no sería ningún desastre. Sam, me gusta tu mundo.

Abigail debía de haber dicho algo divertido, porque todos se reían y Sam estaba sonriéndole.

—Ésa es una buena toma, Pat —dijo el cámara—.

Un poco *sexy*, ya sabes lo que quiero decir; nunca se ve a la senadora Jennings con un hombre; eso le gustará a la gente. —El cámara tenía la expresión satisfecha.

—A todo el mundo le agradan los enamorados —respondió Pat.

—Bueno, ya está bien —dijo de pronto Luther—. Dejemos a la senadora y a sus invitados tranquilos. Pat, mañana por la mañana tienes que estar en el despacho de la senadora para filmar. Yo estaré en Apple Junction. Ya sabes lo que queremos.

Le dio la espalda, despidiéndola.

¿Esta actitud se debía a la foto del *Mirror*, o era porque se había negado a acostarse con él? El tiempo lo diría.

Pasó entre los invitados y se dirigió hacia el recibidor. Entró en el gabinete donde había dejado su abrigo.

—Pat.

Se dio la vuelta.

—Sam —dijo.

Él estaba de pie, en la puerta, mirándola.

—Ah, señor congresista, felices fiestas —dijo ella, buscando su abrigo.

—Pat, ¿no estarás pensando en irte?

—Nadie me ha invitado a quedarme.

Él se le acercó y cogió su abrigo.

—¿Qué es esa historia de la portada del *Mirror*?

Ella se lo explicó.

—Y parece ser que la senadora por Virginia cree que fui yo quien envió la foto a ese periodicucho, sólo para salirme con la mía en este programa.

Él le puso la mano en el hombro.

—¿Y no lo hiciste?

—¡Eso no parece una pregunta!

¿Podía, verdaderamente, creer que ella tenía algo que ver con la portada del *Mirror*? Si era así, él no la conocía en absoluto o, quizá, ya era hora de darse cuenta de que el hombre que creía conocer no existía verdaderamente.

—Pat, todavía no me puedo ir, pero creo que me podré escapar dentro de una hora. ¿Te vas a casa?

—Sí, ¿por qué?

—Estaré allí tan pronto como pueda. Iremos a cenar.

—Todos los restaurantes potables estarán cerrados. Quédate y pásatelo bien. —Estaba intentando escaparse de él.

—Señorita Traymore, si me da las llaves traeré su coche.

Se separaron de pronto, algo violentos.

—Toby, ¿qué demonios estás haciendo aquí? —dijo Sam contrariado.

Toby le miró sin inmutarse.

—La senadora está llamando a sus invitados para que vayan a cenar y me pidió que les fuera avisando, en especial a usted.

Sam seguía sosteniendo el abrigo de Pat.

Ella se lo cogió.

—Yo misma puedo recoger el coche.

Sam estaba de pie en la puerta. Ella le miró a los ojos. Era una masa alta y oscura. Intentó pasar pero él no se movió.

—¿Puedo?

La estaba mirando de un modo especial.

—Oh, desde luego, perdona. —Se hizo a un lado e, inconsciente, ella se arrimó a la pared para evitar rozarle.

Pat conducía a gran velocidad, intentando borrar de su mente la imagen de Abigail y Sam felicitándose cariñosamente, y de la manera sutil en que los demás invitados los trataban, como si fueran una pareja. Eran las ocho menos cuarto cuando llegó a casa. Contenta de haber cocinado antes el pavo, se hizo un bocadillo y se sirvió un vaso de vino. La casa le pareció oscura y vacía. Encendió las luces del gabinete, de la biblioteca, del comedor y del salón y, después, conectó las del árbol de Navidad.

El otro día, el salón tenía algo que lo hacía más cálido, más acogedor. Ahora, por algún motivo, parecía incómodo, sombrío. ¿Por qué? Se fijó en un trozo de tira plateada que estaba casi escondida, sobre una parte color melocotón de la moqueta. El día anterior, cuando ella y Lila estaban allí, pensó que había visto en aquel sitio un adorno con un trozo de tira plateado. Quizá lo único que había visto era la tira.

El televisor estaba en la biblioteca y allí se llevó el vaso de vino y el bocadillo. La Potomac daba cada hora las noticias más importantes. Se preguntó si saldría Abigail en la iglesia. Salió. Pat miraba desapasionadamente cómo Abigail salía del coche; su traje rojo brillante contrastaba con un rostro y un peinado impecables, y sus ojos se enternecían mientras hablaba de su oración por los hambrientos. Aquélla era la mujer por la que Pat había sentido tanta admiración y respeto. El locutor dijo:

«—Después, a la senadora Jennings se le preguntó acerca de la fotografía en que aparece como ganadora de un concurso de belleza y que sale en la portada del *National Mirror* de esta semana.»

Entonces mostraron una pequeñísima reproducción de la portada del *Mirror*.

«—Con lágrimas en los ojos, la senadora recordó el deseo de su madre de que participara en ese concurso —continuó el locutor—. La emisora Potomac desea a la senadora Abigail Jennings una feliz Navidad, y estamos seguros de que su madre, si conociera sus éxitos, estaría muy orgullosa de ella.»

—Dios mío —gritó Pat, dando un salto para apagar el televisor—. ¡Y Luther tiene las agallas de llamar noticias a esto! No me extraña que los ciudadanos critiquen a los medios informativos por su venalidad.

Inquieta, hizo un recuento de las declaraciones contradictorias que había oído durante la semana:

Catherine Graney dijo que Abigail y Willard estaban a punto de divorciarse.

La senadora Jennings afirma que estaba muy enamorada de su marido.

Eleanor Brown robó setenta y cinco mil dólares a la senadora Jennings.

Eleanor Brown jura que ella no robó ese dinero.

George Graney era un gran piloto y su avión fue cuidadosamente revisado antes de que despegara.

La senadora Jennings dijo que George Graney era un piloto inexperto que llevaba un equipo de segunda clase.

«Nada concuerda —pensó Pat—. ¡Absolutamente nada!»

Eran casi las once cuando el timbre de la puerta anunció la llegada de Sam. A las diez y media, cuando ya había desistido de esperarlo, Pat se fue a su habitación; entonces se dijo a sí misma que si Sam no fuese a venir, la habría llamado; así que decidió ponerse un cómodo pijama de seda que le permitía repantigarse, pero era correcto para recibir a una visita. Se lavó la cara y luego se repasó los ojos con un poco de sombra y los labios con un toque de brillo.

«No tiene sentido parecer una pobre y desvalida Cenicienta, y menos aún cuando él acaba de estar con una reina de la belleza», pensó.

Rápidamente, guardó la ropa que había dejado tirada por la habitación. ¿Era Sam un hombre pulcro? Ni siquiera lo sabía. La única noche en que habían estado juntos no fue ciertamente una muestra de sus costumbres personales. Después de registrarse en el motel, ella se había lavado los dientes con el cepillo

plegable que siempre llevaba en su bolsita de maquillaje.

—Ojalá tuviera uno como ése —había dicho él.

Ella sonrió a su imagen en el espejo y contestó:

—Una de mis frases favoritas, en «Cosecha fortui-
ta», era cuando el reverendo le preguntaba a Esmicy y
a Paula si estaban tan enamorados que usaban el mismo
cepillo de dientes.

Ella aclaró el cepillo con agua caliente, le puso pasta de dientes y se lo ofreció diciendo:

—Te invito.

Ese cepillo de dientes estaba ahora en su joyero de
terciopelo, en el primer cajón del tocador. «Algunas
mujeres guardan rosas secas o atan las cartas con cintas
de seda. Yo guardo un cepillo de dientes.»

Acababa de bajar la escalera cuando sonó el timbre.

—Entra, entra, quienquiera que seas.

Sam tenía expresión contrita.

—Pat, lo siento, no pude escaparme tan rápidamente como pensaba. Y luego tomé un taxi para ir a
casa a dejar mis maletas y coger mi coche. ¿Ya te ibas
a la cama?

—No, claro que no. Si te refieres a mi vestimenta,
técnicamente se llama pijama para recibir y, de acuerdo
con la reseña de Saks, es perfecto para esta noche, para
pasar un rato con unos amigos.

—Ten cuidado con la clase de amigos con quienes
pasas un rato —dijo Sam—. Es un salto de cama muy
sexy.

Ella tomó su abrigo; la suave lana estaba todavía
fría, debido al viento helado.

Él se inclinó para besarla.

—¿Quieres beber algo?

Sin esperar su respuesta, le condujo a la biblioteca
y, silenciosamente, señaló el bar. Sam vertió coñac en
dos copas y le entregó una.

—Supongo que ésta sigue siendo la oferta que me hiciste para después de cenar.

Ella asintió y, deliberadamente, escogió el butacón que estaba enfrente del canapé.

Sam se había cambiado cuando fue a su apartamento. Llevaba un jersey de Argyle, con un estampado en el que predominaban el azul y el gris, el cual armonizaba con sus ojos azules y con los reflejos grises de su cabello castaño. Se acomodó en el sofá y a ella le pareció que estaba cansado por la forma en que se movía y por las arrugas en torno a sus ojos.

—¿Qué tal fue todo después de que me marchara?

—Más o menos como viste. De todos formas, hubo algo interesante: el presidente llamó para felicitar las Navidades a Abigail.

—¡El presidente telefoneó! ¿Eso quiere decir...?

—Yo apuesto a que lo hizo para quedar bien. Probablemente, también telefoneó a Claire Lawrence.

—¿Quieres decir que todavía no ha tomado una decisión?

—Creo que todavía está lanzando globos sonda. Ya viste las palabras que tuvo para Abigail en la presentación de la cena, en la Casa Blanca, la semana pasada. Pero él y la primera dama fueron también a una cena privada que se dio en honor de Claire, la noche siguiente.

—¿Hasta qué punto crees que esa foto del *Mirror* ha podido dañar a la senadora Jennings?

Se encogió de hombros.

—Es difícil decirlo, Abigail ha desempeñado el papel de la aristócrata del Sur, quizá excesivamente para mucha gente de por aquí. Por otro lado, tal vez eso le proporcione simpatías. Un problema más: esa publicidad sobre las amenazas que tuviste ha creado muchos chistes de pasillo en el Capitolio y todas las bromas son sobre ella.

Pat se quedó mirando su coñac, que estaba intacto, y de repente notó que un sabor entre seco y amargo invadía su boca. La semana pasada, Sam había estado preocupado por ella a causa de un robo. Ahora él compartía la opinión negativa de Abigail sobre la publicidad que este hecho había causado. Bueno, en cierta manera, eso simplificaba las cosas.

—Si este programa causa más publicidad que pueda dañar a la senadora Jennings, ¿podría eso costarle la vicepresidencia?

—Quizá; ningún presidente y, en particular uno que tiene una administración intachable, va a arriesgarse a que se la ensucien de alguna forma.

—Eso es exactamente lo que me temía que dijeras.

Le contó todo lo sucedido sobre Eleanor Brown y Catherine Graney.

—No sé qué hacer —concluyó.

—¿Debo avisar a Luther para que no se toquen esos temas en el programa? Si lo hago, tendrá que explicarle la razón a la senadora.

—No creo que Abigail pueda aguantar un nuevo golpe —dijo Sam llanamente—. Cuando todos se fueron, la vi muy desanimada.

—¿Cuando los demás se fueron? —Pat levantó una ceja—. ¿Quieres decir que te quedaste?

—Ella me lo pidió.

—Ya veo.

Sintió cómo el corazón le daba un vuelco; eso confirmaba todas sus suposiciones.

—¿Entonces no se lo debo decir a Luther?

—Inténtalo, de esa forma, si esa chica...

—¿Eleanor Brown?

—Sí. Si te llama, convéncela para que espere hasta que yo vea si podemos negociar con su palabra de que se entregará. En ese caso, no habría ninguna publicidad, al menos hasta que el presidente anuncie su elección.

—¿Y Catherine Graney?

—Déjame buscar en los archivos algo sobre ese caso; probablemente ella no tiene nada sólido en que pueda basarse. ¿Crees que algunas de estas dos mujeres te podían haber amenazado?

—No conozco a Eleanor, y estoy segura de que no fue Catherine Graney. No te olvides que era la voz de un hombre.

—Claro. ¿Te ha vuelto a llamar?

Sus ojos se dirigieron a la caja de cartón, debajo de la mesa. Tuvo la idea de enseñarle la muñeca a Sam, pero luego la rechazó. No quería que él se preocupara más por ella.

—No, no ha vuelto a llamar.

—Eso son buenas noticias —dijo apurando el coñac, y dejó la copa sobre la mesa—. Es mejor que me vaya. Ha sido un día muy largo y seguramente estarás cansada.

Era el momento que ella estaba esperando.

—Sam, esta noche, cuando volvía de la casa de la senadora, he estado pensando mucho. ¿Quieres que te lo explique?

—Claro.

—Yo vine a Washington con tres objetivos muy específicos, y más bien, idealistas. Iba a realizar un documental sobre una maravillosa y noble mujer, con ese reportaje podía ganar mi Emmy. También quería encontrar una explicación sobre lo que mi padre nos hizo a mi madre y a mí. Y te iba a ver a ti, lo que sería el encuentro del siglo. Bueno, nada de esto ha salido como yo esperaba. Abigail Jennings es una buena congresista y una líder con fuerza, pero no es una persona ideal. Se me contrató para este programa porque mis opiniones sobre Abigail le gustaron a Pelham y porque, sea cual sea la reputación que yo me he ganado en este medio de información, da credibilidad a lo que es puro relleno de relaciones públicas. Hay tantas cosas que no encajan en esta señora que estoy espantada. He estado aquí el tiempo suficiente para saber que mi madre no era una santa, como me había inducido a creer y, muy probablemente, llevó a mi padre a sufrir aquella noche un ataque de algún tipo de anomalía psíquica temporal. No es ésa la historia completa, pero se acerca a ella. Y en lo que respecta a nosotros, Sam, te debo una disculpa. Fui tremendamente ingenua al pensar que era para ti algo más que una aventura casual. El hecho de que nunca me llamaras después de la muerte de Janice tenía que habérmelo hecho comprender, pero supongo que no soy muy rápida para captar esas cosas. Ahora ya puedes dejar de preocuparte; no intento incomodarte con más declaraciones de amor; está muy claro que tienes algún asunto con Abigail Jennings.

—Yo no tengo ningún asunto con Abigail.

—Oh, claro que sí. Quizá todavía no lo sepas, pero lo tienes. Esa mujer te quiere atrapar, Sam, hasta un ciego lo vería. Y no acortaste tus vacaciones y viniste corriendo, cruzando todo el país, para asistir a su reunión sin ninguna razón. Olvídate de eso de que me vas a fallar. De verdad, Sam, todo eso de estar tan cansado y no ser capaz de tomar decisiones no es muy convincente. Puedes dejar de fingir.

—Te dije eso porque es cierto.

—Mejor déjalo, eso no va contigo. Eres un hombre guapo y viril, con veinte o treinta años aprovechables por delante. —Forzó una sonrisa—. Quizá la idea de llegar a ser abuelo es un poco chocante para tu ego.

—¿Has acabado?

—Sí.

—Entonces, si no te importa, creo que ya he abusado bastante de tu hospitalidad —dijo levantándose. La sangre había afluido a su rostro.

Ella le tendió la mano.

—No hay motivo para que no seamos amigos. Washington es una ciudad pequeña; ésa es la razón por la que me llamaste la primera vez, ¿no?

Él no respondió.

Con cierto aire de satisfacción, Pat le oyó dar un portazo y salir.

25

—Senadora, probablemente querrán que usted sea el personaje central en el *show Hoy* —dijo Toby satisfecho. Y miró por el retrovisor para ver la reacción de Abby. Iban camino de la oficina, era el 26 de diciembre, a las seis y media de la mañana. Todavía estaba oscuro y el frío helaba los huesos.

—No tengo ganas de ser la invitada de honor en *Hoy* ni en ningún otro *show* —replicó Abigail—. Toby, ¿qué aspecto tengo? Anoche no pude pegar ojo. El presidente me telefoneó, ¡me telefoneó personalmente! Me dijo que descansara en este lapso de Navidad, porque iba a tener un año muy ajetreado. ¿Qué quería decir con eso? Toby, no me lo puedo creer; la vicepresidencia; Toby, ¿por qué no seguí mi intuición? ¿Por qué permití que Luther Pelham hiciera este programa sobre mí?, ¿dónde tenía la cabeza?

—Senadora, escucha. Esa foto puede ser la mejor cosa que jamás te haya sucedido. Seguro que ese cardo de Claire Lawrence nunca ganó ningún concurso; quizá Pat Traymore tenga razón; eso te hace más accesible, ¿es ésa la palabra?

Estaban pasando sobre el puente de la calle Catorce y empezaba a haber un poco más de tráfico. Toby se concentró en el volante. Cuando miró de nuevo por el retrovisor, las manos de Abby estaban inmóviles en su regazo.

—Toby, he trabajado mucho para llegar a esto.

—Ya lo sé, Abby.

—No es justo perderlo todo sólo porque tuve que luchar para ascender.

—No vas a perderlo, senadora.

—No lo sé. Hay algo en Pat Traymore que me preocupa. En una semana, se las ha arreglado para proporcionarme una mala publicidad que me compromete. Existe algo en ella que desconocemos.

—Senadora, Phil ha estado indagando sobre ella. Te ha admirado desde que era una estudiante. Escribió un ensayo sobre ti en su último año de estudios, en Wellesley. Está a la altura de las circunstancias. Quizá sea un poco gafe, pero está a la altura.

—Trae problemas; te aviso, hay algo más en ella.

El coche giró una vez pasado el Capitolio, y se dirigió al edificio Russell de Oficinas del Senado.

—Enseguida subo, senadora, y te prometo que vigilaré de cerca a Pat Traymore; no permitiré que se cruce en tu camino —dijo él, saliendo del coche para abrir la puerta a Abby.

Ella aceptó su mano, salió e, impulsivamente, apretó sus dedos.

—Toby, mira bien los ojos de esa chica, hay algo en ellos, algo secreto, como si...

No acabó la frase, para Toby era suficiente.

A las seis en punto, Philip estaba esperando en la oficina para recibir a Pat y al equipo de cámaras.

Algunos guardias de seguridad, todavía adormilados, y mujeres de la limpieza de rostros pacientes y cansados, eran los únicos seres humanos que circulaban por el edificio Russell. En el despacho de Abigail, Pat y los cámaras leían atentamente las tomas en el guión.

—Sólo concedemos tres minutos a esta secuencia —dijo Pat—. Quiero transmitir la impresión de la senadora llegando a una oficina vacía y empezando a trabajar, antes de que vengan los demás. Luego entre Philip para recibir instrucciones... Una toma del programa del día en su calendario de mesa; pero sin mostrar los teléfonos, una toma del correo diario; la senadora recibiendo a visitantes de su propio estado; la senadora hablando con un contribuyente; Phil entrando y saliendo con diferentes mensajes. Ya sabéis lo que queremos, introducirnos totalmente en un día de trabajo de la senadora.

Cuando Abigail llegó, ya estaba todo listo. Pat le explicó la primera toma y la senadora, asintiendo, regresó al vestíbulo. Las cámaras se le acercaron y ella introdujo la llave en la cerradura. Su rostro expresaba preocupación y responsabilidad. Se desprendió de la capa gris, de cachemir, que cubría un bien cortado traje de espiga gris. Incluso la manera de repasar su peinado, con los dedos, tras quitarse el sombrero, era natural; el gesto de una mujer que se ocupa de su aspecto, pero que está preocupada por cosas más importantes.

—Corten —dijo Pat—. Senadora, esto está muy bien, justo la sensación que yo quería dar.

Su frase espontánea tuvo un tono protector que incluso le sorprendió a ella misma. La senadora Jennings sonrió enigmática.

—Gracias. ¿Y ahora, qué?

Pat le explicó la escena del correo, la de Phil y la del contribuyente, Maggie Sayles.

El rodaje fue como una seda. Pat se dio cuenta enseguida de que la senadora Jennings tenía un instinto natural para mostrar a la cámara su mejor ángulo. El traje de espiga le daba una apariencia de ejecutiva que haría un bonito contraste con la falda de tafetán de la cena de Navidad. Sus pendientes eran de plata. Llevaba un fino alfiler de corbata, también de plata, prendido en la blonda de una blusa de seda gris. Fue idea de la senadora que hicieran una larga toma en su despacho mostrando las banderas de Estados Unidos y de Virginia, y luego, enfocar sólo la bandera de Estados Unidos detrás de ella, en las tomas cortas.

Pat miraba el ángulo de la cámara mientras Abigail seleccionaba con cuidado una carta del montón del correo, era una carta con caligrafía infantil. «Otro toque teatral», pensó Pat. Qué astuto por su parte. Entonces entró su ayudante, Maggie, a la que Abigail había ayudado a buscar una residencia para su madre. Abigail se levantó rápidamente para recibirla, la besó afectuosamente, le acercó una silla... Era toda animación, afecto, preocupación.

«Realmente se preocupa», pensó Pat. Yo estaba aquí cuando ella consiguió que la madre de esa mujer ingresara en una residencia de ancianos; pero hay tanta humanidad fingida en estas acciones de hoy. ¿Son todos los políticos así? ¿Quizá, simplemente, soy endemoniadamente ingenua?

Sobre las diez de la mañana finalizaron el trabajo. Le aseguraron a Abigail que ya tenían filmado todo lo que deseaban, y Pat y el equipo de cámaras se prepararon para marcharse.

—Bueno, hagan el montaje inicial esta tarde —dijo Pat al director—. Y así se lo pasarán a Luther esta noche.

—Creo que saldrá muy bien —dijo el cámara.

—Acabará siendo un buen programa. Eso se lo garantizo —afirmó Pat.

26

Arthur había soñado toda la noche con los ojos de la señora Gillespie cuando empezaron a apagarse. Por la mañana, se despertó cansado y con ojeras. Hizo el café, y habría salido a comprar unos bollos, pero Glory le pidió que no lo hiciera.

—Yo no comeré ninguno y, después de que me haya ido a trabajar, deberías descansar un rato más. ¿No has dormido muy bien, verdad?

—¿Cómo lo sabes? —dijo sentándose frente a ella y mirándola mientras la chica se acomodaba en un extremo de la silla.

—No dejaste de hablar. ¿Tanto te preocupó la muerte de la señora Gillespie, papá? Ya sé lo muy a menudo que solías hablar con ella.

Un escalofrío le recorrió el espinazo. ¿Qué pasaría si interrogaban a Glory sobre él? ¿Qué diría? Nada que pudiera perjudicarle, pero ¿qué iba a saber ella? Intentó escoger sus palabras cuidadosamente.

—Lo que pasa es que estoy triste porque no llegó a ver a su hija antes de morir. Lo deseábamos mucho.

Glory acabó su café y se levantó de la mesa.

—Papá, ojalá te tomaras unas pequeñas vacaciones y descansaras. Creo que estás trabajando demasiado.

—Estoy bien, Glory. ¿Qué decía mientras soñaba en voz alta?

—No cesabas de decirle a la señora Gillespie que cerrara los ojos. ¿Qué es lo que soñabas?

Le pareció que Glory le estaba mirando casi como si le tuviera miedo. ¿Qué es lo que sabía o adivinaba? Cuando ella se fue, él se quedó mirando la taza, sintiéndose preocupado de repente. Estaba inquieto y decidió salir a dar un paseo; pero eso no le ayudó. Después de andar varias manzanas, regresó a casa.

Había llegado a la esquina de su calle cuando vio que algo pasaba. Un coche de policía estaba aparcado frente a su domicilio. Instintivamente, se escondió en el portal de un pequeño edificio de apartamentos y miró desde allí. ¿A quién buscaban? ¿A Glory? ¿A él?

Tenía que avisarla. Le diría que se encontraran en algún sitio y, después, se escaparían otra vez. Tenía los trescientos dólares en metálico, y seiscientos veintidós en Baltimore, en una cartilla de ahorro, bajo otro nombre; podían hacerlos durar hasta que él encontrara un nuevo trabajo. No era difícil encontrar trabajo en las residencias de ancianos. En todas se necesitaban siempre ordenanzas.

Se escapó por la puerta trasera de la casa de apartamentos, tomó un atajo por el jardín que daba a la calle, llegó hasta la esquina y telefoneó a la oficina de Glory.

Ella estaba hablando por otro teléfono.

—Dígale que se ponga —le dijo a la chica, contrariado—. Es importante. Dígale que su padre dice que es importante.

Cuando Glory cogió el teléfono parecía impaciente.

—¿Papá? ¿Qué ocurre?

Él se lo explicó. Creyó que ella se enfadaría o se pondría a llorar, pero no ocurrió así, sólo percibía silencio.

—¿Glory?

—Sí, padre. —Su voz sonaba muy apagada, como sin vida.

—Márchate ahora mismo, no digas nada, haz como si fueras al lavabo. Nos encontraremos en el Metro Central, en la salida doce G. Estaremos lejos cuando den la alerta. Recogeremos el dinero del banco de Baltimore, y luego nos iremos al Sur.

—No, padre. —La voz de Glory era fuerte y segura—. Yo ya no voy a huir más. Gracias, padre, ya no tienes que huir más por mí. Voy a ir a la policía.

—Glory, no, espera, quizá todo se arregle. Prométemelo, todavía no.

Un coche de policía bajaba lentamente por la manzana. No podía perder un minuto más. Mientras ella susurraba «lo prometo», colgó el auricular y se escondió en otro portal. Cuando el coche patrulla hubo pasado, se metió las manos en los bolsillos y, con su habitual paso rígido y envarado, se encaminó hacia la estación del metro.

Era una Abigail más calmada la que volvió al coche, a las diez y media. Toby empezó a hablar, pero algo le decía que era mejor que no abriera la boca. Era preferible que ella misma decidiera si quería desahogarse.

—Toby, todavía no tengo ganas de ir a casa —dijo Abigail súbitamente—. Llévame a Watergate. Allí podré tomar algo.

—Desde luego, senadora —dijo modulando la voz, con su tono usual, como si lo que había ordenado fuera algo acostumbrado.

Pero él sabía por qué Abby había elegido ese sitio; Sam Kingsley vivía en el edificio en que se encontraba el restaurante; el paso siguiente sería una llamada para ver si Sam estaba en casa y, si era así, le pediría que bajara a tomar café con ella.

Perfecto; pero la forma en que hablaban Kingsley y Pat Traymore en el gabinete, la noche anterior, no había sido precisamente formal; había algo entre esos dos. Toby no quería ver sufrir a Abby de nuevo; se preguntó si debía prevenirla.

Al mirar por encima de su hombro, vio que Abigail estaba comprobando su maquillaje, en el espejo que llevaba en el bolso.

—Estás preciosa, senadora.

En el edificio Watergate, el conserje abrió la puerta

del coche. Toby se fijó en su gran sonrisa y en su respetuosa deferencia. Demonios, en Washington había cien senadores, pero sólo un vicepresidente. «Quiero ese cargo para ti Abby —pensó—. Nada se interpondrá en tu camino, si yo puedo evitarlo.»

Llevó el coche hasta donde estaban aparcados los otros y salió para saludar a los chóferes. Hoy, la charla versaba sobre Abigail. Oyó cómo el chófer de un miembro del gabinete decía:

—La senadora Jennings ya lo tiene en el bote.

«Ya casi estás, Abby», pensó satisfecho.

Abby estaría allí más de una hora, o sea que tenía todo el tiempo para leer el periódico. Finalmente, hojeó la sección social, para mirar los artículos. A veces, se enteraba de cosas interesantes que luego contaba a Abby; normalmente, ella estaba demasiado ocupada para leer los cotilleos.

Gina Butterfield era la columnista que todo el mundo leía en Washington. Hoy, su columna tenía un título que ocupaba la parte superior de las dos páginas centrales de la sección. Toby lo leyó y releyó, intentando negar lo que estaba viendo. El título era:

La casa donde murió Adams es escenario de amenazas. La senadora Abigail Jennings implicada.

El primer par de párrafos de la historia estaban escritos en letra cursiva:

> Pat Traymore, la joven reportera de televisión, que está ascendiendo rápidamente y ha sido contratada por la Emisora Potomac para producir un documental sobre la senadora Jennings, ha sido intimidada con cartas, llamadas telefónicas y allanamiento de morada, amenazando su vida si sigue trabajando para el programa.
>
> Un invitado a la cena de Navidad del embajador Cardell asegura que Pat reveló que la casa

que ha alquilado fue el escenario del suicidio de Adams, hace ahora veinticuatro años. Pat proclama que no le preocupa la siniestra historia de la casa, pero otros invitados, que hace tiempo viven en el vecindario, no mostraron una actitud tan indiferente...

El resto del artículo estaba dedicado a los detalles del asesinato de Adams. En las páginas había fotografías retrospectivas, de archivo, de Dean y Renée Adams. Uno de los sacos en los que sus cuerpos estaban envueltos. Otra, de cerca, de su hija pequeña, envuelta en vendas ensangrentadas. «SEIS MESES DESPUÉS KERRY ADAMS PERDÍA SU VALIENTE LUCHA POR LA VIDA» era el comentario escrito bajo esta foto.

El periodista sugería que había algo turbio en el veredicto.

La aristócrata Patricia Remington Schuyler, madre de la finada, insistió en que el congresista Adams era un hombre inestable, y en que su sociable esposa estaba a punto de divorciarse de él. Pero mucha gente que lleva años en Washington piensa que Dean Adams puede haber sido culpado injustamente, y que fue Renée Adams la que usó el arma, aquella noche.

Ella estaba loca por él, me contó un allegado a la familia, pero a él le gustaba flirtear con otras. ¿Fueron quizá los celos de ella los que provocaron los sucesos de aquella noche? ¿Quién desencadenó aquel trágico desenlace? Después de veinticuatro años, todo Washington se lo sigue preguntando.

La fotografía de Abigail con la corona de Miss Apple Junction aparecía en un lugar destacado. El comentario decía:

La mayoría de las celebridades son tema interesante. Están sujetas a observaciones malévolas, al estilo del viejo Ed Murrow; pero el próximo programa sobre la senadora Abigail Jennings ganará, probablemente, la lista de *records* Nielsen de esta semana; y a pesar de todo, puede que la senadora llegue a ser nuestra primera mujer vicepresidente. El dinero de los poderosos está a su favor. Ahora todo el mundo espera que se incluyan en el guión del programa más fotografías de la distinguida senadora virginiana, con su corona de cartón que le cayó en suerte en sus, hasta ahora desconocidos, años mozos. Pero pongámonos un poco serios. Nadie puede adivinar quién odia tanto a Abigail Jennings como para amenazar la vida de la presentadora que concibió la idea del programa.

La mitad de la página derecha estaba titulada: Los AÑOS PRE-CAMELOT. Estaba llena de fotografías de archivo. Al pie de ellas, se podía leer:

Por una extraña coincidencia, la senadora Abigail Jennings era visitante habitual en casa de los Adams. Ella y su difunto marido, el congresista Willard Jennings, eran amigos íntimos de Dean y Renée Adams y de John Kennedy y su esposa. Las tres deslumbrantes parejas no podían adivinar en aquel tiempo que la sombra oscura de la muerte se cerniría sobre aquella casa y sobre ellos.

Había fotos de los seis, juntos y en grupos mezclados, en el jardín de la casa de Georgetown, en la mansión de los Jennings en Virginia y en el recinto privado de Hyannis Port. Había, también, una media docena de fotos de Abigail con el grupo, después de la muerte de Willard.

Toby emitió un gruñido de furia salvaje y empezó

a arrugar el papel entre sus manos, deseando que esas páginas viperinas se desintegraran bajo la fuerza de sus manos; pero era inútil.

Tendría que mostrar esto a Abby, tan pronto como subiera al coche para llevarla a casa. Sólo Dios sabía cuál sería su reacción. Tenía que conservar su sangre fría, todo dependía de eso.

Cuando Toby llegó a la esquina con el coche, Abigail estaba allí, con Sam Kingsley a su lado. Él se dispuso a salir, pero Kingsley abrió rápidamente la puerta a Abigail y la ayudó a subir.

—Gracias por haberme echado una mano, Sam —dijo ella—. Me siento mucho mejor ahora. Lamento que no podamos cenar juntos.

—Me prometiste que iríamos otro día.

Toby conducía deprisa; quería llevar a Abigail pronto a casa, como si quisiera aislarla de la vista de los demás, hasta que pudiera confortarla de su primera reacción ante el artículo.

—Sam es especial —dijo Abby de repente, finalizando el tenso silencio—. Ya sabes cómo me he sentido durante todos estos años. Toby, en cierta extraña manera, me recuerda a Billy. Tengo la sensación, sólo la sensación, de que algún día podría haber algo entre Sam y yo. Sería como tener una segunda oportunidad.

Era la primera vez que oía a Abby hablar de esa forma. Toby miró por el retrovisor. Abigail estaba recostada en el asiento, relajada, con una expresión dulce en el rostro, casi sonriente.

Y él era el hijo de perra que tenía que destruir ese estado de esperanza y esa seguridad.

—Toby, ¿has comprado el periódico?

No servía de nada mentir.

—Sí, senadora.

—Déjame verlo, por favor.

Él le alargó la segunda parte.

—No, no me interesan las noticias. ¿Dónde está la sección de los artículos?

—Ahora no, senadora.

El tráfico era fluido; estaban pasando por el puente Memorial. En pocos minutos estarían en la carretera trescientos noventa y cinco, y en pocos más se hallarían en casa.

—¿Qué quieres decir con ahora no?

Él no respondió. Se hizo una larga pausa. Entonces Abigail dijo con un tono frágil y frío:

—¿Hay algo malo en algunos de los artículos... Algo que podría hacerme daño?

—Algo que no te gustará, senadora.

Hicieron el resto del trayecto en silencio.

27

Durante las vacaciones oficiales de Navidad, Washington se convertía en una ciudad fantasma. El presidente se encontraba de vacaciones en su residencia, en el Sudoeste; las sesiones del Congreso se suspendían temporalmente; las universidades estaban cerradas por vacaciones. Washington invernaba; era una ciudad dormida, una ciudad que esperaba el estallido de actividad que señalaba la vuelta del Gabinete Ejecutivo, de los legisladores y de los estudiantes.

Pat conducía de vuelta casa, a través del escaso tráfico. No tenía hambre, todo lo que le apetecía tomar era un poco de pavo y una taza de té. Se preguntaba cómo se las estaría arreglando Luther en Apple Junction. ¿Estaría usando el mismo encanto de conquistador que una vez había utilizado para convencerla? Todo eso parecía tan lejano...

A propósito de Apple Junction, Pat se preguntó si Eleanor Brown habría vuelto a llamar a la señorita Langley. Eleanor Brown... Esa chica era un personaje clave en los temores que albergaba Pat sobre la integridad de su programa de televisión. ¿Cuáles fueron realmente los hechos? Era la palabra de Eleanor contra la de Toby. ¿Le había telefoneado él pidiéndole que fuera a la oficina de la campaña para buscar el anillo de la senadora? Ésta apoyaba la afirmación de Toby de que él la había llevado en coche, a alguna parte, en el momento de la supuesta llamada. Parte del dinero había sido encontrado en el trastero de Eleanor. ¿Cómo había podido convencer a los demás con una excusa tan inverosímil? Ojalá tuviera una copia del sumario.

Abrió su cuaderno y estudió las frases que había escrito la noche anterior. Seguían sin tener sentido. En la página siguiente escribió: «Eleanor Brown.» ¿Qué era lo que Margaret Langley había dicho de esa chica? Dando golpecitos en la mesa con el bolígrafo, y frunciendo las cejas en señal de concentración, empezó a anotar sus impresiones de aquella conversación:

> Eleanor era tímida... Nunca mascaba chicle en clase ni hablaba cuando el profesor estaba fuera... Le encantaba su trabajo en la oficina de la senadora... La acababan de ascender... Asistía a clases de arte... Iba a ir aquel día a Baltimore para dibujar...

Pat leyó y releyó sus notas una y otra vez. Era una chica que iba bien en un trabajo responsable, y que acababa de ser ascendida, pero tan estúpida que había escondido dinero robado en su propio trastero.

Parte del dinero robado. El total, setenta mil dólares, nunca fue encontrado.

Una chica tan tímida debía de ser un pobre testimonio para su propia defensa.

Eleanor había tenido una depresión nerviosa en la cárcel. Tenía que haber sido una actriz consumada para fingir eso. Pero había faltado a su palabra.

¿Y qué pasaba con Toby? Él había sido el testigo que había contradicho la historia de Eleanor. Había jurado que no la llamó aquella mañana. La senadora Jennings había confirmado la historia de Toby; la estaba llevando en coche a la hora de la susodicha llamada. ¿La senadora Jennings habría mentido, a sabiendas, para encubrir a Toby? ¿Había permitido que una chica inocente fuera a la cárcel?

¿Y si alguien que tuviera la voz parecida a Toby hubiera telefoneado a Eleanor? En ese caso, los tres, Eleanor, Toby y la senadora, habían estado diciendo la verdad. ¿Quién más podía saber dónde estaba el cuarto trastero de Eleanor en el edificio de apartamentos?

¿Qué había de la persona que había hecho las amenazas, había entrado en su casa y había dejado la muñeca? ¿Podía ser él el factor «X» en la desaparición de los fondos para la campaña?

La muñeca. Pat empujó la silla hacia atrás y buscó la caja de cartón que estaba debajo de la mesa de la biblioteca; pero, de repente, cambió de parecer. No iba a ganar nada mirando ahora la muñeca. La imagen de esa cara llorando era demasiado inquietante. Después de la emisión del programa, si no había más amenazas, la tiraría a la basura. Si recibía más cartas o llamadas, o intentos de entrar en su casa, tendría que mostrarla a la policía.

En la hoja siguiente de su cuaderno, escribió: «Toby», y buscó en el cajón de su escritorio las casetes con las entrevistas. Había grabado a Toby en el coche, esa tarde. Él no se había dado cuenta de que ella lo estaba grabando, su voz sonaba un poco lejana. Aumentó el volumen al máximo, pulsó la tecla *play* y empezó a tomar notas.

Quizá Abby me echó una mano... Yo estaba trabajando para un corredor de apuestas, en Nueva York, y casi me meto en un lío... Yo solía llevar a Abby y a Willard Jennings a esa casa cuando había fiestas... Qué linda era la pequeña Kerry.

Se alegró cuando tuvo que cambiar la cinta para escuchar la entrevista con la camarera, Ethel Stubbins, y su marido, Ernie. Habían dicho algo acerca de Toby; buscó y encontró el fragmento. Ernie decía:

«—Salúdale de mi parte, pregúntale si continúa perdiendo dinero con los caballos...»

Jeremy Saunders era escéptico respecto a Toby. Escuchó de nuevo sus opiniones burlonas sobre el incidente del paseo en el coche «prestado», la historia de su padre sobornando a Abigail:

«—Yo siempre creí que Toby tuvo algo que ver.»

Después de oír la última casete, Pat leyó y releyó sus notas. Ya sabía lo que tenía que hacer. Si Eleanor se entregaba y volvía a ser enviada a la cárcel, Pat seguiría con el caso hasta quedar convencida de su inocencia o de su culpabilidad. «Y si resulta que me creo su historia —pensó—, haré todo lo que pueda para ayudarle.» Dejemos que las cosas sigan su curso, incluida Abigail Jennings.

Fue de la biblioteca al gabinete, y luego a la escalera. Miró hacia arriba y dudó. «En el escalón de encima del rellano es donde solía sentarme.» Impulsivamente, subió deprisa las escaleras, se sentó en el escalón, apoyó su cabeza en la baranda y cerró los ojos.

Su padre estaba en el vestíbulo. Ella se había escondido en las sombras, pues sabía que él estaba enfadado y que esta vez no bromearía si la encontraba allí. Se volvió corriendo a la cama.

Subió también corriendo el resto de la escalera. Su antigua habitación estaba después de la de invitados, en la parte de atrás de la casa, con vistas al jardín. Ahora se hallaba vacía.

Había entrado allí la primera mañana, mientras los encargados de la mudanza trabajaban en la casa; pero no le había traído ningún recuerdo. Ahora parecía que podía acordarse de la cama con el dosel blanco, con puntillas; del pequeño balancín, cerca de la ventana, con la caja de música; de las estanterías con juguetes.

Yo me volví a la cama esa noche. Tenía miedo porque papá estaba muy enfadado. El salón se encuentra justo debajo de esta habitación. Podía oír las voces perfectamente. Se estaban gritando el uno al otro. Entonces se oyó ese fuerte ruido y a mamá exclamar: «¡No... No!»

Mamá gritando después del ruido. ¿Había podido gritar después de que le hubiera disparado, o había gritado cuando se dio cuenta de que había disparado contra su marido?

Pat empezó a temblar. Se agarró a la puerta para apoyarse y notó el sudor en las manos y en la frente. Respiraba con dificultad. «Estoy asustada», pensó. Pero esto ya acabó, fue hace muchos años.

Volvió en sí y se dio cuenta de que bajaba las escaleras corriendo, hacia el vestíbulo. «Estoy de nuevo aquí —pensó—. Voy a recordar.»

—Papá, papá —llamó suavemente.

Al pie de la escalera, dio la vuelta y empezó a tropezar por la habitación, con los brazos extendidos.

—Papá, papá.

En la sala de estar, cayó de rodillas. Vagas sombras la rodeaban, pero no llegaban a tomar forma. Escondiendo la cara en las manos empezó a llorar.

—Mamá, papá, venid a casa.

Se había despertado, y vio a una niñera desconocida.

—Mamá. Papá. Quiero a mi madre, quiero a mi papá.

Ellos vinieron. Su madre la mecía y le decía:

—Kerry, Kerry, todo va bien.

Papá acariciaba su cabello y las abrazaba a las dos a la vez.

—Shhh, Kerry, estamos aquí.

Al cabo de un rato, Pat se sentó y apoyó la cabeza en la pared, mirando a la habitación. Había revivido otro recuerdo y estaba segura de que era exacto. No importaba quién fuera el culpable aquella noche. Pensó con orgullo: «Estoy segura de que ambos me querían.»

28

Había un cine en la avenida Wisconsin que abría a las diez de la mañana. Arthur se dirigió a una cafetería cercana para ganar tiempo tomándose un café; luego dio una vuelta por la zona, hasta que abrieron la taquilla.

Cuando estaba preocupado por algo, le gustaba ir al cine. Escogería una butaca en la parte de atrás, al lado de la pared, y compraría la bolsa más grande de palomitas que hubiera; se sentaría, comería y miraría, sin prestar atención, a las figuras que se movieran en la pantalla.

Le gustaba la sensación de estar rodeado de gente, pero que no notaran su presencia, le gustaban las voces y la música de la banda sonora, y le agradaba el anonimato de la sala a oscuras. Resultaba un lugar idóneo para pensar. Se acomodó y se quedó mirando inexpresivamente a la pantalla.

Había sido un error provocar el incendio; los periódicos no lo mencionaban. Cuando salió del metro, había llamado a la residencia y la operadora había contestado enseguida; él disimuló su voz y dijo:

—Soy el hijo de la señora Harnick. ¿Ha sido importante el incendio?

—Oh, no, señor, lo descubrimos enseguida; fue debido a una colilla mal apagada en una bolsa de basura. No sabíamos que ninguno de los residentes se hubiera percatado.

Eso quería decir que debían de haber visto la lata de trementina abierta. Nadie creería que se había derramado accidentalmente.

Si, al menos, no hubiera mencionado el seminario; aunque, seguramente, a quien pidiera informes le contestarían:

—Sí, en nuestros archivos consta que Arthur Stevens estuvo con nosotros durante una temporada.

Suponiendo que insistieran pidiendo más detalles le dirían:

—Se marchó porque así se lo sugirió el director espiritual.

—¿Podemos hablar con el director espiritual?

—Murió hace años.

¿Le explicarían cómo murió el director espiritual? Buscarían en los archivos de la residencia y verían cuáles eran los pacientes que habían muerto en esos pocos años, y los relacionarían con los que él había cuidado. Estaba seguro de que ellos no iban a entender que él sólo quería ser bondadoso y aliviar su sufrimiento.

Ya le habían interrogado dos veces cuando algunos pacientes a los que él cuidaba, habían ido a reunirse con el Señor.

—¿Te gustó verles morir, Arthur?

—Me alegró verles en paz. Hice todo lo posible para que estuvieran bien o, al menos, cómodos.

Cuando no había esperanza ni alivio en el dolor, cuando los ancianos se volvían demasiado débiles para suspirar, o incluso para gemir, cuando los médicos y los familiares estaban de acuerdo en que sería una bendición si Dios se los llevaba; entonces, sólo entonces, él les ayudaba a morir.

Si hubiera sabido que Anita Gillespie tenía ilusión por ver a su hija, habría esperado. Le habría alegrado saber que la señora Gillespie había muerto feliz.

Ése era el problema; ella había estado luchando con la idea de la muerte y no se resignaba. Por eso se asustó tanto, por no comprender que él sólo quería ayudarla.

Últimamente había sido poco cuidadoso, debido a su preocupación por Glory. Recordaba perfectamente la noche en que empezó a inquietarse por ella. Estaban cenando juntos en casa, y cada uno leía una parte del periódico, y cuando Glory gritó: «¡Oh, Dios mío!», tenía en sus manos la página de televisión del *Tribune*, y había visto anunciado el programa sobre la senadora Jennings, donde se incluirían los momentos más importantes de su carrera política. Él le dijo que no se preocupara, que estaba seguro de que no le iba a ocurrir nada, pero ella no le hizo caso y se puso a llorar.

—Quizá sea mejor afrontarlo —dijo—. No quiero seguir viviendo así.

A partir de aquel momento, ya no fue la misma.

Se quedó mirando fijamente a la pantalla, mientras masticaba mecánicamente las palomitas. No le habían permitido el privilegio de tomar sus votos. A pesar de eso, él los había tomado para sí mismo, en secreto. Pobreza, castidad y obediencia. No los había infringido ni una sola vez, pero, a veces, se sentía tan solo...

Hacía nueve años que había conocido a Glory. Estaba sentada en la sala de espera de la clínica, abrazada a su muñeca Raggedy Ann, esperando su turno para el psiquiatra. La muñeca fue lo que le llamó la atención. Algo indefinible hizo que la esperase fuera.

Empezaron a andar juntos hacia la parada del autobús. Él le explicó que era sacerdote, pero que había dejado su trabajo en la parroquia para trabajar directamente con los enfermos. Ella se lo contó todo; cómo había estado en la cárcel por un delito que no había cometido, que se hallaba en libertad provisional y que vivía en una habitación amueblada. «No me dejan fumar en mi cuarto —le dijo—. Y ni siquiera puedo tener un hornillo para hacerme café o sopa cuando no quiero ir a comer al *drugstore*.»

Fueron a comprar helados y empezó a oscurecer. Ella dijo que se estaba haciendo tarde y que la patrona se enfadaría si se retrasaba. Entonces empezó a llorar y dijo que prefería morirse a tener que volver allí. Él se la llevó a casa.

«Serás mi niña y te cuidaré», le dijo.

Realmente, era igual que una niña indefensa. Le cedió su habitación y él durmió en el sofá.

Al principio, estaba siempre echada en la cama y no hacía más que llorar. Durante una semana, los polis pasaron por la clínica para ver si seguía con su tratamiento, pero luego dejaron de acudir.

Se fueron a Baltimore. Le anunció que iba a decir a todo el mundo que ella era su hija.

«Sea lo que sea, tú llámame siempre papá», dijo. Y él la llamó Glory.

Poco a poco, fue mejorando; pero durante nueve años, sólo salía del apartamento por la noche, pues tenía la obsesión de que la policía la reconocería.

Él había trabajado en distintas residencias, en la zona de Baltimore. A los dos años, tuvieron que marcharse, y fueron a parar a Alejandría. A Glory le encantaba vivir cerca de Washington, pero tenía miedo de encontrarse con gente que la reconociera. Él le dijo que no fuera tonta, que nadie de la oficina de la senadora se acercaría a este barrio.

A pesar de eso, Glory llevaba gafas oscuras siempre que salía. Gradualmente, las lacras de su depresión empezaron a disminuir, y necesitaba cada vez menos la medicina que él le traía.

Arthur acabó las palomitas. No se marcharía de Washington hasta el día siguiente por la noche, después de ver el programa sobre la senadora Jennings. Él nunca ayudaba a morir a la gente hasta que los doctores ya no podían hacer nada por ellos, y hasta que las voces interiores le dictaran que había llegado la hora de hacerlo. Entonces, tampoco iba a condenar a Patricia Traymore sin tener antes motivos suficientes. Si ella no hablaba sobre Glory en el programa de televisión o no mostraba su foto, Glory estaría a salvo, él se las arreglaría para quedar con ella en algún sitio y se escaparían juntos.

Pero si Patricia hacía que ella apareciera ante el mundo como una ladrona, Glory se rendiría y esta vez estaba seguro de que moriría en la cárcel. Había visto a mucha gente que, estando encerrados, habían perdido las ganas de vivir y, si esto ocurría, Patricia Traymore sería castigada por su tremendo pecado. ¡Él iría a su casa y haría justicia!

El número tres mil de la calle N. Incluso la casa donde Patricia Traymore vivía era un símbolo de muerte y sufrimiento.

La película se estaba acabando. ¿Dónde podía ir ahora?

Tienes que esconderte, Arthur. Pero ¿dónde? Se dio cuenta de que había hablado en voz alta. La mujer del asiento de delante se volvió y le miró.

«Número tres mil de la calle N —susurraban las voces—. Ve allí, Arthur, entra otra vez por la ventana, piensa en el vestidor.»

La imagen del ropero de la habitación vacía invadía su mente. Allí estaría protegido y a salvo, escondido detrás de las estanterías y los cajones. Las luces del cine se encendieron. Se levantó rápidamente. No tenía que llamar la atención. Ahora iría a otro cine, luego a otro y, después, ya habría anochecido. ¿Dónde mejor que en la casa de Patricia Traymore para matar las horas que quedaban hasta el programa de mañana por la noche?

Nadie pensaría en buscarle allí.

«¡Tienes que darle una oportunidad! Arthur, no te precipites.» Las palabras giraban en su cabeza.

Si en el programa no se hacía ninguna referencia a Glory, Patricia Traymore nunca sabría que él había estado en su casa. Pero si Glory aparecía y se la identificaba, Patricia sería castigada por los ángeles.

Él encendería la antorcha de la venganza.

29

A la una en punto, la doncella de Lila Thatcher regresaba del mercado. Lila estaba en su despacho, trabajando sobre una conferencia que iba a dar la semana próxima, en la Universidad de Maryland. El tema era: *La prudencia, tu don psíquico.* Lila se inclinó sobre la máquina de escribir cruzando las manos.

La sirvienta llamó a la puerta.

—Señorita Lila, no se la ve muy contenta. —La sirvienta hablaba con la cómoda familiaridad de un empleado que ha llegado a ser un amigo de confianza.

—Es que no lo estoy, Ouida. Para ser una persona que enseña a la gente cómo usar sus defensas psíquicas, temo que las mías no estén hoy a la altura.

—Le he traído el *Tribune.* ¿Lo quiere hojear ahora?

—Sí, creo que sí.

Cinco minutos más tarde, sin dar crédito a sus ojos, Lila leía el artículo de Gina Butterfield. A los quince minutos, llamaba al timbre de la casa de Pat. Cuando ésta la abrió, Lila, consternada, se dio cuenta de que Pat había estado llorando.

—Tengo que enseñarte algo —le dijo.

Fueron a la biblioteca. Lila puso el periódico sobre la mesa y lo abrió. Cuando Pat vio el titular, palideció.

Resignada e impotente, Pat leía rápidamente el artículo y miraba las fotografías.

—Dios mío, esto me deja como si yo hubiera estado chismorreando sobre la intrusión en mi casa, sobre la senadora, sobre todo. Lila, no te quiero explicar lo furiosos que se pondrán todos cuando vean esto. Luther Pelham insistió expresamente en que se suprimieran todos los fotogramas donde aparecen mi madre y mi padre. No quería que la gente relacionara a la senadora con, te cito sus propias palabras, el feo asunto de los Adams. Es como si luchara contra una fuerza extraña a la que no puedo dominar. No sé si debo intentar explicárselo, resignarme o qué hacer. —Intentó reprimir unas lágrimas de indignación.

Lila dobló el periódico.

—No te puedo aconsejar sobre tu trabajo, pero no vuelvas a mirar este artículo, Kerry. Te lo tenía que enseñar pero me lo voy a llevar a casa. No es bueno para ti contemplar cómo estabas ese día, como una muñeca rota.

Pat cogió a la anciana por un brazo.

—¿Por qué has dicho eso?

—¿Por qué he dicho el qué? ¿Quieres decir por qué te he llamado Kerry? Ha sido espontáneo, me salió así.

—No, quiero decir que ¿por qué me has comparado con una muñeca rota?

Lila la miró y luego contempló el periódico.

—Aquí lo dice. Mira, lo acabo de leer.

En la columna principal, Gina Butterfield había transcrito la historia que apareció, en su día, en el *Tribune* sobre el asesinato-suicidio:

Collins, el jefe de policía, comentando la espeluznante escena dijo:

«—Es lo peor que he encontrado en mi vida. Cuando vi a esa pequeña niña como una muñeca rota me pregunté por qué él no le había disparado también. Habría sido más fácil para ella...»

—Una muñeca rota —susurró Pat—. Quienquiera que fuese el que la dejó, me conocía.

—¿Dejó el qué? Pat, siéntate. Parece como si te fueras a desmayar. Te traeré un vaso de agua.

Lila salió corriendo de la habitación.

Pat apoyó la cabeza en el respaldo del sofá y cerró los ojos. Tiempos atrás, había visto en los periódicos las fotos sobre la tragedia, aquélla donde aparecían los cuerpos cuando los transportaban y, especialmente, la suya, vendada y ensangrentada en la camilla. Pero verlas contrastadas con aquellas sonrientes y despreocupadas jóvenes parejas, era mucho peor. No recordaba haber leído aquellas declaraciones del jefe de policía; quizá no había leído la edición en que aparecían. Esto probaba que quienquiera que fuera el que la había amenazado, sabía quién era ella, la había conocido entonces.

Lila volvió con un vaso de agua fría.

—Estoy bien —dijo Pat—. Lila, la persona que entró aquí aquella noche no se limitó a dejar una nota.

Agarró la caja de cartón con fuerza para intentar sacarla de debajo de la mesa. Estaba tan bien encajada que le costó conseguirlo. «No puedo creer que la empotrara tanto», pensó Pat. Mientras forcejeaba, le contó a Lila cómo había encontrado la muñeca.

Sorprendida, Lila la escuchó. ¿El intruso había dejado una muñeca ensangrentada apoyada en la chimenea? No había duda, se encontraba en peligro aquí. Siempre lo había sabido.

Después de muchos esfuerzos, Pat consiguió, al fin, sacar la caja. La abrió rápidamente. Lila vio cómo su expresión de sorpresa se tornaba de alarma.

—¿Qué ocurre?

—La muñeca ha desaparecido.

—¿Estás segura?

—Yo misma la puse aquí. La volví a mirar el otro día. Lila, yo le quité el delantal, era horrible verlo. Quizá todavía esté aquí. —Pat buscó dentro de la caja—. Mira, aquí está.

Lila miró el trozo arrugado de la tela blanca de algodón, cubierto de manchas rojizas; las cintas del delantal caían a los lados.

—¿Cuándo fue la última vez que viste la muñeca?

—El sábado por la tarde. La tenía sobre la mesa. El chófer de la senadora vino a traer unos cuantos álbumes más de fotografías, y la volví a esconder en la caja. No quería que él la viera. —Pat se detuvo—. Espera, algo le pasaba a Toby cuando vino. Estaba brusco y no dejaba de escudriñar todo lo que hay en esta habitación. Yo no abrí la puerta al momento, y él se debió preguntar qué era lo que yo estaba haciendo. Después me dijo que no hacía falta que le acompañara a la entrada; cuando oí el ruido de la puerta al cerrarse, decidí poner el cerrojo. Y, Lila, cuando llegué, la puerta se abrió de nuevo. Toby entraba, llevando en la mano algo que parecía una tarjeta de crédito. Intentó disimular diciendo que estaba comprobando si mi cerradura era segura, y que haría bien en echar el cerrojo. Él me conoció de pequeña, quizá ha sido quien me ha estado amenazando, pero ¿por qué?

Todavía no era media tarde, pero el cielo se había tornado gris y nuboso. La pared de madera oscura y la débil luz hacían que Pat pareciera aún más pequeña y vulnerable.

—Tenemos que llamar inmediatamente a la policía

—dijo Lila—. Ellos se encargarán de interrogar a ese chófer.

—No puedo hacer eso. ¿Te imaginas lo que diría la senadora? Además, es sólo una conjetura mía. Pero sé de alguien que puede hacer discretas averiguaciones sobre Toby. —Pat vio la angustia reflejada en la cara de Lila—. No te preocupes, todo irá bien. Cerraré con el cerrojo y, Lila, si todo lo que ha pasado ha sido para tratar de impedir que se realice el programa, ya es demasiado tarde. Hoy vamos a filmar la llegada de la senadora a su casa, por la noche. Mañana haremos algunas tomas en el plató, y el programa se emitirá por la noche. Después de que el programa salga, imagino que ya no habrá ninguna razón para extorsionarme. Estoy empezando a creer que se trata solamente de eso, de un intento de asustarme.

Lila se fue pocos minutos después. Pat tenía que estar en el estudio a las cuatro en punto. Prometió que telefonearía a su amigo congresista, Sam Kingsley, y le pediría que vigilaran al chófer. A pesar de las protestas de Lila, Pat insistió en quedarse en el periódico.

—Tendré que leerlo cuidadosamente y saber exactamente lo que dice. Si no me lo das, saldré y compraré otro.

Cuando Lila subió los escalones de su casa, la doncella la estaba esperando con la puerta abierta.

—Estoy muy preocupada por usted, señorita Lila —dijo—. No terminó la comida, y parecía muy enfadada cuando se fue.

—¿Te has preocupado por mí, Ouida?

Lila entró en el comedor y se dirigió a las ventanas que daban a la calle. Desde allí, podía ver la fachada y la parte derecha de la casa de Pat.

—No sirve de nada —murmuró—. Él entró por las puertas del patio y yo no las puedo ver desde aquí.

—¿Qué dice, señorita Lila?

—Nada, no es nada. Voy a estar ojo avizor y había pensado poner en una mesa la máquina de escribir, justo enfrente de las ventanas.

—¿Estar ojo avizor?

—Sí, es una expresión que quiere decir estar alerta porque algo malo puede ocurrir.

—¿Cree que algo va mal en casa de la señorita Traymore? ¿Teme que vuelva ese merodeador?

Lila se quedó mirando la oscuridad que rodeaba la casa de Pat. Sintiendo un fuerte presentimiento, respondió sombríamente:

—Eso, exactamente, es lo que creo.

30

Desde el momento en que su padre la llamó, Glory había estado esperando la llegada de la policía. Estuvieron allí a las diez en punto. La puerta del despacho de la inmobiliaria se abrió y apareció un hombre de unos treinta años. Ella levantó la cabeza y vio un coche patrulla aparcado.

Dejó automáticamente de escribir.

—Soy el detective Barrot —dijo el visitante, y le enseñó una placa—. Quiero hablar con Glory Stevens. ¿Está aquí?

Glory se levantó. Ya le parecía oír sus preguntas: «Su nombre verdadero, ¿no es Eleanor Brown? ¿Por qué quebrantó su palabra? ¿Durante cuánto tiempo pensó que podía escapar a la justicia?»

El detective Barrot se acercó a ella. Tenía la cara redonda y franca; y el cabello, castaño claro, formaba pequeños rizos alrededor de sus orejas. Sus ojos eran inquisitivos pero amistosos. Ella se dio cuenta de que tenía aproximadamente su edad y, sin saber por qué, le parecía menos temible que el duro y seco detective que le había interrogado cuando el dinero se encontró en su trastero.

—¿Señorita Stevens? No se ponga nerviosa. ¿Podríamos hablar un momento en privado?

—Podemos entrar ahí —dijo ella, señalándole el camino hacia el pequeño despacho privado del señor Schuller. Había dos sillas de cuero enfrente de la mesa, Glory se sentó en una de ellas y el detective se acomodó en la otra.

—Parecía usted asustada —dijo él amablemente—. No tiene nada que temer. Sólo queremos hablar con su papá. ¿Sabe dónde podemos encontrarlo?

«Hablar con su papá. ¡Padre!», tragó saliva.

—Cuando me fui a trabajar, estaba en casa; quizá haya ido a la panadería.

—Aún no ha regresado. Tal vez no quiso entrar cuando vio el coche de policía enfrente de su casa. ¿Cree usted que pueda estar con algunos familiares o amigos?

—Yo..., no lo sé. ¿Por qué quiere hablar con él?

—Sólo para preguntarle algunas cosas. ¿Esta mañana la ha llamado él por casualidad?

Este hombre creía que Arthur era su padre.

No estaba interesado en ella.

—Sí..., me llamó, pero yo estaba hablando por teléfono con mi jefe.

—¿Qué quería?

—Que me encontrara con él, pero yo le dije que no podía.

—¿Dónde quería que se encontrasen?

Las palabras de su padre le resonaban todavía en los oídos. Metro Central..., salida 12 G. ¿Estaría allí ahora? ¿Estaba en apuros? Papá se había ocupado de ella todos estos años y no podía traicionarle ahora. Midió bien sus palabras y contestó.

—No podía seguir hablando con él... Yo sólo le dije

que no podía irme de la oficina y prácticamente le colgué el teléfono. ¿Por qué quiere usted hablar con él? ¿Qué ocurre?

—Bueno, quizá nada. —La voz del detective era amable—. ¿Su padre le comenta cosas sobre sus pacientes?

—Sí —era fácil responder a esa pregunta—, se ocupa mucho de ellos.

—¿Le ha hablado alguna vez de la señora Gillespie?

—Sí. Murió la semana pasada, ¿verdad? Él tuvo un disgusto.

Sucedía algo con su hija, que le iba a venir a visitar, dijo, y recordó cómo había gritado cuando soñaba en voz alta: «Cierre los ojos, señora Gillespie, cierre los ojos.» Quizá había cometido algún error cuando cuidaba a la señora Gillespie y le culpaban por ello.

—¿Le ha parecido verle distinto últimamente, nervioso o algo parecido?

—Es el hombre más bueno que conozco. Dedica su vida a ayudar a la gente. En la residencia, le preguntaron si podía trasladarse a Tennessee para ayudar en otra de sus clínicas, donde necesitaban personal.

El detective sonrió.

—¿Cuántos años tiene usted, señorita Stevens?

—Treinta y cuatro.

Pareció sorprendido.

—No los representa. De acuerdo con las fichas de empleo, Arthur Stevens tiene cuarenta y nueve. —Se detuvo y añadió con voz amable—: No es su verdadero padre, ¿verdad?

Dentro de poco empezaría a acosarla con preguntas.

—Él fue sacerdote en una parroquia hace años, pero decidió dedicar toda su vida a cuidar de los enfermos. Me recogió una vez que yo estuve muy enferma y no tenía a nadie que me cuidase.

Ahora le preguntaría su verdadero nombre, pero no lo hizo.

—Ya veo, señorita... Stevens, nosotros queremos hablar con... el padre Stevens. Si la llama, póngase en contacto conmigo, por favor.

Le dio su tarjeta en la que figuraba: Detective William Barrot. Ella notó que la estaba observando. ¿Por qué no le hacía más preguntas sobre ella, sobre su pasado?

Se fue, y se quedó sola, sentada en el despacho privado, hasta que Opal entró.

—Glory, ¿te ocurre algo?

Opal era una buena amiga, la mejor amiga que había tenido jamás, ella la había ayudado a volver a sentirse mujer, siempre le pedía que la acompañara a las fiestas, diciendo que su novio estaba dispuesto a traer un amigo para ella, pero siempre había rehusado.

—Glory, ¿qué pasa? —repitió Opal—. Tienes muy mal aspecto.

—No ocurre nada. Tengo dolor de cabeza. ¿Me puedo ir a casa?

—Claro que sí, yo acabaré de pasar lo tuyo a máquina. Glory, si puedo hacer algo por ti...

Glory miró la cara preocupada de su amiga.

—No, nada; pero gracias de todos modos.

Se fue andando hacia casa. La temperatura era de unos cuatro grados; a pesar de ello, el día era crudo y el frío penetraba a través de su abrigo y de sus guantes. El apartamento, con su gastado mobiliario alquilado, parecía extrañamente vacío, como si supiera que no iban a volver.

Fue al armario de la entrada y encontró el gastado maletín negro que el padre había comprado en una venta de ocasión. Guardó sus escasas prendas de ropa, sus cosméticos y el libro que Opal le había regalado por Navidad. El maletín no era grande, y le costó cerrarlo.

Había algo más; su muñeca de trapo. En el psiquiátrico, el médico le había pedido que hiciera un dibujo de cómo se veía ella a sí misma, pero, por alguna razón, no pudo hacerlo. Esta muñeca estaba junto a otras en la estantería, y él se la había dado diciéndole: «¿Crees que me podrías mostrar cómo sería esta muñeca si se pareciera a ti?»

Había sido difícil pintar las lágrimas y conseguir la expresión asustada de los ojos, así como cambiar el gesto de la boca para que, en vez de sonreír, pareciera que lloraba.

—¿Así de mal? —preguntó el doctor cuando terminó.

—Peor.

«Oh, padre —pensó ella—, ojalá pudiera quedarme aquí y esperar hasta que me llamaras, pero ellos van a investigar sobre mí. Ese detective probablemente está ahora comprobando quién soy, ya no puedo escapar más. Si tengo el valor de hacerlo, he de entregarme. Quizá eso me ayude y la sentencia sea entonces menos dura.»

Había una promesa que ella sí podía mantener. La señorita Langley le había pedido que llamara a la famosa presentadora de televisión Patricia Traymore antes de hacer nada; así pues, la llamó, le comunicó sus planes y ella escuchó sin inmutarse la emocionada súplica de Pat.

Finalmente, a las tres en punto se marchó. Un coche con dos hombres dentro estaba aparcado abajo.

—Ésa es la chica —dijo uno de ellos—. Mintió al afirmar que no planeaba encontrarse con Stevens —expresó apenado.

El otro hombre apretó el acelerador.

—Te dije que no estaba diciendo la verdad. Diez dólares a que ahora nos lleva a donde está Stevens.

31

Pat cruzó rápidamente la ciudad hasta el restaurante Lotus Inde de la avenida Wisconsin. Buscaba desesperadamente la forma de convencer a Eleanor Brown de que no se entregara todavía. Estaba segura de que había alguna manera de que la escuchara y entrara en razón.

Había intentado encontrar a Sam; pero, después de cinco llamadas, colgó el teléfono y salió corriendo. Ahora, mientras entraba rápidamente en el restaurante, se preguntó si reconocería a la chica, a la que sólo había visto en una foto de colegiala. ¿Usaría su verdadero nombre? Probablemente no.

La recepcionista la saludó.

—¿Es usted la señorita Traymore?

—Sí, soy yo.

—La señorita Brown la está esperando.

Se encontraba sentada a una mesa de la parte trasera, dando pequeños sorbos a una copa de chablis. Pat se acomodó en la silla frente a ella, e intentó hallar las palabras adecuadas. Eleanor Brown no había cambiado mucho desde la foto del colegio. Se la veía mayor, pero ya no tenía aquella exagerada delgadez, y era más guapa de lo que Pat esperaba. No había confusión posible.

Hablaba dulcemente.

—¿Señorita Traymore? Gracias por venir.

—Eleanor, por favor, escúcheme. Le podemos conseguir un abogado. Puede estar bajo fianza mientras planeamos algo. Usted estaba hundida por una depresión cuando faltó a la libertad bajo palabra. Hay tantos atenuantes que un buen abogado puede usar en su defensa. *Atenuantes*.

El camarero llegó con un aperitivo con gambas.

—Eso me gusta tanto que soñaba con ello —dijo Eleanor—. ¿Quiere tomar algo?

—No, nada, Eleanor. ¿Ha entendido lo que he dicho?

—Sí —respondió mientras introducía una gamba en la salsa dulce—. ¡Oh, qué bueno!

Su rostro estaba pálido pero tenía expresión resuelta.

—Señorita Traymore, espero que se me vuelva a conceder la libertad provisional; pero, si no lo hacen, sé que ahora estoy lo bastante fuerte como para resistir la condena que me pongan. Soy capaz de dormir en una celda, llevar un uniforme penitenciario y comer esa bazofia que ellos llaman comida; y, además, arreglármelas con las abusonas y soportar el aburrimiento. Cuando salga, ya no me tendré que esconder, ni pasarme el resto de mi vida intentando demostrar mi inocencia.

—Eleanor, ¿no fue encontrado el dinero en su poder?

—Señorita Traymore, la mitad de la gente de la oficina conocía ese trastero. Cuando me cambié de apartamento, seis u ocho personas de allí me ayudaron, incluso lo celebramos, y los muebles que no pensaba usar fueron llevados al cuarto de abajo. Una parte del dinero fue encontrada allí, pero setenta mil dólares fueron al bolsillo de alguien.

—Eleanor, tú afirmas que Toby te telefoneó, y él lo niega. ¿No te pareció extraño que te pidiera ir a la oficina de la campaña un domingo?

Eleanor jugueteaba con el arroz.

—No, verá, la senadora estaba haciendo campaña para su reelección, gran parte del correo se enviaba desde la oficina de la campaña y ella solía presentarse y ayudar sólo para que los voluntarios se sintieran importantes. Cuando lo hacía, se quitaba su gran anillo de brillantes. Le estaba un poco grande y ella era algo descuidada con él. Varias veces lo olvidó.

—¿Y Toby, o alguien de voz parecida, te dijo que la senadora lo había perdido u olvidado?

—Sí. Yo sabía que ella había estado en la oficina de la campaña el sábado ayudando a enviar el correo. Me pareció muy posible que se le hubiera podido olvidar otra vez y que uno de los ayudantes más antiguos lo guardara en la caja fuerte.

—Creo que Toby estaba llevando en coche a la senadora en el momento en que se hizo la llamada.

—La voz se oía lejana y quien fuera el que me llamara no dijo demasiado. Fue algo así como: Comprueba si el anillo de la senadora está en la caja fuerte de la campaña y házselo saber. Aquello me contrarió porque quería ir a Richmond a dibujar, e incluso dije algo como: Probablemente lo encuentre bajo sus narices. Quien llamó se rió y colgó. Si Abigail Jennings no hubiera hablado tanto de la segunda oportunidad que me había dado, llamándome ladrona convicta, seguramente me habrían concedido, al menos, el beneficio de la duda. He perdido once años de mi vida por algo que no hice, y no voy a perder un día más. —Se levantó y dejó dinero sobre la mesa—. Con eso debe bastar. —Después se inclinó, recogió su maletín y se detuvo—. ¿Sabe lo que me resulta más duro ahora? Estar faltando a una promesa que di al hombre con quien he estado viviendo estos últimos años y que ha sido muy bueno conmigo. Me pidió que no me entregara todavía a la policía. Ojalá pudiera explicárselo, pero no sé dónde está.

—¿Quieres que yo le llame? ¿Cuál es su nombre?, ¿dónde trabaja?

—Su nombre es Arthur Stevens; creo que tiene algún problema con su trabajo, por lo que no estará allí. No hay nada que usted pueda hacer. Espero que su programa sea un éxito, señorita Traymore. Me afectó mucho cuando leí que se iba a realizar. Sabía que bastaría una fotografía mía en la pantalla para que yo estuviera en la cárcel al cabo de veinticuatro horas. Pero, gracias a ello, me di cuenta de lo cansada que estoy de huir continuamente. En cierto modo, me dio la fuerza necesaria para afrontar mi vuelta a la cárcel y así poder ser algún día realmente libre. Papá, quiero decir Arthur Stevens, no podría nunca aceptar esa idea. Y, ahora, es mejor que me vaya antes de que me arrepienta.

Sin poder hacer nada, Pat miró cómo se alejaba. En el mismo momento en que Eleanor salía del restaurante, dos hombres que estaban sentados a la mesa del rincón se levantaron y la siguieron.

32

—Abby, podría haber sido más grave. —En los cuarenta años que la conocía, era sólo la tercera vez que la rodeaba con sus brazos. Ella lloraba, indefensa.

—¿Por qué no me dijiste que vivía en esa casa?

—No había ninguna razón.

Estaba en el salón de Abigail, y él le había enseñado el artículo nada más llegar, intentando calmarla ante la inevitable explosión de rabia y llanto.

—Abby, mañana este periódico estará forrando cubos de basura.

—¡Yo no quiero forrar cubos de basura! —gritó ella.

Él sirvió un whisky y se lo hizo beber.

—Vamos, senadora, anímate. A lo mejor hay un fotógrafo escondido entre los arbustos.

—Cállate, tonto de mierda. —Pero la sugerencia había sido suficiente para hacerla reaccionar; y después de la bebida, ella empezó a llorar de nuevo—. Toby, esto parece aquel horrible escándalo de los peniques que apareció en todos los periódicos, y esa foto, Toby, *esa foto.* —Y esta vez no se refería a la de ella con Francey.

La rodeó con sus brazos, acariciando torpemente su espalda, y de repente se dio cuenta, con el hábito que produce un largo sufrimiento aceptado, de que, para ella, él no era más que un asidero donde agarrarse cuando todo le fallaba.

—¡Si alguien estudia con atención estas fotos! Toby, mira ésta.

—Nadie se va tomar esa molestia.

—Toby, esa chica, esa Pat Traymore. ¿Cómo consiguió alquilar la casa? Es imposible que sea una coincidencia.

—Ha sido alquilada a doce inquilinos en los últimos veinticuatro años. Ella es sólo uno más.

Toby intentó hablar con voz firme, él no creía en eso; pero, por otra parte, Phil todavía no había podido descubrir los detalles de ese alquiler.

—Senadora, el asunto está en saber quién amenazó a Pat Traymore.

—Toby, ¿cómo sabemos que existieron esas amenazas? ¿Cómo sabemos que esto no es algo calculado para perjudicarme?

Él se quedó tan sorprendido que dio un paso atrás. Automáticamente, ella se apartó, y se quedaron mirándose.

—Por Dios, Abby, ¿tú crees que ella urdió todo esto?

El timbre del teléfono les sobresaltó. Él la miró.

—¿Quieres que yo...?

—Sí. —Abby se llevó las manos al rostro—. Me importa un cuerno quien llame; no estoy en casa.

—Residencia de la senadora Jennings. —Toby puso voz de mayordomo—. ¿Puedo tomar el recado? Ahora no se puede poner. —Le guiñó el ojo a Abby y fue recompensado con el esbozo de una sonrisa—. El presidente... Oh, un segundo, señor. —Puso su mano sobre el auricular—. Abby, es el presidente...

—Toby, no te atrevas...

—¡Abby, por el amor de Dios, es el presidente!

Llevándose las manos a los labios, ella se acercó y cogió el auricular.

—Si esto es una de tus bromas... —dijo y contestó—. Abigail Jennings.

Toby vio cómo su rostro cambiaba de expresión.

—Señor presidente. Lo siento mucho, lo siento, algún artículo... Por eso yo dije que... Lo siento, sí señor, desde luego, sí, estaré en la Casa Blanca mañana por la noche, a las ocho y media, naturalmente. Sí, hemos estado muy ocupados con este programa. Francamente, no me siento cómoda siendo el tema central de todo esto... Qué amable de su parte. Señor, quiere usted decir... Simplemente, no sé qué decir, claro, lo entiendo. Gracias, señor.

Colgó el auricular y miró atónita a Toby.

—No se lo debo decir a nadie; pero tiene previsto anunciar mi nombramiento mañana por la noche después del programa. Dice que no es mala idea el hecho de que todo el país me conozca un poco más y se rió de la portada del *Mirror*; dice que su madre también era muy gorda, pero que yo soy mucho más guapa ahora que cuando tenía diecisiete años. Toby, ¡voy a ser vicepresidenta de Estados Unidos!

Se puso a reír histéricamente y lo abrazó.

—Abby, ¡lo conseguiste! —dijo él levantándola por los aires.

Un instante después, su cara cambió y se puso tensa.

—Toby, no puede ocurrir nada, absolutamente nada que pueda estropear esto...

Toby la depositó en el suelo y le cogió las manos.

—Abby, yo te juro que no sucederá nada que te pueda arrebatar el cargo.

Ella reía y lloraba al mismo tiempo.

—Estoy un poco mareada. Tú y ese maldito whisky,

ya sabes que no puedo beber sin que se me suba a la cabeza. ¡Vicepresidenta!

Él tuvo que calmarla. Con voz animosa, le dijo:

—Luego, nos iremos a dar un paseo en coche y pasaremos por delante de tu nueva casa. Por fin vas a vivir en una gran mansión. Abby, tus nuevas señas serán en la avenida Massachusetts.

—Cállate y hazme una taza de té. Me voy a dar una ducha a ver si me calmo. ¡Vicepresidenta, Dios mío! ¡Dios mío!

Toby conectó la tetera y a continuación, sin ponerse el abrigo, salió de la casa y abrió el buzón del correo. Encontró la habitual colección de cartas inútiles, cupones y publicidad «Puede usted ganar dos millones de dólares»... El noventa y nueve por ciento del correo personal de Abby se recibía en la oficina.

Entonces lo vio. Era un sobre azul con la dirección escrita a mano, y estaba dirigido personalmente a Abby. Miró la parte superior izquierda y palideció.

La carta era de Catherine Graney.

33

Sam conducía por la calle Siete. Estaba llegando un poco tarde a la cita que tenía a las doce con Larry Saggiotes, del Comité de Seguridad del Ministerio de Transportes.

Después de dejar a Pat, había ido a casa y pasó casi toda la noche echado en la cama sin dormir; su mente se debatía entre una ira sorda y el afán de calcular fríamente qué posibilidad tenían de ser ciertas las acusaciones de Pat.

—¿Quiere algo el señor?

—¿Qué? ¡Oh!, perdón. —Sorprendido, Sam se dio cuenta de que estaba tan ensimismado que había llegado al vestíbulo del edificio federal sin darse cuenta de que había entrado por la puerta giratoria. El guarda jurado le miraba con curiosidad.

Subió hasta el octavo piso y dio su nombre a la recepcionista.

—Tendrá que esperar unos minutos —le dijo ella.

Sam se acomodó en una silla. ¿Había habido una discusión violenta entre Abigail y Willard Jennings ese último día?, se preguntó.

Él mismo había amenazado a veces dejar el Congreso y emprender una profesión que permitiera a Janice gozar de las comodidades que merecía. En más de una ocasión discutieron sobre eso furiosa y acaloradamente, de modo que cualquiera que los hubiera oído en aquellos momentos, habría pensado que se detestaban. Quizá la viuda del piloto oyó discutir a Abigail y a Willard ese día. Quizá Willard estaba disgustado por algo; se hallaba dispuesto a dejar la política y ella estaba totalmente en contra de esa decisión.

Sam acudió a su amigo del FBI, Jack Carlson, para investigar el accidente.

—¿Hace veintisiete años? Eso puede ser difícil de encontrar —le dijo Jack—. El Comité de Seguridad del Transporte es el que se encarga ahora de las investigaciones sobre accidentes; pero, en aquel tiempo, se ocupaba de eso la Administración Aeronáutica Civil. Deja que te vuelva a llamar.

A las nueve y media Jack le llamó de nuevo.

—Estás de suerte —le dijo lacónicamente—. Los informes de la mayoría de los casos se destruyen al cabo de diez años; pero, cuando se trata de gente importante, se guardan en los archivos del Comité de Seguridad. Allí tienen datos de accidentes como los de Amelia Earhart y Carole Lombard, pasando por Dag

Hammarskjold y Hale Boggs. La persona que yo conozco en el Comité es Larry Saggiotes. Pedirá que le envíen a su despacho el informe y allí lo podrás ver tranquilamente. Me ha dicho que vayas sobre las doce del mediodía, y lo podréis repasar juntos.

—Perdone, señor. El señor Saggiotes ya le puede recibir.

Sam alzó la cabeza. Tenía la sensación que la recepcionista había estado intentando despertar su interés por ella. «Bueno, vamos allí», pensó, y la siguió por el pasillo.

Larry Saggiotes era un hombre grande, cuyas facciones y pigmentación delataban su origen griego. Se saludaron y Sam le explicó detalladamente por qué estaba interesado en ese accidente.

Larry volvió a sentarse en su sillón, y frunció las cejas.

—Hace un buen día, ¿eh? —dijo—. Pero en Nueva York está nublado, en Mineápolis está helando, y está lloviendo a mares en Dallas. Sin embargo, en las próximas veinticuatro horas unos ciento veinte mil aviones, entre comerciales, militares y privados, despegarán y aterrizarán en este país; y las probabilidades de que cualquiera de ellos tenga un accidente son astronómicas. Por eso, cuando un avión que ha sido revisado por un mecánico experto y está pilotado por un buen piloto, de repente choca contra una montaña, en un día con buena visibilidad, y sus pedazos se desparraman varios kilómetros a la redonda en un paraje rocoso, no nos sentimos precisamente felices.

—¡El avión de los Jennings!

—El avión de los Jennings —confirmó Larry—. Acabo de leer el informe.

—¿Qué fue lo que ocurrió? No lo sabemos. La última comunicación de George Graney tuvo lugar cuando se despidió de la torre de control de Richmond.

No había nada que indicara que pudiera haber problemas; era un vuelo de rutina de dos horas. Y nunca llegó a su destino.

—¿Y se estableció que fue debido a un error del piloto? —preguntó Sam.

—Causa *probable*, error del piloto. Siempre se llega a esa conclusión cuando no encontramos otra respuesta. Era un avión prácticamente nuevo, un Cessna de dos motores, así que los expertos de la Cessna tuvieron buen cuidado de demostrar que el avión estaba en perfecto estado. La viuda de Willard Jennings puso el grito en el cielo diciendo que siempre le habían horrorizado los aviones pequeños, y que su marido ya se había quejado algunas veces de los aterrizajes bruscos de Graney.

—¿Se consideró en alguna ocasión la posibilidad de sabotaje?

—Congresista, la posibilidad de sabotaje siempre se investiga en un caso como éste. Primero tratamos de descubrir la manera en que pudo haberse cometido, ya que hay muchas formas de hacerlo, que pueden pasar inadvertidas. Por ejemplo, con todos los aparatos magnéticos que se usan hoy, un fuerte imán escondido en la caja de cambios puede dejar inutilizados todos los instrumentos de navegación. Hace veintisiete años, eso no habría podido ocurrir; pero si alguien se hubiera propuesto sabotear el motor del avión de Graney rebajando o cortando la cubierta de un cable, Graney habría tenido una completa falta de control al volar por encima de una montaña. Las posibilidades de recuperar el vuelo normal habrían sido casi imposibles.

»Otra posibilidad sería desconectar la aguja del depósito de combustible. Ese avión tenía dos depósitos. El piloto conectaba el segundo depósito cuando la aguja del primero indicaba que estaba vacío. Suponga usted que el conectador no funcionara; entonces no habría podido conectar el segundo depósito. Por supuesto, existe también el ácido corrosivo. Alguien que quiera que un avión no llegue a su destino puede colocar un recipiente lleno de ese ácido goteando en la parte de equipajes, o debajo de un asiento, eso no importa; el líquido llegaría a corroer los cables y, en menos de media hora, ya sería imposible controlar el avión. Pero eso es más fácil de descubrir.

—¿Se sugirieron algunas de estas posibilidades en el proceso de investigación? —preguntó Sam.

—No fueron recuperadas suficientes piezas del avión como para reconstruir el rompecabezas. De modo que lo siguiente fue buscar un motivo; y no se encontró ninguno. La línea charter de Graney iba bien y no se había hecho ningún seguro nuevo. El congresista estaba asegurado por una cantidad asombrosamente pequeña; pero, cuando tienes un patrimonio familiar, no necesitas asegurarte, supongo. Por cierto, ésta es la segunda vez que se me pide una copia de este informe; la señora Graney vino el otro día para que le diera una.

—Larry, estoy intentando que la señora Jennings quede al margen de todo esto para que nada pueda perjudicarla en caso de que el asunto salga de nuevo a la luz. Por supuesto, estudiaré el informe cuidadosamente, pero déjeme que le pregunte una cosa: ¿Puede haber algo que confirme que George Graney era un piloto sin experiencia o imprudente?

—Absolutamente nada. Tenía un pasado impecable, congresista. Había participado en combates aéreos en la guerra de Corea, y más tarde, trabajó para la United durante varios años. Esa clase de vuelo era un juego de niños para él.

—¿Cómo cuidaba sus aparatos?

—Los mantenía en excelente estado. Sus mecánicos eran muy buenos.

—O sea, que la viuda de George Graney tiene una

buena razón para estar disgustada porque la culpa del accidente recayera sobre el piloto.

Larry hizo un enorme anillo con el humo del cigarrillo.

—Y tanto que sí, razón no le falta.

34

A las cuatro menos diez, Pat se las arregló para telefonear a Sam desde el vestíbulo del edificio de la Potomac. Sin hacer ninguna alusión a su anterior discusión, le contó lo de Eleanor Brown.

—No la pude convencer. Está decidida a entregarse.

—Cálmate, Pat. Enviaré a un abogado para que la vea. ¿Vas a estar mucho tiempo aquí?

—No lo sé. ¿Has leído el *Tribune* de hoy?

—Sólo los titulares.

—Lee la segunda parte. Una periodista que conocí la otra noche se enteró de dónde vivo y ha hecho un repugnante refrito de toda la historia.

—Pat, yo no me voy de aquí. Ven a verme cuando acabes tu trabajo.

Luther la estaba aguardando en su despacho. Ella esperaba que le diera un tratamiento de paria. Por el contrario, su trato fue atento.

—Las tomas de Apple Junction fueron bien —le dijo—. Ayer nevó, y un bosque que hay por los alrededores parecía el sueño americano. Filmamos la casa de los Saunders, la escuela con la guardería enfrente y la calle principal con su árbol de Navidad y todo. Pusimos un letrero frente al ayuntamiento: «Apple Junction, lugar de nacimiento de la senadora Abigail Foster Jennings.»

Luther aspiró su cigarrillo.

—La entrevista con esa señora mayor, Margaret Langley, fue un éxito, pues tiene clase y queda muy bien en la cámara. Fue una buena idea hacerla hablar de lo aplicada que era la senadora en sus estudios y, además, nos mostró el álbum anual del colegio.

Pat se dio cuenta de que la idea de filmar imágenes retrospectivas en Apple Junction se había convertido, sin saber cómo, en la idea de Luther.

—¿Has visto la copia de ayer por la noche y de esta mañana? —le preguntó ella.

—Sí, está bien. Podías haber filmado un poco más a Abigail trabajando en su mesa, pero la secuencia de la cena de Navidad salió perfecta.

—Imagino que ya habrás leído el *Tribune*.

—Sí. —Luther apagó el cigarrillo en el cenicero y cogió otro. Su voz cambió. Sus mejillas adquirieron un tono rojizo—. Pat, ¿te importa poner tus cartas sobre la mesa y explicarme por qué sacaste a relucir esa historia?

—¿Por qué *qué*?

El tono amable de Luther desapareció por completo al contestar:

—Quizá mucha gente haya pensado que es una coincidencia que hayan concurrido tantas cosas esta semana para dar publicidad sensacionalista a la senadora. Pero da la casualidad de que yo no creo en las coincidencias. Estoy de acuerdo con lo que Abigail dijo después de que saliera esa primera foto en el *Mirror*. Desde el primer día, tú te propusiste que el programa se hiciera a tu manera; y creo que has utilizado todos los trucos posibles para hacerte publicidad. En estos momentos, no hay nadie en Washington que no esté hablando de Pat Traymore.

—Si estás convencido de eso, deberías despedirme.

—¿Para que salgas en la primera página de los periódicos? Ni hablar. Pero, sólo por curiosidad, ¿te importaría responder a algunas preguntas?

—Adelante.

—El primer día, en esta oficina, te dije que evitaras cualquier referencia sobre el congresista Adams y su mujer. ¿Sabías que estabas alquilando su casa?

—Sí, lo sabía.

—¿No te parece lógico que me lo comentaras?

—No tenía por qué. Ya has visto que descarté de las películas que me entregó la senadora todas las fotografías en que aparecían ellos y, por cierto, creo que hice un magnífico trabajo. ¿Has visto el montaje definitivo?

—Sí, está realmente muy bien. Ahora supongamos que me dices los motivos que tú crees que tienen para amenazarte. Cualquiera que supiera cómo funciona este mundillo, sabría que tanto si tú trabajas en él como si no, el programa no se suspendería.

Pat midió cuidadosamente sus palabras.

—Pienso que las amenazas eran sólo eso, amenazas. No creo que nunca nadie quisiera hacerme daño; sólo pretendía asustarme. Alguien tiene alguna razón para temer que este programa salga al aire y pensó que, si yo no lo presentaba, el proyecto quedaría anulado. —Ella se detuvo, y luego, intencionadamente, añadió—: Esa persona no podía saber que yo soy sólo una mujer de paja en una conspiración para conseguir que Abigail Jennings sea vicepresidente.

—¿Insinúas que...?

—No, no insinúo; afirmo. Mira, yo caí en la trampa por haber dejado que se me contratara de una forma tan rápida; por acceder a venir aquí corriendo para hacer el trabajo de tres meses en una semana y por permitir que la trama estuviera ya comida y guisada por la senadora y por ti. Lo único honesto que tendrá este programa son, precisamente, las secuencias que os he hecho aceptar a la fuerza. Es sólo por la publicidad negativa que, sin querer, he hecho a Abigail Jennings, por lo que voy a hacer todo lo que pueda para que este programa sea positivo para ella; pero, te lo advierto, una vez se haya emitido, hay ciertas cosas que pienso investigar.

—¿Cuáles?

—Por ejemplo, el caso de Eleanor Brown, la chica que fue condenada por robar los fondos de la campaña. Hoy la he visto. Estaba a punto de entregarse a la policía. Y mantiene que nunca tocó ese dinero.

—¿Y Eleanor Brown se va a entregar? —interrumpió Luther—. No le hagas demasiado caso. Incumplió su palabra de respetar la libertad condicional; no podrá salir bajo fianza.

—El congresista Kingsley está intentando fijar la fianza.

—Es una equivocación. Ya me ocuparé yo de que permanezca arrestada hasta que el presidente tome su decisión; después de esto ya no tendrá importancia. Tuvo un juicio justo. Trataremos el caso en el programa tal como está escrito en el guión, pero añadiremos el detalle de que, a causa del programa, se entregó. Eso la mantendrá tranquila si pretende causarnos problemas.

Pat sintió que, en cierto modo, había traicionado la confianza que Eleanor había puesto en ella.

—Pero da la casualidad de que yo pienso que esa chica es inocente y, si lo es, lucharé para conseguir un nuevo juicio.

—Es culpable —replicó Luther—. Si no, ¿por qué razón quebrantó su libertad provisional? Probablemente se haya gastado ya los setenta mil dólares y está cansada de huir. No olvides que varios jueces la condenaron unánimemente. Supongo que todavía crees en el sistema jurídico, ¿verdad? Bueno, ¿hay algo más? ¿Sabes alguna otra cosa que pueda perjudicar a la senadora?

Entonces ella le habló de Catherine Graney.

—O sea, que quiere demandar al programa. —Luther no disimulaba su gran satisfacción—. ¿Y te preocupas por eso?

—Si ella empieza a contar lo que sabe acerca del matrimonio Jennings, el hecho mismo de que la suegra de la senadora no le dejara a su muerte ni un centavo...

—Entonces Abigail tendrá el apoyo moral de cualquier mujer americana a la que le haya caído en suerte una suegra detestable y tacaña. Y, por lo que concierne a las buenas relaciones del matrimonio Jennings, será la palabra de esta mujer, Graney, contra la de la senadora y Toby. No olvides que él fue testigo de la última vez que estuvieron juntos. ¿Y qué hay de la carta que me diste, la que la senadora escribió a su marido? Está fechada sólo unos días antes de su muerte.

—Suponemos eso, pero alguien puede advertir que no puso el *año*.

—Lo puede poner ahora, si es necesario. ¿Algo más?

—Por lo que yo puedo saber, ésos son los dos únicos puntos flacos de la senadora; y estoy dispuesta a darte mi palabra de honor de no tocarlos.

—De acuerdo. —Luther parecía más calmado—. Me llevo un equipo para filmar a la senadora cuando entre en su casa esta noche. Se tomará la escena del final de un día de trabajo.

—¿No quieres que vaya?

—Quiero que estés lo más lejos posible de Abigail Jennings hasta que tenga tiempo de tranquilizarse. ¿Has leído tu contrato con esta emisora detalladamente?

—Creo que sí.

—Entonces sabrás que tenemos el derecho de anularlo a cambio de una indemnización. Francamente, yo no me creo esa historia tan burda de que alguien está intentando que este programa no se lleve a cabo. Pero casi te admiro por haberte convertido en un personaje famoso en Washington; aunque lo hayas conseguido a base de poner en juego el buen nombre de una mujer que ha dedicado toda su vida a servir a los contribuyentes.

—¿Has leído tú mi contrato? —preguntó Pat.

—Yo mismo lo escribí.

—Entonces, sabrás que me diste el control creativo de los proyectos que se me asignaron. ¿Crees que has cumplido con las condiciones del contrato esta última semana? —Pat abrió la puerta del despacho de Luther, con la intención de que todos los que estaban en el estudio los oyeran.

Las últimas palabras de Luther resonaron en toda la sala:

—La semana próxima, las condiciones de tu contrato serán papel mojado.

Fue una de las pocas veces en su vida que Pat dio un portazo.

Quince minutos después daba su nombre al conserje del edificio de apartamentos donde vivía Sam.

Él la estaba esperando en el rellano cuando el ascensor se detuvo en la planta.

—Pat, pareces furiosa —le dijo.

—Es que lo estoy —respondió con expresión de cansancio. Él llevaba el mismo jersey de la noche anterior. Ella volvió a observar, con una punzada de dolor, que éste hacía resaltar el azul de sus ojos. La cogió del brazo y anduvieron juntos por todo el largo pasillo.

Al llegar al apartamento, se sorprendió al ver la decoración. Un mobiliario frío, de color gris oscuro, estaba dispuesto en el centro de la habitación. De las paredes colgaban algunas buenas litografías y unos pocos cuadros de conocidas y prestigiosas firmas. La moqueta cubría toda la estancia y hacía una espiga combinada de grises, blancos y negros.

Ella esperaba, sin ninguna razón concreta, que el hogar de Sam fuera un poco más tradicional; por ejemplo, que tuviera un butacón de orejas, sillas cómodas y muebles antiguos. Una alfombra oriental sobre la moqueta habría dado un toque distinguido al conjunto. Cuando le preguntó qué le parecía su apartamento, ella se lo dijo. Sam parpadeó.

—No tienes pelos en la lengua, ¿verdad? Te doy la razón. Quería hacer un cambio drástico y definitivo, y me excedí. Estoy de acuerdo; esto parece el vestíbulo de un hotel.

—Entonces, ¿por qué te has quedado aquí? Hay otros mil sitios estupendos.

—El apartamento no está mal —dijo Sam tranquilamente—. Es sólo el mobiliario lo que no me acaba de gustar. Me deshice de todo lo viejo, pero no supe combinar lo nuevo.

Era una frase inintencionada que, de repente, cobró demasiado significado.

—¿No tendrías un whisky para ofrecer a una dama cansada? —preguntó.

—Desde luego que sí —respondió aproximándose al mueble bar.

—Pon mucha soda, un cubito de hielo y una rodaja de limón, si es posible, pero da lo mismo si no tienes limón.

Él sonrió.

—No te preocupes que no estoy tan anticuado.

—Anticuado quizá no, pero guardas las formas. —Él mezcló las bebidas y las puso sobre la mesita—. Siéntate y deja de meterte conmigo. ¿Cómo te fue en el estudio?

—La próxima semana estaré seguramente sin trabajo. ¿Sabes?, Luther está convencido de que yo provoco todo esto para hacerme publicidad, y admira mis narices por intentarlo.

—Creo que Abigail tiene una opinión muy parecida sobre ti.

Pat levantó una ceja.

—Estoy segura de que serías el primero en saberlo. Sam, yo no esperaba llamarte tan pronto, después de lo que ocurrió anoche. Me habría gustado que pasaran al menos tres meses para dar tiempo a que se enfriaran mis sentimientos hacia ti antes de encontrarnos de nuevo como amigos desinteresados; pero necesito ayuda, y, por razones obvias, no se la puedo pedir a Luther Pelham. De modo que me temo que te toca dármela.

—No es exactamente la razón por la que me gusta que me llames, pero me alegra serte útil.

Sam parecía hoy distinto, como si aquella vaga e inconcreta decisión hubiera desaparecido.

—Sam, hubo algo más en esa intrusión de mi casa. —Y con la mayor calma que pudo, le explicó lo de la muñeca Raggedy Ann—. Y ahora la muñeca ha desaparecido.

—¿Me estás diciendo que alguien ha vuelto a entrar en tu casa sin que te hayas dado cuenta?

—Sí.

—Entonces, no vas a pasar ni un minuto más en ella.

—Ésa no es la solución, Sam. En cierta manera, el hecho de que la muñeca haya desaparecido es un buen indicio. Yo no creo que quienquiera que me haya estado amenazando desee realmente hacerme daño, pues, en ese caso, ya lo habría hecho. Lo único que tiene es miedo de las consecuencias que le pueda acarrear el programa. Y tengo sospechas de quién puede ser. —Rápidamente le explicó su análisis del caso de Eleanor Brown—. Si Eleanor no mintió, el que mintió fue Toby, y si Toby mentía, la senadora lo encubrió, aunque te parezca increíble. Pero supón que estuviera implicada otra persona que pudiera imitar la voz de Toby;

alguien que sabía dónde estaba el trastero de Eleanor y escondió allí el dinero para hacerla parecer culpable.

—¿Cómo explicas lo de la muñeca y las amenazas?

—Creo que es alguien que me conoció cuando yo era pequeña y que quizá me haya reconocido. Esa persona intenta asustarme para boicotear el programa. ¿Qué conclusión sacas de esto, Sam? Toby me conoció cuando yo era pequeña y ahora se muestra sumamente hostil conmigo. Al principio, pensé que era por culpa de la senadora y toda esa mala prensa; pero el otro día estuvo mirando atentamente la biblioteca, como si intentara recordar algo; y cuando se fue, volvió a entrar sin que yo lo supiera. Pero no se dio cuenta que yo había ido detrás de él para echar el cerrojo. Intentó hacerme creer que sólo estaba comprobando la cerradura, ya que cualquiera podía entrar y me dijo que yo debía tener más cuidado. Desde entonces, hay algo en este hombre que me da miedo. Sam, ¿podrías comprobar su historial y ver si alguna vez ha estado metido en algún lío importante?

—Si puedo, lo haré. A mí tampoco me ha gustado nunca este tipo.

Él se le acercó por detrás y le rodeó la cintura con sus brazos; instintivamente ella se apoyó contra él.

—Te he echado de menos, Pat.

—¿Desde ayer por la noche?

—No, desde hace dos años.

—No me tomes el pelo. —Por un momento, ella se abandonó a la profunda dicha de estar tan próxima a él; entonces se dio la vuelta y le miró cara a cara—. Sam, unas migajas de cariño no son lo que necesito. Así que...

Sus brazos la apretaban con firmeza. Sus labios ya no eran inseguros.

—No son unas migajas.

Durante largo tiempo permanecieron en pie; sus siluetas se recostaban en la ventana, iluminada por los destellos rojizos del crepúsculo que se reflejaban en el Potomac. Luego Pat dio un paso atrás y Sam no se lo impidió. Se miraron el uno al otro.

—Pat —dijo él—, todo lo que dijiste la otra noche era verdad excepto una cosa. No hay absolutamente nada entre Abigail y yo. ¿Me concedes un poco de tiempo para volver a encontrarme a mí mismo? Hasta que te volví a ver esta semana, no supe que había estado viviendo como un zombi.

Ella intentó sonreír.

—Me parece que te olvidas de que yo también necesito algo de tiempo. El sendero de los recuerdos no es tan fácil de recorrer como yo esperaba.

—¿Crees que estás sacando algo en claro de lo que ocurrió?

—Claro que sí; pero no es demasiado agradable. Empiezo a creer que pudo ser mi madre la que enloqueció aquella noche, y, en cierto modo, es más duro para mí.

—¿Por qué piensas eso?

—Lo importante no es que piense eso, sino la causa por la que ella disparó. Es lo único que me interesa ahora. Bueno, sólo un día más y «La vida y obras de Abigail Jennings» serán expuestas al mundo. En ese mismo momento, yo empezaré a investigar seriamente por mi cuenta. Lo único que me gustaría es que no me hubieran obligado a hacer las cosas con tanta prisa. Sam, hay demasiados detalles que no encajan; y no me importa nada lo que piense Luther Pelham. La secuencia del avión va a salpicar a Abigail en pleno rostro. Catherine Graney no bromea.

Rechazó su invitación para cenar.

—No, gracias, ha sido un día muy cargado. Esta mañana me he levantado a las cuatro para ir al despacho de la senadora, y mañana tenemos que acabar de grabar. Me haré un bocadillo y a las nueve estaré en la cama.

Al llegar a la puerta, él la detuvo:

—Cuando yo tenga setenta años, tú tendrás cuarenta y nueve.

—Cuando tú tengas ciento tres, yo tendré ochenta y dos. Preocúpate de seguir la pista a Toby, en cuanto sepas algo de lo de Eleanor Brown, dímelo.

—Por supuesto.

En cuanto Pat se fue, Sam llamó a Jack Carlson y le explicó rápidamente lo que Pat le había confiado. Jack silbó.

—¿Quieres decir que ese tipo ha vuelto? Sam, ahora estoy seguro que se trata de un lunático. Claro que podremos averiguar algo sobre ese Toby, pero hazme el favor de conseguirme una muestra de su escritura.

35

El detective Barrot era una buena persona, y creía que ella estaba diciendo la verdad; pero, en cambio, el otro detective de más edad era escéptico. Una y otra vez, Eleanor le respondió a las mismas preguntas.

¿Cómo podía decirles dónde guardaba aquellos setenta mil dólares que nunca había visto?

—¿Estaba enfadada con Patricia Traymore por haber hecho un programa que podía ser la causa de que se tuviera que entregar a la justicia?

—No, claro que no.

Al principio tenía miedo, pero se dio cuenta de que no se podía esconder más, y, en el fondo, estaba contenta de terminar con su constante huida.

—¿Sabía dónde vivía Patricia Traymore?

Sí, el padre le había dicho que Patricia Traymore vivía en la casa de los Adams en Georgetown. Una vez, le había enseñado aquella casa. Él formaba parte del equipo de ambulancias del hospital de Georgetown cuando sucedió aquella espantosa tragedia. ¿Entrar en la casa? ¡Desde luego que no! ¿Cómo habría podido hacer ella una cosa así?

Una vez en la celda, se sentó en un extremo de la litera preguntándose de dónde había sacado las fuerzas para pensar que podía volver a este mundo. Las rejas, la intimidad insultante del retrete abierto y la sensación de estar atrapada le infundían la inevitable depresión que ya empezaba a envolverla como una niebla negra y amenazadora.

Se echó en la litera y se preguntó dónde habría ido el padre. Era imposible lo que ellos parecían sugerir de que era capaz de hacer daño deliberadamente a alguien. Era el hombre más amable que ella había conocido; aunque, en verdad, había estado terriblemente nervioso después de la muerte de la señora Gillespie.

Tenía la esperanza de que no se enfadara cuando se enterase de que ella se había entregado; pero, de todas formas, la habrían arrestado. Estaba segura de que el detective Barrot tenía la intención de hacer averiguaciones sobre ella. ¿Habría conseguido escapar el padre? Probablemente sí. Cada vez más preocupada, Eleanor pensó en las muchas veces que él había cambiado de trabajo. ¿Dónde estaría ahora?

Arthur cenó temprano en una cafetería de la calle Catorce. Pidió estofado de ternera, pastel de limón con merengue y café. Comió despacio, masticando lentamente. Era importante alimentarse bien ahora. Podían pasar días hasta que volviera a comer caliente.

Ya había hecho sus planes. Cuando anocheciera, volvería a casa de Patricia Traymore, se colaría por la ventana del piso alto, y se escondería en el ropero de la habitación de invitados. Se llevaría unas latas de soda; todavía tenía en el bolsillo una de las pastas danesas y dos panecillos del desayuno. Sería conveniente llevar también algunas latas de naranjada, pan de centeno y un poco de mantequilla de cacahuete. Sería suficiente para que el cuerpo aguantara hasta la hora del programa.

Tuvo que gastar noventa de sus preciosos dólares en un televisor miniatura en blanco y negro con antena incorporada, para poder ver el programa desde casa de Patricia Traymore.

De camino a la casa, compraría pastillas de cafeína en la farmacia. No podía arriesgarse a hablar en voz alta si se dormía. Bueno, ella probablemente no podría oírle desde su habitación, pero era mejor no arriesgarse.

Cuarenta minutos después, se encontraba en Georgetown, a dos calles de distancia de la casa de Patricia Traymore. La zona estaba tranquila, más tranquila de lo que a él le habría gustado. Ahora que se habían acabado las compras de Navidad, era más fácil que se notara la presencia de un extraño. Incluso existía la posibilidad de que la policía estuviera vigilando la casa de la señorita Traymore. Pero el hecho de que se hallara en una esquina, era una gran ventaja. La casa lindante por la parte de atrás estaba a oscuras.

Arthur se adentró en el jardín de la vivienda vecina sin iluminar. La valla de madera que separaba los dos edificios no era muy alta. Tiró su bolsa de comida por encima, asegurándose de que caía sobre un montón de nieve, y saltó con agilidad. Esperó unos instantes. La casa de la señorita Traymore estaba silenciosa. Y el coche no se encontraba en la entrada. La vivienda aparecía totalmente a oscuras.

Le costó bastante trabajo subir al árbol con la bolsa de las provisiones; el tronco estaba helado y era difícil agarrarse; sentía el frío a través de los guantes. Sin la ayuda de las ramas, no lo habría conseguido nunca. La ventana estaba atrancada y costaba mucho levantarla. Cuando saltó por encima del alféizar, las maderas del suelo crujieron ruidosamente.

Durante unos angustiosos minutos, esperó al lado de la ventana, preparado para saltar de nuevo por ella, descender por el árbol y echar a correr cruzando el jardín de atrás. Pero la casa estaba envuelta en silencio, y sólo era interrumpido por el sonido intermitente de la calefacción.

Empezó a pensar dónde situar su escondite en el ropero. Para su satisfacción, se dio cuenta de que las estanterías no estaban clavadas a la pared. Si las empujaba un poco hacia delante, parecería que estaban adosadas a la pared, y nadie se daría cuenta del espacio triangular que existía detrás. Empezó a preparar su escondite con esmero, escogió una gruesa manta que extendió en el suelo; era lo bastante larga para usarla como saco de dormir; seguidamente, colocó las provisiones y el televisor. Había cuatro almohadas grandes en el estante inferior.

En pocos minutos, estuvo instalado. Ahora lo que procedía era explorar.

Por desgracia, ella no había dejado ninguna luz encendida, lo que significaba que la única iluminación de la que podía disponer era la de su linterna enfocada hacia el suelo, para que ningún destello de luz se viera a través de las ventanas. A modo de ensayo, hizo varias veces el recorrido de la habitación de invitados a la principal. Examinó el parquet y encontró la tabla que crujía.

Tardó doce segundos en llegar desde el ropero hasta la habitación de Pat. Entró en ella y se acercó al tocador. Nunca había visto unos objetos tan bonitos juntos. El peine, el espejo y los cepillos eran de plata labrada. Quitó el tapón de la botella de perfume y olió la sutil fragancia.

Luego, entró en el cuarto de baño y vio el camisón

de seda transparente colgado de la puerta; instintivamente, lo tocó y pensó, con rabia, que era el tipo de ropa que le gustaría a Glory.

¿Habría ido la policía a la oficina de Glory a interrogarla? Ahora, la chica debería estar en casa, y tenía ganas de hablar con ella.

Se dirigió hacia la cama, descolgó el auricular del teléfono que estaba sobre la mesita de noche y marcó. Después del cuarto sonido empezó a alarmarse. Ella le había comentado que se quería entregar a la policía; pero no se atrevería a hacerlo después de haberle prometido que le esperaría. No, seguro que no.

Estaría probablemente echada en la cama, temblando, esperando a ver si su fotografía era mostrada en el programa de mañana por la noche.

Volvió a dejar el teléfono en la mesita y se quedó encogido en el suelo, al lado de la cama de Pat. Ya empezaba a echar de menos a Glory. De repente, se dio cuenta del enorme silencio que había en la casa; pero sabía que pronto las voces vendrían a hacerle compañía.

36

—Estuviste muy bien, senadora —dijo Luther—. Perdona que tuviera que pedirte que te cambiaras de traje, pero queríamos dar la imagen de un día de trabajo, y lógicamente tenías que llevar la misma ropa en el despacho que al llegar a casa.

—No importa, es culpa mía. Debí haberme dado cuenta de ese detalle —dijo Abigail.

Se hallaban en la sala. Los cámaras estaban recogiendo su equipo. Toby sabía que Abigail no tenía ninguna intención de ofrecerle una copa a Pelham; sólo quería quitárselo de encima. Evidentemente, Luther se daba cuenta de esta actitud.

—Daos prisa —dijo al equipo. Entonces, sonrió de manera conciliadora—. Ya sé que ha sido un día largo para ti, Abigail. Sólo falta una sesión en el estudio mañana por la mañana, y todo estará listo.

—Ése será el momento más feliz de mi vida.

Toby deseaba que Abigail pudiera descansar. Habían salido en coche para dar una vuelta y pasaron por la mansión del vicepresidente varias veces. Abby incluso había bromeado al respecto:

—¿Puedes imaginar lo que dirían los periodistas si me vieran merodeando por aquí?

Pero, en cuanto llegó el equipo de cámaras, se puso tensa de nuevo. Pelham se estaba poniendo el abrigo.

—El presidente ha convocado una conferencia de prensa mañana por la noche, a las nueve, en la sala este. ¿Piensas asistir?

—Creo que he sido invitada —dijo ella.

—Esto nos viene de perlas. El programa se emitirá entre las seis y media y las siete de la tarde, de modo que no habrá ningún problema de horario para los teleespectadores.

—Estoy segura de que todo Washington se muere de ganas de verlo —dijo Abigail—. Luther, en serio, estoy terriblemente cansada.

—Perdóname. Desde luego, te veré mañana por la mañana, a las nueve en punto si te va bien.

—Un minuto más y me habría vuelto loca —dijo Abigail cuando al final ella y Toby se quedaron solos—. Y cuando pienso que toda esta mascarada no me sirve para nada...

—Claro que te sirve, senadora —dijo Toby lentamente—. Todavía tienes que obtener la aprobación del Congreso. Estoy seguro de que conseguirás la mayoría, pero no estaría de más que mucha gente enviara telegramas felicitando tu nombramiento. Por eso puede serte muy útil el programa, Abby.

—En ese caso, habrá valido la pena.

—Abby, ¿me necesitas esta noche?

—No, me voy a ir pronto a la cama para leer hasta que me quede dormida. Ha sido un día muy largo.

Ella sonrió y él observó que estaba muy cansada.

—¿A qué camarera estás persiguiendo ahora? ¿O se trata de una partida de póquer?

Pat apagó las luces de la sala y se dirigió a su habitación. El gabinete se hallaba iluminado, pero la escalera, a partir del rellano, estaba a oscuras.

Las iracundas palabras de su padre resonaban en sus oídos:

—No debiste haber venido.

Aquella última noche, el timbre había sonado insistentemente. Su padre fue a abrir la puerta: alguien irrumpió rápidamente y miró hacia arriba; por eso ella tenía tanto miedo de que la hubieran visto.

Su mano temblaba cuando la apoyó en la balaustrada. «No hay motivo para preocuparse —pensó—. Lo único que me pasa es que estoy muy cansada y ha sido un día especialmente duro, me pondré cómoda y me prepararé algo para cenar.»

Ya en el dormitorio, se desvistió rápidamente e iba a coger la bata, que estaba detrás de la puerta, cuando cambió de idea, se decidió por el caftán de terciopelo, abrigaba más y era más cómodo.

Sentada frente al tocador, se recogió el pelo y empezó a ponerse crema en la cara. Las yemas de sus dedos se movían mecánicamente sobre su piel, haciendo círculos en las zonas que los masajistas le habían enseñado, presionando un instante la sien y tocando la fina cicatriz que tenía cerca de la línea del pelo.

Los muebles que había detrás de ella se reflejaban en el espejo, las columnas de la cama parecían altos centinelas. Se miró con fijeza en el espejo. Había oído que, si se escogía un punto imaginario en la frente y se concentraba en él la mirada, se podía uno hipnotizar a sí mismo y volver al pasado. Durante un minuto entero, tuvo la vista fija en el punto imaginario, y experimentó la extraña sensación de verse andando hacia atrás por un túnel... Le parecía que no estaba sola. Había alguien más.

«Qué absurdo», pensó, se estaba volviendo frívola y maniática. Bajó a la cocina, se hizo una tortilla, un café y unas tostadas, y trató de comer haciendo un esfuerzo.

La cocina despedía un calorcillo acogedor y tranquilizante. Sus padres y ella debían de haber comido de vez en cuando allí. ¿Tenía acaso un vago recuerdo de haber estado, ante esa mesa, sentada en el regazo de su padre? Verónica le había mostrado la última tarjeta de Navidad que mandaron. Estaba firmada por Dean, Renée y Kerry. Dijo los nombres en voz alta, «Dean, Renée y Kerry» y, al pronunciarlos, notó que algo no concordaba.

Enjuagar los platos y ponerlos en el lavavajillas era una excusa para retrasar lo que sabía que tenía que hacer: estudiar el artículo de ese periódico y ver si proporcionaba una nueva luz sobre Dean y Renée Adams.

El periódico todavía estaba en la mesa de la biblioteca. Lo abrió por el centro, y se obligó a leer cada línea del texto. Casi todo lo que decía el artículo lo conocía ya; pero eso no atenuaba su dolor... «En el arma estaban impresionadas las huellas dactilares de ambos. Dean Adams había muerto en el acto a causa de la bala alojada en su frente... Renée Adams quizá vivió un poco más.»

Una columna hacía hincapié en los rumores que sus

vecinos habían difundido gustosamente durante la fiesta: el matrimonio era claramente desgraciado. Renée había pedido a su marido que se fueran de Washington, pues no le gustaban las constantes recepciones; estaba celosa de la atracción que su marido ejercía sobre otras mujeres.

Aquella cita de una vecina: «Ella estaba completamente loca por él y él era muy mujeriego.»

Mucha gente creía que fue Renée, y no Dean, quien había apretado el gatillo. Durante el interrogatorio, la madre de Renée había intentado aplacar esos rumores. «No es un misterio —había dicho—, es una tragedia. Sólo unos días antes de que la asesinaran, mi hija había dicho que venía a casa con Kerry y que después pediría el divorcio y trataría de conseguir su custodia. Creo que esta decisión fue la que desencadenó la violencia.»

«Quizá tenía razón —pensó Pat—. Recuerdo haber tropezado con un cuerpo. ¿Por qué creo que era el de mamá y no el de él?» Pero segura no estaba. Miró con detenimiento las fotografías de grupo, que ocupaban casi toda la segunda página. ¡Willard Jennings tenía un aspecto tan animado! Catherine Graney había dicho que quería dejar el Congreso y aceptar el cargo de decano de una universidad. Y Abigail había sido realmente una mujer de belleza incomparable. En una foto borrosa que había entre las otras, Pat la miró detenidamente. Entonces, movió el periódico para que la luz iluminara directamente la página.

Era una foto inocente, tomada en la playa. Su padre, su madre y Abigail formaban un grupo con otras dos personas. Su madre leía un libro. Los dos desconocidos estaban echados sobre unas colchonetas y tenían los ojos cerrados. La cámara había captado a Abigail y a su padre mirándose. No podía existir la menor duda sobre la intimidad que delataba su mirada.

En el escritorio había una lupa. Pat la buscó y la colocó sobre la foto. Ampliada, la expresión de Abigail era de adoración, y la mirada que su padre le dirigía era tierna y reveladora. Sus dedos se rozaban.

Pat dobló lentamente el periódico. ¿Qué significaban aquellas fotos? ¿Acaso era sólo un galanteo ocasional? Su padre atraía a las mujeres y probablemente coqueteaba con ellas, Abigail era una joven viuda muy guapa. Quizá eso era todo.

Como siempre que estaba preocupada, Pat necesitaba la música. Se dirigió al salón, conectó las luces del árbol de Navidad, y mecánicamente apagó la lámpara del techo. Entonces dejó que sus dedos se deslizaran por el teclado hasta que hizo sonar las notas de la *Patética* de Beethoven.

Sam había vuelto a ser el hombre que ella recordaba, fuerte y seguro de sí mismo. Él necesitaba tiempo, naturalmente, y ella también. Dos años atrás, se habían sentido desgarrados y culpables a causa de su relación. Ahora todo podía ser distinto.

¿Su padre y Abigail Jennings habrían estado enamorados, o ella había sido sólo una de sus muchas aventuras? Su padre quizá había sido mujeriego, ¿por qué no? Desde luego, era atractivo y tenía el estilo de los jóvenes políticos de entonces, como los Kennedy, por ejemplo.

Eleanor Brown. ¿El abogado habría podido conseguir la fianza? Sam no la había telefoneado. «Eleanor es inocente —se dijo Pat—, estoy segura de ello.»

Estaba tocando *Sueño de amor*, de Liszt. Y antes, Beethoven. Sin darse cuenta, había escogido las mismas piezas de la otra noche. ¿Quizá su madre las había tocado aquí? El estado de ánimo de ambas era el mismo, quejumbroso y solitario.

«Renée, escúchame. Deja de tocar el piano y escúchame.» «No puedo, déjame tranquila.» Sus voces: la de él preocupada y ansiosa, la de ella triste y apesadumbrada.

«Se peleaban tanto —pensó Pat—. Después de sus riñas, su madre tocaría durante horas y horas, pero a veces, cuando estaba contenta, me sentaba en la banqueta junto a ella.» «No, Kerry, así no. Pon tus dedos aquí. ¿Te das cuenta? Distingue las notas cuando se las tararee. Tiene disposición natural para la música.»

Pat dejó que sus dedos empezaran a tocar los primeros acordes de la obertura del *Opus treinta, Número tres* de Mendelssohn, otra pieza que inspiraba sufrimiento. Se levantó. Había demasiados fantasmas en esa habitación.

Sam la llamó cuando estaba subiendo la escalera.

—No piensan soltar a Eleanor Brown, tienen miedo de que se escape de nuevo; además, parece ser que el hombre que vive con ella es sospechoso de algunas muertes en una residencia de ancianos.

—Sam, no soporto pensar en esa chica encerrada en una celda.

—Frank Crowley, el abogado que le envié, piensa que dice la verdad. Está consiguiendo una copia de su juicio, haremos lo que podamos por ella, Pat, aunque me temo que no sea mucho. ¿Cómo estás tú?

—A punto de irme a dormir.

—¿Tienes todo bien cerrado?

—Estoy rodeada de cerrojos por todas partes.

—Bien, Pat, puede que todo acabe mañana. Unos cuantos hemos sido invitados a la Casa Blanca mañana por la noche, el presidente va a anunciar algo importante. Tu nombre está en la lista de los representantes de los medios de comunicación, lo comprobé.

—¿Crees que...?

—No lo sé. Todo el mundo cree que será Abigail, pero el presidente lo está llevando muy en secreto. A ninguno de los posibles aspirantes se les ha dado todavía protección del servicio secreto. Siempre es un indicio. Supongo que el presidente quiere mantener la incógnita hasta el último minuto. Pero no importa quién gane. Tú y yo nos iremos a celebrarlo igualmente.

—¿Y si no estás de acuerdo con la elección?

—A estas alturas, ya no me importa a quién escoja. Tengo otras cosas más importantes en la cabeza. Quiero celebrar la suerte de estar contigo, deseo recuperar estos dos últimos años. Desde que dejamos de vernos, lo único que me hacía soportar tu ausencia era pensar que nunca habría salido bien, incluso aunque yo hubiera sido libre. Al cabo de un tiempo, supongo que empecé a creerme mis propias mentiras.

Pat se rió nerviosamente y parpadeó para ahuyentar las lágrimas.

—Disculpas aceptadas.

—De lo que quiero hablar es de no desperdiciar ni un segundo más de nuestras vidas.

—Creía que necesitabas más tiempo.

—Ninguno de los dos lo necesita —dijo él, incluso su voz era distinta, estaba llena de confianza, de fuerza, era la voz que ella había recordado todas las noches que había permanecido despierta pensando en él—. Pat, me enamoré perdidamente de ti aquel día en Cape Cod, y nunca podrá cambiarlo nada. Es un milagro que hayas esperado.

—No tenía opción. ¡Oh, Dios mío, Sam, será tan maravilloso y te quiero tanto!

Cuatro minutos después de su despedida, Pat seguía con su mano posada en el teléfono como si, al tocarlo, pudiera revivir cada palabra que había dicho Sam. Finalmente, todavía sonriendo enternecida, empezó a subir las escaleras. Un crujido repentino en el piso de arriba la hizo detenerse. Sabía lo que era, aquella madera del rellano que siempre se movía cuando la pisaba.

«No seas ridícula», se dijo.

El descansillo estaba mal iluminado por las bombillas en forma de llama que había en los apliques. Se dirigió a su habitación y entonces, como movida por un impulso, dio media vuelta y se dirigió a la parte trasera de la casa. Intencionadamente, pisó la madera y escuchó cómo respondía con su peculiar crujido. «Juraría que éste es el ruido que he oído», se dijo. Entró en su antigua habitación. Sus pisadas resonaban en el desnudo suelo. El ambiente se hallaba cargado y caliente.

La puerta de la habitación de invitados no estaba cerrada del todo. Allí hacía más fresco. Notó una corriente de aire y se acercó a la ventana. La parte superior estaba abierta. Intentó cerrarla pero vio que el cordón del asidero estaba roto. «Eso es lo que pasa —pensó—, quizá haya la suficiente corriente como para abrir la puerta.» A pesar de esto, miró dentro del ropero. Las estanterías que contenían las sábanas y las mantas, estaban en su sitio, todo parecía en orden. Le llegó un olor familiar, vagamente conocido.

Una vez en su habitación, se desnudó rápidamente y se metió en la cama. Era absurdo estar tan nerviosa. «Piensa en Sam —se dijo—, en la vida que nos espera juntos.»

Su última impresión antes de dormirse fue la extraña sensación de que no estaba sola. Pero estaba demasiado cansada para pensar en ello.

Con un suspiro de alivio, Catherine Graney cambió el letrero de la puerta de la tienda de «ABIERTO» a «CERRADO», pues el día después de Navidad había sido inesperadamente agitado. Un comprador de Texas había comprado el par de candelabros Rudolstadt, las mesas de juego de marquetería y la alfombra Stouk. Había sido una venta importante e inesperada.

Catherine apagó las luces de la tienda y subió a su apartamento seguida de su perro *Sligo*. Por la mañana, había dejado la chimenea preparada. Al llegar, prendió con una cerilla el papel que había bajo las astillas; *Sligo* se acomodó en su sitio favorito.

Entró en la cocina y empezó a prepararse algo para cenar. La próxima semana, cuando llegara el joven George, disfrutaría cocinando grandes comidas. Pero ella se conformaba con una chuleta y una ensalada. Catherine puso la chuleta en la parrilla. George la había llamado el día antes para felicitarle las Navidades y para comunicarle una noticia. Le habían ascendido a comandante. «Tiene sólo veintisiete años y ya posee la hoja de roble —se dijo—. Dios mío, cómo estaría tu padre de orgulloso.» He aquí otra buena razón para no permitir que nunca más Abigail Jennings volviera a ensuciar el nombre de George. Se preguntó qué habría pensado Abigail de la carta. La escribió y repasó antes de enviarla la vigilia de Navidad.

«Tengo que insistir en que aproveche la oportunidad que este programa le ofrece para reconocer públicamente que nunca ha existido la menor prueba que demuestre que el fatal accidente que causó la muerte de su marido fuera culpa del piloto. No tiene usted derecho a seguir ensuciando el buen nombre de George Graney: Debe aclarar las cosas. Si no lo hace, pienso demandarla por difamación y, además, revelaré su verdadera relación con Willard Jennings.»

A las once en punto vio las noticias. A las once y media *Sligo* olfateó su mano.

—Ya sé —murmuró—, de acuerdo, coge tu correa.

La noche era oscura. Un poco antes habían salido algunas estrellas, pero el cielo estaba totalmente nublado. La brisa era cortante y Catherine se subió el cuello del abrigo.

—Va a ser un paseo rápido —dijo a *Sligo*.

Había un sendero en el bosque cerca de la casa. Normalmente, ella y *Sligo* acortaban por allí y luego volvían dando la vuelta a la manzana. Ahora *Sligo* tiraba de la correa, haciéndola correr por el sendero hacia sus árboles y arbustos favoritos. De pronto, se detuvo en seco y un sordo rugido surgió de su garganta.

—Vamos —dijo Catherine impaciente—. Sólo falta que se dedique ahora a perseguir a una mofeta.

Sligo dio un salto hacia adelante. Desconcertada, Catherine vio cómo una mano agarraba al viejo animal por el cuello. Se oyó un crujido seco y el cuerpo de *Sligo* cayó inerte sobre la dura nieve.

Catherine intentó gritar, pero no pudo articular ningún sonido. La mano que había destrozado el cuello de *Sligo* estaba levantada sobre su cabeza, y, unos instantes después antes de morir, Catherine Graney entendió finalmente lo que había ocurrido aquel lejano día.

37

Por la mañana del día 27 de diciembre, Sam se levantó a las siete, releyó la copia del informe de la comisión sobre el accidente que había costado la vida al congresista Willard Jennings. Subrayó una frase en particular y llamó a Jack Carlson.

—¿Cómo van tus pesquisas sobre Toby Gorgone?

—Tendré listo el informe a las once.

—¿Comes con alguien? Tengo algo que mostrarte. —Se refería a una frase de la copia del informe: «El chófer del congresista Jennings, Toby Gorgone, colocó el equipaje en el avión.»

Sam quería leer el informe sobre Toby antes de discutir nada.

Acordaron encontrarse a mediodía en el restaurante Flagship.

Luego, Sam telefoneó a Frank Crowley, el abogado que había contratado para defender a Eleanor Brown, y le invitó también a comer.

—¿Puedes traer la copia del proceso de Eleanor Brown?

—No te preocupes que la tendrás, Sam.

El café estaba a punto. Sam se sirvió una taza y puso la radio de la cocina. Casi todas las noticias de las nueve ya habían sido dadas. El hombre del tiempo auguraba un día medianamente soleado. La temperatura estaría alrededor de los treinta grados Fahrenheit, y después dieron el resumen de las noticias más importantes, incluyendo una que decía que el cuerpo de una conocida anticuaria, la señora Catherine Graney, de Richmond, había sido encontrado en un bosque cercano a su casa. Su perro había sido estrangulado y le habían roto el cuello. La policía creía que el animal había muerto al intentar defenderla.

¡Catherine Graney muerta! Justo cuando había estado a punto de hacer estallar un escándalo que afectaba directamente a Abigail.

—No creo en las coincidencias —dijo Sam en voz alta—. Lo siento, pero no creo en ellas.

Durante el resto de la mañana reconsideró apenadamente sus sospechas. Varias veces cogió el teléfono para llamar a la Casa Blanca y cada vez se arrepintió antes de marcar.

No tenía prueba alguna de que Toby Gorgone fuera otra cosa que lo que aparentaba ser: un entregado chófer y guardaespaldas de Abigail. Y, aunque Toby fuera culpable del crimen, no tenía ninguna prueba de que Abigail supiera de sus actividades.

El presidente anunciaría el nombramiento de Abigail aquella misma noche. Sam estaba seguro. Pero todavía quedaban varias semanas para el nombramiento oficial. «Habría tiempo suficiente para llevar a cabo una investigación exhaustiva y esta vez me aseguraré de que no haya encubridores», pensó apresadumbrado.

Sin saber exactamente por qué, Sam estaba seguro de que Toby era el autor de las amenazas que había recibido Pat. Si tenía algo que esconder, evidentemente no le gustaría que ella investigara su pasado.

Si realmente era él quien la había estado amenazando...

Sam se pegó un puñetazo en la palma de la mano. Ya no pensaba en sí mismo como un futuro abuelo.

Abigail retorció sus manos nerviosamente.

—Deberíamos haber salido más temprano —dijo—. Estamos en medio de un embotellamiento. Date prisa, Toby.

—No te preocupes, senadora —respondió él en tono apaciguador—. No pueden empezar a filmar sin ti. ¿Cómo has dormido?

—Me desperté muchas veces; no hacía más que pensar en que voy a ser vicepresidenta de Estados Unidos. Pon la radio, veamos qué es lo que dicen de mí...

Las noticias de las ocho y media de la CBS acababan de empezar: «Persisten los rumores de que la razón por la que el presidente ha convocado una conferencia de prensa para esta tarde, es la de anunciar la elección del nuevo vicepresidente de Estados Unidos, y todo hace suponer que la liza está entre la senadora Abigail Jennings o la senadora Claire Lawrence. Una de ellas será la primera mujer en tener ese honor. Y hay una trágica coincidencia: se ha averiguado que la señora Catherine Graney, la anticuaria de Richmond que fue hallada muerta asesinada mientras paseaba a su perro, era la viuda del piloto que murió hace veintisiete años en el accidente de aviación en el que perdió la vida el congresista Willard Jennings. Abigail Jennings empezó su carrera política cuando se la nombró para que completara el mandato de su marido...

—¡Toby! —Él miró por el espejo retrovisor. Abigail parecía afectada—. Toby, qué desastre.

—Sí, es espantoso. —Él observó que la expresión de Abigail se había endurecido.

—Nunca olvidaré cómo, cuando esperábamos noticias del avión que no llegaba, la madre de Willard fue a visitar a esa mujer. A mí, en cambio, ni me llamó para preguntar cómo me sentía.

—Bueno, ahora están juntas con los angelitos, Abby. Mira qué rápido va el tráfico, llegaremos a tiempo al estudio.

Cuando se acercaban a la zona privada del aparcamiento, Abigail preguntó en voz baja:

—¿Qué hiciste ayer por la noche, Toby, jugaste al póquer o tenías una cita?

—Vi a la damisela de la hamburguesería y pasé la noche con ella. ¿Por qué? ¿Me estás interrogando? ¿Quieres hablar con ella, senadora? —Su voz tenía un ligero tono de indignación.

—No, claro que no. Está muy bien que te veas con camareras en tu tiempo libre. Supongo que te lo pasarías muy bien.

—Así fue. No me he tomado mucho tiempo libre últimamente.

—Lo sé. Te he tenido demasiado ocupado. —Su voz era conciliadora—. Sólo que...

—¿Sólo *qué*, senadora?

—Nada..., nada.

A las ocho en punto llevaron a Eleanor a efectuar una prueba en el detector de mentiras. Había dormido sorprendentemente bien, en comparación con aquella primera noche en la celda, hacía ahora once años, cuando de repente había comenzado a gritar. «Usted padeció una claustrofobia aguda aquella noche», le había dicho un psiquiatra después de su depresión. Pero ahora sentía una curiosa sensación de paz, nunca más tendría que huir.

¿Podía ser que el padre hubiera hecho algún daño a aquellos ancianos? Eleanor se estrujaba el cerebro intentando recordar un solo momento en el que él hubiera dejado de ser amable y bueno. No encontró ninguno.

—Por esta puerta —le dijo la celadora y la condujo a una habitación pequeña cercana a donde estaban las celdas. El detective Barrot estaba leyendo el periódico. Ella se alegró de verle, porque no la trataba como si fuera una mentirosa. La miró y sonrió.

Incuso cuando otro hombre entró y la conectó al detector de mentiras, no lloró, como hizo cuando la arrestaron por el robo a la senadora. En lugar de eso, se sentó en la silla, abrazó su muñeca y, un poco avergonzada, les preguntó si podía tenerla consigo. Ellos no actuaron como si fuera una petición descabellada. Frank Crowley, aquel hombre agradable con aspecto paternal que era su abogado, entró. El día anterior había intentado explicarle que no le podía pagar más que los escasos quinientos dólares que había conseguido ahorrar, pero él le dijo que no se preocupara por ello.

—Eleanor, todavía puedes negarte a que se te haga esta prueba —le estaba diciendo él ahora; y ella respondió que entendía, pero que estaba de acuerdo en que se la hicieran.

Al principio, el experto le preguntó cosas sencillas, incluso absurdas, comentarios acerca de su edad, de su educación y de su plato favorito. Luego empezó a preguntarle las cosas que ella había estado esperando oír.

—¿Has robado algo alguna vez?

—No.

—¿Ni siquiera algo pequeño, como un lápiz de colores o un trozo de tiza cuando eras pequeña?

La última vez que le habían preguntado eso, había empezado a sollozar diciendo: «¡No soy una ladrona! ¡No soy una ladrona!» Pero ahora no le era tan difícil someterse. Se hacía a la idea de que estaba hablando con el detective Barrot y no con aquel ser extraño, brusco e impersonal.

—Yo nunca he robado nada en mi vida —dijo ella con la mayor seriedad—. Ni siquiera un lápiz de colores o un trozo de tiza. Yo no podría coger nada que perteneciera a otra persona.

—¿Qué me dices de la botella de perfume cuando estabas en la escuela superior?

—Yo no la robé, se lo juro. Sólo olvidé dársela al dependiente.

—¿Con qué frecuencia bebes alcohol cada día?

—¡Oh, no! A veces bebo vino, y no demasiado; me da sueño.

Se dio cuenta de que el detective Barrot sonreía.

—¿Cogiste los setenta mil dólares de la oficina de la campaña de la senadora Jennings?

La última vez, durante la misma prueba, se había puesto histérica con esa pregunta. Ahora, dijo simplemente:

—No, no lo hice.

—Pero pusiste cinco mil dólares de ese dinero en tu trastero, ¿no?

—No, no es verdad.

—Entonces, ¿cómo crees que fueron a parar allí?

Las preguntas continuaban incesantes.

—¿Mentiste cuando declaraste que Toby Gorgone te llamó?

—No, no lo hice.

—¿Estás segura de que era Toby Gorgone?

—Creí que era él. Y si no lo era, su voz se parecía mucho a la suya.

Entonces comenzaron unas preguntas increíbles e inesperadas.

—¿Sabías que Arthur Stevens es sospechoso de la muerte de una de sus pacientes, la señora Anne Gillespie?

Eleanor casi perdió el control de sí misma.

—No, no lo sabía, no lo puedo creer.

Entonces ella recordó lo que él había dicho hablando durante el sueño: «Cierre los ojos, señora Gillespie. ¡Cierre los ojos!»

—Tú crees que sí es posible. Se ve claramente en el detector.

—No —susurró ella—. Padre nunca podría haber herido a nadie, sólo quiere ayudarles. Lo siente mucho cuando ve a uno de sus pacientes sufrir.

—¿Crees que sería capaz de hacer algo para evitarles el sufrimiento?

—No sé lo que quiere usted decir con eso.

—Creo que sí lo sabes, Eleanor. Arthur Stevens intentó incendiar la residencia de ancianos el día de Navidad.

—Eso es imposible.

El impacto que recibió al escuchar estas palabras hizo palidecer a Eleanor. Se quedó mirando horrorizada al detective mientras él le formulaba su última pregunta.

—¿Tuviste, alguna vez, un motivo para sospechar que Arthur Stevens era un maníaco homicida?

Arthur había tomado pastillas de cafeína cada dos horas durante la noche, pues no podía arriesgarse a quedarse dormido y gritar en sueños. Se sentó en el ropero con las rodillas juntas, muy tenso, para no estirarse, mirando en la oscuridad.

¡Había tenido tan poco cuidado! Cuando Patricia Traymore llegó a casa, él se situó al lado de la puerta del ropero para poder escuchar sus movimientos mientras deambulaba por la casa. Oyó el rumor del agua que circulaba por las tuberías mientras ella se duchaba; luego, había regresado al piso de abajo y él pudo distinguir el olor del café hirviendo. Unos minutos después, ella se había puesto a tocar el piano. Él salió y se sentó en el rellano de la escalera, sabiéndose seguro mientras ella tocaba.

En aquel momento, las voces empezaron a hablarle de nuevo, diciéndole que, cuando esto se acabara, tenía que encontrar una nueva residencia de ancianos donde continuar su misión. Estaba tan absorto en sus pensamientos que no se dio cuenta que la música había acabado; había olvidado dónde estaba, hasta que oyó los pasos de Patricia Traymore subiendo la escalera.

En su apresurada huida, para refugiarse en su escondite, había pisado la tabla que estaba suelta, y supo que ella había notado algo extraño. No se atrevió a respirar cuando Pat abrió la puerta del ropero. Por suerte, no se le ocurrió mirar detrás de las estanterías.

Así pasó toda la noche, en vela, aguzando el oído cuando ella se despertó, y alegrándose cuando, al fin, se fue de la casa. No salió del ropero más que unos pocos minutos cada vez, pues temía que llegara alguien y le viera.

Pasaron largas horas y, en un momento dado, las voces le ordenaron que cogiera del armario la bata marrón de Patricia Traymore y se la pusiera.

De este modo, estaría vestido como correspondía para castigarla en el caso de que ella hubiera traicionado a Glory.

38

Pat llegó al edificio de la emisora a las nueve y decidió tomar café y un bollo en el *drugstore*. No se sentía con fuerzas para afrontar la atmósfera cargada, la sorda irritabilidad y las explosiones nerviosas que sabía que le esperaban en este último día de rodaje. Sentía un dolor punzante en la cabeza y le dolía todo el cuerpo. Había dormido agitadamente y sufrido pesadillas. Hubo un momento en que gritó pero no podía recordar lo que había dicho.

En la radio del coche, al oír las noticias, se enteró de la muerte de Catherine Graney. No podía apartar de su mente la imagen de aquella mujer, cómo se iluminó su cara cuando le habló de su hijo; la forma cariñosa en que acariciaba a su viejo setter irlandés. Catherine Graney habría cumplido su amenaza de demandar a la senadora Jennings y a la emisora después de la emisión del programa. Su muerte hacía que esta amenaza no se pudiera llevar a cabo.

¿Había sido víctima de un vulgar atracador? La noticia decía que estaba paseando a su perro cuando sucedió. ¿Cómo se llamaba? ¿*Sligo*? Parecía poco probable que un criminal decidiera atacar a una mujer con un perro grande.

Pat rehusó el bollo. No tenía hambre. Hacía sólo tres días que había estado tomando café con Catherine Graney. Ahora aquella mujer atractiva y llena de vida estaba muerta.

Cuando llegó al estudio, Luther ya se hallaba en el plató con su cara pecosa, sus labios pálidos, sus ojos escudriñándolo todo buscando hasta el menor fallo.

—He dicho que no quería esas flores —gritaba—. Me importa un bledo que las acaben de traer; están marchitas. ¿Es que nadie aquí puede hacer las cosas bien? Y esa silla no es lo bastante alta para la senadora. Parece un asqueroso taburete de ordeñar vacas. —De repente, descubrió a Pat—. Veo que por fin has llegado, ¿te has enterado de lo de esa mujer, Graney? Tendremos que rehacer la secuencia en la que Abigail habla de la seguridad en el tráfico; ataca demasiado duramente al piloto y podría haber problemas cuando la gente se entere de que su viuda ha sido víctima de un asesinato. Empezamos a rodar dentro de diez minutos.

Pat se quedó mirando a Luther. Catherine Graney había sido una persona decente y buena, y su muerte, para este hombre, sólo significaba un corte en una secuencia del rodaje. Sin decir nada, dio media vuelta y se dirigió al vestuario.

La senadora Jennings estaba sentada ante un tocador con una toalla sobre los hombros. La maquilladora le retocaba diestramente el maquillaje empolvándole la nariz. La senadora cerraba las manos tensamente. Su saludo fue casi cordial.

—Esto ya se acaba, Pat. ¿Estás contenta como yo de que se termine de una vez?

—Sí, creo que sí, senadora.

La maquilladora cogió el frasco de laca y probó si funcionaba.

—No me ponga eso —replicó la senadora—. No quiero parecer una muñeca Barbie.

—Lo siento —dijo la chica tartamudeando—. La mayoría de la gente... —Su voz se apagó.

Sabiendo que Abigail la estaba observando por el espejo, Pat evitó que sus miradas se encontrasen.

—Hay unos cuantos puntos que deberíamos tratar ahora. —El tono de Abigail era brusco y directo—. Me alegro de que rodemos de nuevo las secuencias en que hablamos de la seguridad aérea, a pesar de que, desde luego, siento mucho lo ocurrido a la señora Graney. Pero quiero hacer hincapié en que, incluso los pequeños aeropuertos, tienen que contar con los más modernos equipos de seguridad. He decidido que tenemos que hablar más de mi madre. Es absurdo que intente ignorar esa foto del *Mirror* y ese artículo que salió ayer en la primera página del *Tribune*. Creo que también deberíamos destacar mi papel en asuntos internacionales. Te he preparado algunas preguntas para que me las hagas.

Pat dejó el cepillo que tenía en la mano y se volvió para mirar de frente a la senadora.

—¿Ah, sí?

Cuatro horas después, un grupo reducido comía bocadillos y tomaba café en la sala de proyecciones, mientras visionaba la copia definitiva. Abigail estaba sentada en la primera fila, entre Luther y Philip. Pat se encontraba varias filas más atrás, con el ayudante de dirección. En la última fila, Toby vigilaba.

La primera secuencia mostraba a Pat, Luther y la senadora sentados en un semicírculo. «Hola, y bienvenido al primer programa de nuestra serie *Mujeres en el Gobierno*...» Pat se observó con mirada crítica. Su voz era más ronca de lo normal y había algo rígido en su porte que sugería tensión. Luther estaba totalmente a sus anchas, y en conjunto, la primera toma de contacto con el público surtía efecto. Abigail y ella se complementaban bien. El vestido de seda azul de Abigail había sido una buena elección; indicaba feminidad sin cursilería. Su sonrisa era cálida y sus ojos luminosos. La actitud que tomó al escuchar el brillante resumen de su carrera con que era presentada, fue de naturalidad.

Hablando de sus responsabilidades como senadora senior de Virginia, Abigail decía: «Es un trabajo que exige mucho, pero que produce grandes satisfacciones...» Luego, secuencias con tomas de Apple Junction; la foto de Abigail con su madre. Pat miró atentamente la pantalla cuando la voz de Abigail adquirió súbitamente un tono tierno y conmovido: «Mi madre tuvo que afrontar el mismo problema, al igual que tantas madres trabajadoras de hoy. Se quedó viuda cuando yo tenía seis años; no quiso separarse de mí y por eso tuvo que aceptar trabajar de ama de llaves en una casa particular. Sacrificó su carrera de directora de hotel para poder estar en casa cuando yo llegaba del colegio. Estábamos muy unidas. Siempre se avergonzó de su obesidad; tenía un problema glandular, supongo que al igual que mucha gente en nuestro país. Cuando le pedí que se trasladara a vivir con nosotros, se echó a reír y dijo: "La montaña no piensa ir a Washington." Era una mujer divertida y entrañable.» Al llegar a ese punto la voz de Abigail tembló y después explicó lo del concurso de belleza. «Ella me convenció: "Gánalo para la gordinflona..." Y gané aquel premio para mamá...»

Pat quedó prendida en el embrujo de su ternura. Incluso la escena en el despacho de Abigail, cuando la senadora llamó a su madre gorda tirana le parecía irreal. «Pero fue auténtica», pensó ella. Abigail Jennings es una actriz consumada. Más tarde siguieron las secuencias de la recepción de la boda y de su primera campaña. Las preguntas de Pat a Abigail comenzaron: «Senadora, usted se casó muy joven, estaba acabando su carrera en la universidad y, además, ayudaba a su marido en su primera campaña para acceder al Congreso. Cuéntenos cómo se sentía usted entonces.» Abigail respondió: «Era maravilloso. Yo estaba muy enamorada y mi sueño, desde pequeña, había sido ayudar a alguien a que ocupara un cargo público. Estar junto a él, justo al comienzo de su carrera, me entusiasmaba. Verá usted, a pesar de que un Jennings siempre había ocupado ese cargo, en el caso de Willard la lucha fue muy dura. No puedo describirle la emoción de la noche que supimos que Willard había sido elegido. Cada victoria electoral es fantástica, pero la primera es inolvidable.» La escena con los Kennedy en la fiesta de cumpleaños de Willard Jennings... y Abigail diciendo: «Éramos tan jóvenes... Éramos tres o cuatro parejas que solíamos salir juntos, nos pasábamos las horas sentados hablando. Todos estábamos convencidos de que podíamos cambiar el mundo y mejorar las condiciones de vida. Ya no queda ninguno de aquellos jóvenes políticos. Soy la única que permanece en el Gobierno y a menudo pienso en la cantidad de planes y proyectos que Willard, Jack y los demás habían concebido.»

«Mi padre era uno de los "otros"», pensó Pat mientras miraba la pantalla.

Había varias escenas que eran verdaderamente emocionantes. Maggie en la oficina de Abigail agradeciéndole que le hubiera encontrado una residencia para su madre; una madre joven abrazada a su hija de tres años explicando cómo su ex marido había secuestrado a la niña. «Nadie me ayudaba, nadie; pero alguien me dijo: "Llama a la senadora Jennings. Ella te lo solucionará."»

«Y lo hace», pensó Pat.

Pero más tarde, cuando Luther la entrevistó, Abigail habló del turbio asunto de los fondos de la campaña. «Estoy contenta de que Eleanor Brown se haya entregado a la justicia para acabar de pagar por fin la deuda que tiene con la sociedad. Sólo espero que sea lo suficientemente honesta para devolver lo que haya quedado del dinero, o que, al menos, diga con quién lo compartió.»

Algo llamó la atención de Pat e hizo que se girara. En la semioscuridad de la sala de proyecciones, pudo ver la masa compacta de Toby repantigada en su silla con las manos juntas debajo del mentón y el anillo de ónice brillando en su dedo. Asentía con la cabeza, manifestando su aprobación. Ella se giró de nuevo rápidamente hacia la pantalla, ya que no quería tropezar con su mirada.

Luther estaba haciendo preguntas a Abigail acerca de su dedicación a mejorar las condiciones de la seguridad aérea. «A Willard le pedían cotinuamente que diera conferencias en universidades y él aceptaba todos los compromisos que podía. Decía que la etapa universitaria es el momento en que los jóvenes empiezan a formarse una idea madura sobre el mundo y la manera de gobernarlo. Vivíamos del sueldo de congresista de Willard y teníamos que controlar nuestros gastos. Hoy soy viuda porque mi marido alquiló el avión más barato que pudo encontrar... ¿Conoce usted las estadísticas sobre la cantidad de pilotos de guerra que compraron un avión de segunda mano e intentaron crear una línea de vuelos chárter prácticamente sin nada? Muchos de ellos quebraron, pues no tenían fondos suficientes para mantener los aviones en condiciones apropiadas. Mi marido murió hace más de veinticinco años, y he estado luchando desde entonces para que se prohíba a los aviones pequeños aterrizar en campos de aviación muy concurridos. He estado muy unida a la Asociación de Pilotos de Líneas Regulares ejerciendo siempre un rígido control sobre las normas exigidas a los pilotos.»

No mencionaba a George Graney, pero en sus palabras yacía una acusación implícita por la muerte de Willard Jennings. «Después de todos esos años, Abigail, sin dar tregua, seguía achacándole al piloto la responsabilidad del accidente», pensó Pat. Mientras se veía en la pantalla, se dio cuenta de que el documental había salido exactamente como lo había planeado; éste hacía aparecer a Abigail Jennings como una persona humana y comprensiva y como un político totalmente dedicado a su tarea. No le produjo las más mínima satisfacción.

El programa finalizaba con unas secuencias de Abigail entrando en su casa al anochecer, después de un duro día de trabajo y con un comentario en *off* que decía que, como tantos hombres y mujeres que vivían solos, Abigail volvía a la soledad de su casa y pasaría la velada en su estudio revisando proyectos de leyes.

La pantalla se oscureció. Cuando se iluminó la sala, todos se levantaron. Pat observó la reacción de Abigail. La senadora se volvió hacia Toby y él asintió con aire aprobador; entonces, con una tranquila sonrisa, Abigail proclamó que el programa era un éxito. Miró a Pat.

—A pesar de todas las dificultades, has hecho un buen trabajo. Tenías razón al querer utilizar la historia de mis primeros años. Lamento habértelo puesto tan difícil. ¿Qué opinas tú, Luther?

—Creo que das una imagen fantástica. Pat, ¿tú qué opinas?

Pat consideró su respuesta; todos estaban satisfechos y el final era técnicamente correcto; entonces, ¿qué era lo que le impulsaba a pedir que se añadiera una escena más? La carta. Quería leer la carta que Abigail había escrito a Willard Jennings.

—Tengo un problema —dijo—. El aspecto humano de este programa es lo que le diferencia de los demás. Me gustaría finalizarlo con algo personal.

Abigail levantó la mirada con impaciencia. Toby frunció el ceño.

Se hizo un tenso silencio en la sala. La voz del maquinista se oyó por el altavoz.

—¿Han acabado?

—No. Pase la última escena de nuevo —respondió Luther.

La sala se oscureció y volvieron a visionar los dos minutos que cerraban el programa.

Todos miraban atentamente. Luther fue el primero en comentar.

—Lo podemos dejar así, pero creo que Pat quizá tenga razón.

—¿Ah, sí? ¡Qué maravilla! —dijo Abigail—. ¿Qué

vais a hacer? He de estar en la Casa Blanca dentro de unas horas y no tengo intención de llegar allí en el último segundo.

«¿Podré convencerla de lo que quiero hacer?», se preguntó Pat. Por alguna razón que no podía explicar quería desesperadamente leer la carta encabezada por la frase «Billy querido» y deseaba ver la impresión que causaba en la senadora; pero Abigail había insistido en leer cada palabra del guión antes de que se rodara. Pat intentó parecer desinteresada.

—Senadora, usted fue muy amable al poner a nuestra disposición su archivo personal. En el último paquete que me trajo Toby, encontré una carta que quizá dé ese toque personal que estamos buscando. Por supuesto, la puede usted leer antes de rodar la escena, pero creo que sería todo más espontáneo y natural si no lo hace. En cualquier caso, si no sale bien nos quedaremos con el final que ya tenemos.

Abigail miró a Luther con desconfianza.

—¿Has leído tú esta carta?

—Sí, y estoy de acuerdo con Pat, pero la decisión es tuya.

Ella se volvió hacia Philip y Toby.

—Vosotros dos escogisteis lo que pensasteis que sería de más utilidad para el programa, ¿verdad?

—Sí, senadora.

Se encogió de hombros y dijo:

—Bueno, en ese caso..., pero no sea que me vaya a encontrar ahora ante una carta de alguien diciéndome que fue elegida Miss Apple Junction un año después que yo.

Todos se rieron. «Ha cambiado —pensó Pat—, está más segura de sí misma.»

—Rodamos dentro de diez minutos —dijo Luther.

Pat se dirigió apresuradamente al camerino y se empolvó el rostro para disimular las pequeñas gotas de sudor que cubrían su frente. «¿Qué es lo que me ocurre?», se preguntó asustada.

Se abrió la puerta y Abigail entró. Abrió su bolso y sacó una polvera.

—Pat —le dijo—, este programa es muy bueno. ¿No crees?

—Sí, lo es.

—Yo estaba en contra de hacerlo. Tenía un mal presentimiento. Has realizado un gran trabajo haciéndome aparecer como una persona amable y encantadora. —Sonrió—. Cuando he visto la copia me he gustado a mí misma como hacía mucho tiempo que no me sucedía.

—Me alegro —agradeció Pat. De nuevo volvía a ser la mujer que ella había admirado tanto.

A los pocos minutos, estaban de nuevo en el plató. Pat tapaba con su mano la carta. Luther comenzó a hablar: «Senadora, queremos agradecerle que esté con nosotros y nos permita entrar en su intimidad. Lo que usted ha llegado a conseguir es un ejemplo para todos y una muestra de las muchas cosas positivas que, con tesón, se puede extraer de una tragedia. Cuando preparábamos este programa, usted nos dio acceso a gran parte de sus documentos privados. Entre ellos, encontramos una carta que usted escribió a su marido, el congresista Willard Jennings. Creo que esta carta resume a la joven que usted fue y a la mujer que ha llegado a ser. ¿Puedo pedirle a Pat que se la lea ahora?»

Abigail inclinó su cabeza, con expresión interrogante.

Pat abrió la carta. Con voz ronca, leyó lentamente:

—Billy querido —se le hizo un nudo en la garganta—. Billy querido, Billy querido —y tuvo que hacer un esfuerzo para continuar pues sentía la boca espantosamente seca. Levantó la mirada. Abigail la estaba contemplando pálida—. Estuviste espléndido en la sesión de esta tarde. Estoy muy orgullosa de ti. Te quiero tanto, que sólo deseo pasar el resto de mi vida contigo, trabajar contigo. Mi amor, tú y yo vamos a cambiar el mundo.

Luther intervino.

—Esa carta fue escrita el 13 de mayo. El 20, el congresista Willard Jennings murió y usted siguió sola su camino para hacer un mundo diferente. Senadora Abigail Jennings, gracias.

Los ojos de la senadora brillaban, una tierna sonrisa, apenas esbozada, se dibujaba en su boca. Con un gesto de asentimiento, sus labios dibujaron la palabra: Gracias.

—Corten —dijo el director.

Luther se levantó y fue hacia ella:

—Senadora, ha sido perfecto. Todo el mundo...

Se detuvo en medio de la frase porque Abigail se abalanzó arrancando la carta de manos de Pat.

—¿Dónde conseguiste esto? —preguntó gritando—. ¿Qué es lo que estás intentando hacerme?

—Senadora, ya le dije que no tenemos que utilizarlo si no le gusta —protestó Luther.

Pat se quedó mirando a Abigail mientras su cara se convertía en una máscara de dolor y rabia. ¿Dónde había visto antes aquella expresión en esta misma cara?

Una enorme sombra se abrió paso hasta llegar a ella. Toby sacudió por los hombros a la senadora y casi le gritó:

—Abby, está bien que la gente conozca la última carta que escribiste a tu marido.

—¿Mi..., última carta? —Abigail levantó una mano y se cubrió el rostro, como si así pudiera recomponer su expresión—. Claro..., lo siento... Es sólo que Willard y yo solíamos escribirnos continuamente breves cartas como ésa. Me alegro de que encontraras la última.

Pat, paralizada, seguía sentada en su silla. «Querido Billy, Billy querido...», las palabras tenían un sonido de tambor que retumbaba en su cabeza. Agarrándose a los brazos de la silla, alzó la cabeza y se encontró con la mirada salvaje de Toby. Se recostó aterrorizada.

Él se giró hacia Abigail y, ayudado por Luther y Phil, escoltaron a la senadora hasta la puerta del estudio. Uno a uno, los focos se fueron apagando.

—Oye, Pat —dijo el cámara—, esto ya es el final, ¿verdad?

Pat consiguió levantarse.

—Sí, el final.

39

Siempre que Sam tenía un problema, daba un largo paseo para que se le despejara la cabeza y poder pensar mejor. Por eso decidió cubrir a pie los kilómetros que había desde su apartamento hasta el sector suroeste del distrito. El restaurante Flagship estaba situado sobre el Potomac y, al aproximarse, pudo contemplar las aguas que bajaban rizadas.

El Cape Cod; la playa de Nauset. Pat andando a su lado con el pelo agitado por el viento y cogida de su brazo. La increíble sensación de libertad, como si estuvieran solos en el mundo y únicamente existieran el cielo, la playa y el océano. «El próximo verano volveremos», se prometió a sí mismo.

El restaurante era un barco amarrado al muelle, y se apresuró a subir por la pasarela, disfrutando del ligero movimiento ondulante.

Jack Carlson estaba allí sentado a una mesa junto a la ventana. Estaba bebiendo un vaso de Perrier. En el cenicero había varias colillas aplastadas. Sam se disculpó por el retraso.

—Es que yo he llegado antes de tiempo —dijo simplemente Jack.

Era un hombre de aspecto aseado, de cabellos grises y ojos brillantes e inquisitivos. Hacía más de veinte años que él y Sam eran amigos.

Sam pidió un martini con ginebra.

—Esto me animará o me acabará de deprimir —explicó con sonrisa forzada.

Observó la mirada escrutadora de Jack, estudiándolo.

—Te he visto otras veces más alegre —comentó Jack—. ¿Qué te hizo sospechar de Toby Gorgone, Sam?

—Es sólo una corazonada —Sam se puso tenso—. ¿Has encontrado algo interesante?

—Creo que sí.

—Hola, Sam. —Frank Crowley se sentó. Su rostro, habitualmente pálido, estaba enrojecido por el frío, y su abundante cabello blanco se hallaba en desorden. Él mismo se presentó a Jack, se ajustó las gafas de montura plateada, abrió su portafolios y sacó un voluminoso sobre—. Por poco no llego —les comunicó—. Empecé a examinar detenidamente la copia del sumario y casi olvido nuestra cita. —El camarero se le acercó—. Un martini con vodka, muy seco —pidió—. Sam, eres la única persona que conozco que todavía bebe martini con ginebra. —Continuó sin esperar respuesta—. *El pueblo de Estados Unidos contra Eleanor Brown.* Es interesante leerlo y se reduce a una simple cuestión: ¿Qué miembro de la familia política de la senadora Jennings estaba mintiendo, Eleanor o Toby? Eleanor subió al estrado de los testigos para declarar en su propia defensa. Fue un gran error. Empezó a hablar de que una vez fue acusada de robo en unos almacenes, y el fiscal lo aprovechó; al final, parecía que hubiera robado Fort Knox. El testimonio de la senadora no la ayudó nada. Habló demasiado sobre dar a Eleanor una segunda oportunidad. He subrayado las páginas más interesantes —dijo alargando la copia a Carlson.

Jack sacó un sobre del bolsillo.

—Éste es el historial que me pediste de Gorgone.

Sam lo leyó por encima, arqueó las cejas y volvió a leerlo con atención.

> Apple Junction: Sospechoso de robo de vehículo. La persecución policial se saldó con tres muertos. Sin cargos.
>
> Apple Junction: Sospechoso de apuestas ilegales. Sin cargos.
>
> Ciudad de Nueva York: Sospechoso de lanzar una bomba incendiaria contra un coche, causando la muerte de un prestamista. Sin cargos. Probable venganza de la mafia. Puede haber saldado sus deudas de juego desempeñando trabajos para el hampa.
>
> Otro hecho relevante: excepcional actitud mecánica.

—Un historial sin tacha —dijo sarcásticamente.

Mientras tomaba unas escalopas, comentaron el historial de Toby Gorgone y lo relacionaron con la copia del proceso de Eleanor Brown, el informe de la comisión sobre el avión estrellado y la noticia del asesinato de Catherine Graney. Cuando les sirvieron el café, habían llegado, por separado y conjuntamente, a unas conclusiones bastante alarmantes: Toby era un genio de la mecánica que introdujo una maleta en el avión de Jennings minutos antes del despegue, por lo que el avión se estrelló luego en circunstancias misteriosas. Toby era un jugador que podía muy bien haber estado en deuda con corredores de apuestas en el momento en que desaparecieron los fondos de la campaña.

—A mí me parece que la senadora Jennings y este tipo, Toby, se turnan intercambiándose favores —comentó Crowley—. Ella le facilita coartadas y él le saca las castañas del fuego.

—No puedo creer que Abigail Jennings enviara a sabiendas a una joven a prisión —dijo Sam rotundamente—. Y estoy convencido de que no tomó parte en el asesinato de su marido. —Se dio cuenta que estaban hablando en voz baja, ya que charlaban de una mujer que dentro de pocas horas podría llegar a ser la vicepresidenta de Estados Unidos.

El restaurante se estaba quedando vacío, pues los comensales, la mayoría gente del Gobierno, se apresuraban a regresar a sus tareas. Problablemente, en algún momento de la comida habrían especulado acerca de la conferencia de prensa que el presidente celebraría aquella noche.

—Sam, he visto docenas de tipos como este Toby —dijo Jack—. La mayoría de ellos están metidos en el hampa y se consagran al cabecilla de la banda. Le alisan el terreno y a la vez se cuidan de ellos mismos. Quizá la senadora Jennings no estaba implicada en las actividades de Toby. Míralo de esta forma: supongamos que Toby sabía que Willard Jennings quería abandonar su escaño en el Congreso y divorciarse de Abigail. Jennings no valía ni cincuenta mil dólares pues su madre guardaba y disponía del dinero; así que, si su marido abandonaba su carrera, Abigail se encontraría fuera del escenario político, sería arrojada del círculo de amigos de Willard Jennings y se vería condenada a ser la ex reina de la belleza de su pueblo natal. Y Toby decidió impedir que esto ocurriera.

—¿Estás sugiriendo que Abby le devolvió el favor encubriéndole en el asunto del dinero de la campaña? —preguntó Sam.

—No necesariamente —dijo Frank—. Lee aquí el

testimonio de la senadora en el estrado. Ella admitió que pararon en una gasolinera, aproximadamente en el mismo momento que Eleanor recibió la llamada. El motor hacía un ruido extraño y Toby quería revisarlo. Ella jura que nunca le perdió de vista, pero iba a pronunciar un discurso, y probablemente debía de estar revisando sus notas. Seguramente vio a Toby unos segundos frente al coche haciendo ver que se ocupaba del motor; después él debió de ir al maletero a buscar una herramienta. ¿Cuánto tiempo se tarda en correr rápidamente hacia un teléfono público, marcar un número y dejar un mensaje de dos segundos? Yo, en el lugar del juez, habría desestimado ese testimonio pero, aun pensando que estuviéramos en lo cierto, no puedo entender por qué Toby escogió a Eleanor.

—Es fácil —dijo Jack—. Él sabía sus antecedentes y lo sensible que era ella. Si no encontraba pronto un culpable se haría una investigación exhaustiva sobre los fondos desaparecidos, y él se convertiría en sospechoso en cuanto se descubrieran sus antecedentes. Se daba cuenta de que no podría escaparse de la justicia con otro «Sin cargos» en su historial, y la senadora habría sido obligada por el partido a prescindir de sus servicios.

—Si se comprueba que es cierto lo que creemos acerca de Toby Gorgone, la muerte de Catherine Graney se convierte en algo demasiado oportuno, demasiado conveniente para ser un caso de asesinato fortuito —concluyó Sam.

—Si Abigail Jennings obtiene el beneplácito del presidente esta noche —dijo Jack—, y se descubre que su chófer asesinó a la viuda de Graney, será un escándalo.

Los tres hombres estaban sentados a la mesa; cada uno reflexionaba sobre las consecuencias que todo esto podría tener para el presidente. Finalmente, Sam rompió el silencio.

—Sería importante que pudiéramos probar que Toby escribió esas cartas amenazadoras y arrestarle. Así podría dejar de preocuparme por Pat.

Frank Crowley hizo un gesto afirmativo.

—Y si tu gente consigue suficientes pruebas contra él, se le podría convencer para que dijera la verdad acerca de los fondos de la campaña. Te lo aseguro, la imagen de esa pobre chica, Eleanor Brown, sometida al detector de mentiras, jurando que jamás ha robado ni un trozo de tiza, te hubiera partido el corazón. No aparentaba ni dieciocho años, aunque tiene treinta y cuatro. La experiencia de la prisión casi la mata. Estaba sumida en una profunda depresión, un psiquiatra le dijo que pintara la cara de una muñeca, para plasmar en ella su estado de ánimo. Todavía sigue llevándola a todas partes. Verla te daña la vista, parece una niña apaleada.

—¡Una muñeca! —exclamó Sam—. Tiene una muñeca. ¿Por casualidad no será una Raggedy Ann?

Frank, asombrado, asintió y pidió más café.

—Me temo que estamos equivocándonos —dijo con aire cansado—. Volvamos a empezar.

40

Toby sirvió un Manhattan en una copa de cóctel con hielo y lo puso delante de Abigail.

—Bebe, senadora. Lo necesitas.

—Toby, ¿dónde consiguió ella la carta? ¿Dónde la consiguió?

—No lo sé, senadora.

—No podía estar entre los documentos que le diste; nunca la volví a ver después de escribirla. ¿Cuánto sabe ella? Toby, si ella pudiera probar que estuve allí aquella noche...

—No puede, senadora; nadie puede. No importa lo que haya podido descubrir; no tiene ninguna prueba. Vamos, si además te hizo un favor. Esa carta desencadenará la simpatía de la gente hacia a ti. Espera y verás.

La calmó de la única manera que él sabía que daba resultado.

—¡Confía en mí! No te preocupes más. ¿Te he decepcionado alguna vez?

Consiguió calmarla un poco, pero, aun así, seguía hecha un manojo de nervios y, al cabo de pocas horas, la esperaban en la Casa Blanca.

—Escúchame bien, Abby. Mientras te preparo algo de comer, quiero que te tomes dos Manhattans. Después, date un baño caliente, duerme durante una hora, y luego te pones lo mejor que tengas en el armario. Ésta es la noche más importante de tu vida.

Lo decía en serio. Ella tenía razones para estar preocupada; muchas razones. Era comprensible que en el momento en que escuchó la carta, se desmoronase; pero él, tan pronto como Pelham dijo: «su marido murió una semana más tarde», supo que todo iría bien.

Abby casi lo echa todo a perder; pero una vez más, él estaba allí para evitarlo.

Abby cogió su copa.

—¡Arriba los corazones! —dijo, y una tenue sonrisa asomó a sus labios—. Toby, dentro de poco será nuestra la vicepresidencia.

—Exacto, senadora. —Estaba sentado sobre un almohadón del sofá.

—Oh, Toby. ¿Qué habría sido de mí sin ti?

—Una representante oficial de Apple Junction.

—Oh, claro —dijo tratando de sonreír.

Llevaba el cabello suelto y no aparentaba más de

treinta años. Era tan delgada como debe ser una mujer; no un saco de huesos, sino fuerte y elegante.

—Toby, parece como si estuvieras pensando. Eso sería estupendo.

Le sonrió de manera burlona, contenta al ver que ella empezaba a relajarse.

—Tú eres la inteligente. A ti te toca pensar.

Ella bebió deprisa.

—¿Resultó bien el programa?

—Te lo vengo diciendo, no tenía sentido que continuaras con lo de la carta. Ella te hizo un favor.

—Lo sé..., sólo que...

El Manhattan empezaba a hacerle efecto. Tenía que comer algo.

—Senadora, tranquilízate. Te prepararé una bandeja con algo de comer.

—Sí..., buena idea. Toby, ¿te das cuenta de que dentro de pocas horas me elegirán vicepresidenta de Estados Unidos?

—Claro que sí, Abby.

—Todos sabemos lo representativo y lo poco efectivo que es este cargo; pero, Toby, si hago un buen trabajo no podrán negarme un puesto más alto el año que viene. Y eso es lo que me propongo.

—Ya lo sé, senadora. —Toby volvió a llenarle el vaso—. Voy a prepararte una tortilla y después, te echas una siestecita. Ésta es una gran noche.

Toby se levantó. No podía contemplar más la expresión indefensa de su rostro. La misma expresión que cuando recibió la nota en que se le denegaba la beca para ir a Radcliffe. En aquella ocasión fue hasta donde él estaba segando el césped y le mostró la carta; entonces se sentó en los escalones del porche, dobló las piernas y dejó caer la cabeza sobre la falda. Tenía dieciocho años.

«Toby, necesito tanto ir allí. No quiero pudrirme en este apestoso pueblo, no quiero...»

Él le sugirió que conquistara a ese pesado de Jeremy Saunders...

No era la primera vez que la ayudaba a encontrar su destino.

Y ahora, una vez más, alguien estaba tratando de arruinarle la vida.

Toby fue a la cocina. Mientras preparaba la comida, trató de imaginarse lo interesante que sería su vida cuando Abby estuviera tan sólo a un paso de la Presidencia.

Sonó el teléfono. Era Phil.

—¿Está bien la senadora?

—Está bien. Perdona, pero estoy haciéndole la cena.

—Tengo la información que me pediste. Adivina a quién pertenece la casa de Pat Traymore.

Toby esperó.

—A ella misma. Ha estado en depósito, a su nombre, desde que tenía cuatro años.

Toby profirió un leve silbido. Esos ojos, ese pelo, un cierto aire... ¿Por qué no se lo había imaginado antes? Podía haberlo estropeado todo con su estupidez.

La voz de Phil era lastimosa.

—¿Me has oído? He dicho...

—Te he oído; no digas nada. Ojos que no ven, corazón que no siente.

Al poco rato, regresó a sus habitaciones, que se encontraban sobre el garaje. A instancia suya, Abigail decidió el programa desde su habitación. A las siete y media, la recogería para ponerse en camino hacia la Casa Blanca.

Esperó a que el programa llevara unos cuantos minutos emitiéndose; entonces, tranquilamente, salió del apartamento. Su coche, un Toyota negro, estaba en la entrada. Lo empujó hacia abajo, en dirección a la calle, pues no quería que Abby le oyera salir. Tenía poco menos de una hora para hacer el viaje de ida y vuelta a casa de Pat Traymore, pero era suficiente para cumplir con su cometido.

41

Pat conducía por la avenida Massachusetts; subió por Q. Street, cruzó el puente y llegó a Georgetown. Le dolía mucho la cabeza, era un dolor sordo y persistente; conducía mecánicamente, respetando los semáforos de manera instintiva.

Estaba ya en la calle Treinta y Uno; dio la vuelta a la esquina y se adentró en el sendero que llevaba a la puerta principal de su casa. Mientras subía las escaleras, el viento le golpeaba la cara. Revolvió en su bolso para buscar la llave. Al abrir la puerta de golpe, el cerrojo hizo un sonido metálico. Se adentró en la silenciosa penumbra del recibidor.

Con gesto mecánico, cerró la puerta y se apoyó contra ella. El abrigo le pesaba, se lo quitó y lo dejó en un rincón. Levantó la cabeza y sus ojos se posaron en el escalón que iniciaba la curva de la escalera. Había una niña sentada, una niña con el cabello largo, castañorrojizo, la cual apoyaba el mentón en las manos. Su expresión era de curiosidad.

—Todavía no me había dormido; oí el timbre de la puerta y quise saber quién venía.

«Papá abrió la puerta y alguien le empujó para pasar. Él estaba muy enfadado y me volví corriendo a la cama. Cuando oí el primer disparo, no bajé enseguida; me quedé en la cama y grité llamando a papá, pero él no vino. Oí una nueva detonación y bajé corriendo al salón, entonces...»

Se dio cuenta de que estaba temblando y deliraba. Fue a la biblioteca, se sirvió una copa de coñac y se la bebió de golpe. ¿Por qué la senadora Jennings se puso tan furiosa cuando vio la carta? Su reacción era de pánico, de miedo, de horror. ¿Por qué? No tenía sentido.

—¿Y por qué yo me sentía tan afectada leyéndola? ¿Por qué me trastorno tanto cada vez que la leo?

Y la manera en que Toby me miró, como si me odiara. Gritó a la senadora como si quisiera prevenirla de algo, más que para calmarla. ¿Contra qué la prevenía?

Se acurrucó en un lado del sofá, con los brazos alrededor de las rodillas. Solía sentarse así cuando papá estaba trabajando en el despacho. «Puedes quedarte, Kerry, si me prometes que te vas a portar bien.» ¿Por qué el recuerdo de su padre era ahora tan vivo? Podía verle perfectamente, no como aparecía en las películas, sino como si estuviese allí de verdad, cómodamente sentado en su sillón, con el respaldo inclinado y dando golpecitos en la mesa con los dedos, como cada vez que algo le preocupaba.

El periódico se había quedado abierto sobre la mesa del despacho. Respondiendo a un impulso repentino, lo leyó de nuevo con atención. Volvió a observar la fotografía de su padre y de Abigail Jennings en la playa. Flotaba entre ellos una sensación de intimidad innegable. ¿Era sólo una nube de verano o algo más? Supongamos que mamá los hubiera visto y hubiera percibido la intensidad de aquella mirada.

¿Por qué estaba tan asustada? Había dormido muy mal la noche anterior; un baño caliente y un breve reposo la calmarían.

Lentamente, subió la escalera hacia su habitación. Tuvo de nuevo la extraña impresión de que estaba siendo vigilada. La noche anterior, antes de quedarse dormida, tuvo la misma sensación. Apartó esa idea de su mente.

El teléfono sonó justo en el momento en que llegaba al dormitorio.

Era Lila.

—Pat, ¿te encuentras bien? Estoy preocupada por ti. No quiero alarmarte, pero debo decírtelo: tengo la sensación de que estás en peligro. Por favor, vente a casa y quédate conmigo durante un tiempo.

—Lila, creo que la sensación que estás teniendo es la de que estoy muy próxima a descubrir lo que realmente pasó aquella noche. Hoy ocurrió algo al final de la grabación, que ha puesto en funcionamiento lo que estaba dormido en mi mente; pero no te preocupes, sea lo que sea, lo resistiré.

—Pat, escúchame. Tendrías que irte de esa casa inmediatamente.

—No puedo. Es la única manera de que llegue a unir el rompecabezas.

Cuando colgó el auricular, Pat pensó: «Está angustiada por culpa de ese extraño que entró.» Y se metió en la bañera.

«Tiene miedo de que no pueda afrontar la verdad», se dijo mientras se ponía el albornoz. Sentada ante su tocador, se soltó el pelo y empezó a cepillárselo. Había llevado moño durante casi toda la semana. Esta noche se lo dejaría suelto, sabía que a Sam le gustaba más así.

Se metió en la cama y puso la radio, con el volumen bajo. Sólo quería descansar un rato, pero se quedó profundamente dormida. El nombre de Eleanor la sacó bruscamente de su sueño.

El reloj que estaba en la mesita de noche marcaba las seis y cuarto; el programa empezaría dentro de quince minutos.

«—La señorita Brown se ha entregado a la policía y está bajo arresto. Ha dicho que no podía soportar, por más tiempo, vivir con el constante temor de ser reconocida. Sigue manteniendo con firmeza que es inocente del robo por el que fue condenada. Un portavoz de la policía declaró que durante los nueve años transcurridos desde que inclumplió su palabra de libertad condicional, la señorita Brown ha estado viviendo con un enfermero llamado Arthur Stevens, el cual es sospechoso de varias muertes, ocurridas en una residencia de ancianos, y existe una orden de arresto contra él. Se trata de un fanático religioso que se ha dado el sobrenombre de "ángel custodio".»

¡Ángel custodio! La primera vez que ese tipo telefoneó, se autodenominaba ángel de misericordia, de liberación y de venganza.

Se levantó como una flecha y agarró el auricular. Desesperadamente, marcó el número de Sam y dejó que el teléfono sonase diez, doce, catorce veces, antes de colgar. ¡Si hubiese comprendido lo que le había dicho Eleanor cuando habló de Arthur Stevens! Arthur había rogado a Eleanor que no se entregara. ¿Habría intentado boicotear el programa para salvar a Eleanor? ¿Estaba Eleanor enterada de estas amenazas? «No, estoy segura de que no lo sabía. El abogado de Eleanor debería enterarse de esto, antes de que se lo digamos a la policía.»

Eran las seis y veinticinco; Pat se levantó de la cama, se ajustó el cinturón del alboronoz y se puso las zapatillas. Mientras bajaba las escaleras corriendo, se preguntó dónde estaría Arthur Stevens en esos momentos. ¿Estaría al corriente del arresto? ¿Vería el programa y se vengaría de ella por haber incluido la foto de Eleanor en él? ¿La culparía también de que Eleanor no cumpliera su promesa de esperarle antes de acudir a la policía?

Encendió la araña, que iluminó completamente el salón; conectó las luces del árbol de Navidad, cosa que le llevó cierto tiempo, y puso en funcionamiento el televisor. A pesar de todo, flotaba una extraña sensación de tristeza en el ambiente. Se acomodó en el canapé y miró, atenta, cómo aparecían los titulares del programa, una vez finalizadas las noticas de las seis.

Había querido ver el programa sola. Si lo hubiera visto en el estudio, su atención se habría dispersado al estar pendiente de las reacciones de los demás. Incluso así, sola como estaba, se daba cuenta de que tenía miedo de verlo de nuevo.

La caldera de la calefacción hizo un ruido sordo, y un silbido surgió de los radiadores. Se sobresaltó. «Es tremendo lo que esta casa está haciendo con mis nervios», pensó.

El programa estaba empezando. Observó crítica y objetivamente a las tres personas que aparecían en la pantalla: la senadora, Luther y ella, sentados en el hemiciclo. El decorado era bonito; Luther tenía razón cuando quiso cambiar las flores. Ante la cámara, Abigail aparecía tranquila, contrastando con su anterior nerviosismo. Las secuencias rodadas en Apple Junction estaban bien escogidas.

Los recuerdos de juventud de Abigail tenían justo el toque necesario de humanidad. ¡Y pensar que todo es mentira!

Luego, siguieron las películas en que aparecían Abigail y Willard Jennings, en la recepción de su boda, en las fiestas oficiales, y durante sus campañas políticas. Entre estas secuencias se intercalaban los tiernos y conmovedores recuerdos de Abigail hacia su marido.

—Willard y yo..., mi marido y yo...

La pareció curioso que ni una sola vez se refiriera a él como Billy.

Pat se dio cuenta de que las películas que mostraban a Abigail cuando era joven tenían algo familiar para ella, le evocaban unos recuerdos que no tenían nada que ver con la sensación que experimentó al verlas antes. ¿Por qué le estaba sucediendo esto, ahora?

Hubo una pausa para la publicidad. Las secuencias sobre Eleanor Brown y el robo de los fondos de la campaña venían a continuación.

Arthur oyó como Patricia Traymore bajaba por las escaleras. Con precaución, anduvo de puntillas hasta asegurarse de que sólo oía el lejano rumor del televisor, conectado en el piso de abajo. Había albergado el temor de que Pat hubiese invitado a unos amigos a ver el programa; pero estaba sola.

Después de todos estos años, por primera vez volvía a ir vestido como Dios había querido siempre que fuera. Con las manos sudorosas y la palma extendida, acarició la fina lana contra su cuerpo. Esta mujer se atrevía también a usar vestiduras sagradas. ¿Qué derecho tenía ella a ponerse la ropa de los elegidos?

De regreso a su escondite, se colocó los auriculares, puso en marcha el televisor, y ajustó la imagen. Había hecho un empalme en el cable de la antena y la imagen era muy nítida. Arrodillándose como si estuviese delante de un altar, con las manos unidas en postura de oración, Arthur empezó a ver el programa.

Lila también estaba viendo la televisión, con la cena en una bandeja; pero le era imposible probar bocado. Tenía la absoluta certeza de que Pat estaba en un serio peligro, y esta sensación se agudizó al máximo cuando vio su imagen en la pantalla.

«El oráculo de Casandra —pensó amargamente—. Pat no me escuchará, pero tiene que salir inmediatamente de esa casa; de otro modo, perecerá de forma aún más violenta que sus padres. Ya casi no le queda tiempo.»

Lila había visto a Sam Kingsley una sola vez, y le

había gustado mucho. Tenía la impresión de que era alguien muy importante para Pat. ¿Serviría de algo hablar con él e intentar que compartiera su temor y su angustia? Quizá pudiera convencerlo para que obligara a Pat a abandonar su casa hasta que esa oscura y maligna aura hubiera desaparecido.

Apartando la bandeja, se levantó y buscó la guía de teléfonos. Le llamaría inmediatamente.

Sam fue directamente del restaurante a su despacho. Tenía varias citas concertadas, pero no pudo llegar a centrar su atención en ninguna de ellas. Su mente volvía a la conversación sostenida durante el almuerzo. Habían logrado reunir suficientes pruebas indirectas contra Toby Gorgone como para establecer una acusación formal pero, por su larga experiencia como abogado criminalista, sabía que, en un juicio, estas pruebas podían ser abatidas como un castillo de naipes. Además, la muñeca Raggedy Ann no encajaba en el caso. Si Toby era inocente y no estaba implicado en el accidente del avión, ni en la desaparición de los fondos de la campaña, si Catherine Graney había sido la víctima de un ataque fortuito, Abigail Jennings quedaría como lo que aparentaba ser, una mujer por encima de toda sospecha y una excelente candidata. Pero, cuanto más pensaba en Toby, más incómodo se sentía.

A las seis y veinte, se liberó por fin de sus obligaciones, e inmediatamente llamó a Pat; pero su teléfono comunicaba. Rápidamente, salió de su despacho; quería llegar a casa a tiempo para ver el documental.

El sonido del teléfono le detuvo cuando estaba a punto de salir, y su instinto le dijo que debía contestar. Era Jack Carlson.

—Sam, ¿estás solo?

—Sí.

—Han aparecido más pruebas para el caso de Catherine Graney. Su hijo encontró el borrador de una carta que había escrito a la senadora Jennings, carta que seguramente ayer llegó a su destino. No tiene desperdicio. La señora Graney tenía el propósito de llamar a Gina Butterfield al *Trib*, y desmentir la versión de la senadora sobre sus idílicas relaciones matrimoniales; también estaba a punto de solicitar una revisión de la investigación que se hizo sobre el accidente. Acababa la carta diciéndole que estaba dispuesta a demandarla por calumnia.

Sam lanzó un silbido.

—¿Me estás diciendo que es posible que Abigail recibiera ayer esa carta?

—Exactamente. Pero eso es sólo la mitad. Los vecinos de la señora Graney dieron una fiesta la noche pasada. Tenemos una lista de los invitados y la hemos comprobado. Una pareja joven, que llegó tarde, poco más o menos hacia las once y cuarto, tuvo dificultades en encontrar la dirección. A unas dos manzanas de la casa, se encontraron a un hombre que estaba subiendo a un coche y se acercaron a él, para preguntarle el camino; pero el hombre se los quitó rápidamente de encima. El coche era un Toyota negro, con matrícula de Virginia. Describieron al tipo como alguien muy parecido a Gorgone. La chica se acuerda incluso de que llevaba una enorme sortija oscura. Ahora vamos a localizar a Toby, para hacerle unas cuantas preguntas. ¿Crees que tendrías que llamar a la Casa Blanca?

Quizá fuese Toby el que estaba en los alrededores del lugar donde murió Catherine Graney. Si era el asesino, todo lo que sospechaban de él era posible, incluso lógico.

—Tenemos que poner a Abigail inmediatamente al corriente de todo esto —dijo Sam—. Voy a su casa ahora mismo. Hay que darle la oportunidad de que pueda retirar su candidatura al cargo, de una manera honrosa. Si se niega, yo mismo llamaré al presidente. Aunque no tenga ni la menor idea de las actividades de Toby, está obligada a aceptar su responsabilidad moral.

—No creo que esa mujer se haya preocupado jamás de su responsabilidad moral. Si J. Edgar viviera, no habría llegado nunca tan lejos. ¿Viste el artículo del *Trib*, el otro día? ¿Lo unida que estaba al matrimonio Adams?

—Sí, lo vi.

—Tal como decía el periódico, siempre existió el rumor de que la causa de aquella fatal disputa había sido una mujer. Yo acababa de entrar en el FBI cuando sucedió aquello, pero al leer el artículo, algo me inquietó; tuve una corazonada. Extraje toda la documentación que teníamos sobre Adams, en el archivo; y encontré un memorándum sobre una joven congresista llamada Abigail Jennings. Todos los indicios hacían pensar que ella era la otra mujer.

A pesar de todos sus intentos, Abigail no conseguía descansar. El ser consciente de que dentro de pocas horas sería nombrada vicepresidenta de Estados Unidos, era demasiado excitante como para poder conciliar el sueño.

Señora vicepresidenta. La digna usuaria del avión número dos de las fuerzas aéreas y de la mansión situada en los jardines del viejo observatorio naval. Presidente del Senado y representante del presidente en todo el mundo.

«Dentro de dos años tendrán lugar las elecciones presidenciales. Ganaré —se prometió a sí misma—. Formaría parte de las mujeres gobernantes: Golda Meir, Indira Gandhi, Margaret Thatcher, Abigail Jennings.»

El Senado había sido un gran paso adelante. La noche en que fue elegida, Luther le dijo:

—Bueno, Abigail, ahora eres miembro del club más exclusivo del mundo.

Ahora estaba a punto de dar otro gran paso; ya no sería una más entre los cien senadores, sino la segunda autoridad en el país.

Había decidido ponerse, para la ocasión, un conjunto de tres piezas: una blusa de seda, una falda y una chaqueta de punto, en tonos rosas y grises. Quedaría muy bien ante las cámaras.

Vicepresidenta Abigail Jennings...

Eran las seis y cuarto. Se levantó del canapé, se dirigió al tocador, y empezó a cepillarse el pelo. Con habilidad, se puso sombra de ojos y rímel. Los nervios habían arrebolado sus mejillas y no necesitaba colorete. Pensó que lo mejor sería vestirse, y luego, ver el programa. Así tendría tiempo de ensayar su discurso de aceptación del cargo, mientras llegaba el momento de ir a la Casa Blanca.

Se vistió y prendió en la chaqueta un broche de oro y brillantes.

El televisor de la biblioteca era el más grande de todos; vería el programa allí.

«—Dentro de unos momentos, emitiremos *Mujeres en el Gobierno.*»

Había visto todo el programa, menos los últimos minutos. A pesar de ello, volverlo a ver le producía una sensación reconfortante. Apple Junction, bajo una capa de nieve, tenía un aire de pueblo rural que ocultaba su aspecto sórdido y lúgubre.

Pensativa, observó la casa de los Saunders. Recordó el día que la señora Saunders le ordenó volver sobre sus pasos y pasar por el camino que la llevaba a la puerta de servicio. Se lo haría pagar caro a esa miserable bruja.

Si no hubiera sido por Toby, que tuvo la idea de

cómo conseguir el dinero para ir a Radcliffe, ¿qué sería de ella, ahora?

«Los Saunders me debían ese dinero», se dijo a sí misma. ¡Eran doce años de humillaciones continuas, pasadas en aquella casa!

Miró las escenas de la fiesta de la boda, las de las primeras campañas políticas, y las del funeral de Willard. Se acordó de la alegría que tuvo cuando, en el coche, el día del funeral, Jack Kennedy le prometió hablar con el gobernador, para conseguir que ella completara el mandato de Willard.

Se sobresaltó al oír unos insistentes timbrazos. Nadie venía nunca a visitarla. ¿Sería alguien de la prensa quien tenía el descaro de llamar así? Intentó ignorarlo, pero las llamadas eran cada vez más continuas e insistentes. Al fin, fue hacia la puerta.

—¿Quién es?

—Soy Sam.

Abrió. Sam entró con el rostro serio y preocupado, pero Abigail apenas le miró.

—Sam, ¿por qué no estás viendo *Ésta es su vida*? Entra.

Lo cogió de la mano y lo arrastró hasta la biblioteca. En aquellos momentos, Luther le estaba preguntando a Abigail sobre su dedicación por las normas aéreas de seguridad.

—Abigail, tengo que hablarte.

—Sam, por el amor de Dios. ¿No quieres ver mi programa?

—Esto es muy urgente, Abby.

Y con el programa de televisión de fondo, le explicó la razón de su visita. Vio cómo sus ojos se iban abriendo paulatinamente, de incredulidad.

—¿Estás intentando decirme que Toby puede haber matado a la señora Graney? ¡Estás loco!

—¿Crees que lo estoy?

—Salió porque tenía una cita. La camarera responderá por él.

—Dos testigos lo describieron con todo detalle. El móvil fue la carta que Catherine Graney te escribió.

—¿Qué carta?

Se miraron el uno al otro y Abigail palideció.

—Él se ocupa de recoger tu correo. ¿Verdad, Abigail?

—Sí.

—¿Lo recogió ayer?

—Sí.

—¿Y qué te entregó?

—Nada que tuviera interés. Espera un momento; no puedes preguntarme a mí sobre eso. Pregúntale a él directamente.

—Entonces llámale para que venga. De todas maneras, le van a interrogar.

Sam observó a Abigail mientras marcaba el número de teléfono; se fijó en el elegante y delicado traje que llevaba. «Se había vestido de vicepresidenta», pensó Sam. Abigail tenía el auricular contra el oído, escuchando las señales sin respuesta.

—Probablemente no quiere contestar. No se imagina que soy yo quien le llama. —El tono de su voz era cada vez más bajo. De repente, dijo con brusquedad—: Sam, no es posible que creas de verdad lo que estás diciendo. Esto es cosa de Pat Traymore. Ha estado tratando de hundirme desde el primer momento.

—Pat no tiene nada que ver con el hecho de que Toby Gorgone haya sido visto en las cercanías de la casa de Catherine Graney.

En la pantalla del televisor, Abigail aparecía hablando de su autoridad sobre las normas de seguridad aérea.

«—En estos momentos —decía—, soy viuda porque mi marido alquiló el avión más barato que pudo encontrar.»

Sam señaló la pantalla.

—Esta declaración habría sido suficiente para que Catherine fuera a la redacción de los periódicos, mañana por la mañana, y Toby lo sabía. Si el presidente ha convocado esta rueda de prensa para dar la noticia de tu nombramiento como vicepresidente, tienes que llamarlo para pedirle que aplace la noticia hasta que esto esté aclarado.

—¿Has perdido el juicio? No me importa que Toby haya estado a dos manzanas del lugar donde esa mujer fue asesinada. ¿Qué prueba eso? A lo mejor tiene una novia o una timba de cartas en Richmond. Seguramente ha decidido no contestar al teléfono. ¡Ojalá nunca hubiera abierto esa puerta!

Una sensación de apremio invadió a Sam. Pat le había dicho el día anterior que Toby mostraba una actitud hostil hacia ella, que en su proximidad se sentía incómoda, y hacía sólo unos minutos, Abigail había dicho que Pat trataba de hundirla. ¿Estaba Toby convencido de eso? Agarró a Abigail por los hombros.

—¿Hay alguna razón para que Toby piense que Pat es una amenaza para ti?

—Sam, basta ya. Toby estaba tan preocupado como yo, cuando vio la mala prensa que habíamos tenido por su culpa. Pero hasta eso ha salido bien. En el fondo, él piensa que a la larga me ha hecho un favor.

—¿Estás segura?

—Sam, hasta la semana pasada, Toby no sabía de la existencia de Pat Traymore. No estás siendo razonable.

—¿Que no supo de la existencia de Pat hasta la semana pasada?

Eso no era cierto. Toby conoció muy bien a Pat, cuando ésta era una niña. ¿La habría reconocido? Abigail había estado sentimentalmente unida al padre de Pat. ¿Estaría Pat enterada de ello? «Perdóname, Pat, pero se lo tengo que decir.»

—Abigail, Pat Traymore es Kerry, la hija de Dean Adams.

—¿Que Pat Traymore es Kerry?

Los ojos de Abigail se abrieron desmesuradamente. Luego razonó.

—No sabes lo que estás hablando. Kerry Adams murió.

—Te estoy diciendo que Pat Traymore es Kerry Adams. Sé que tuviste una aventura con su padre, y que fuiste tú la que pudo haber provocado aquella última pelea. Pat está empezando a recordar fragmentos de lo que ocurrió aquella noche. ¿No es posible que Toby trate de protegerte a ti, o a sí mismo, de algo que Pat pudiera averiguar?

—No —dijo Abigail lacónicamente—. No me importa que recuerde. Nada de lo sucedido fue por mi culpa.

—¿Toby? ¿Qué hay de Toby? ¿Estaba él allí?

—Ella nunca llegó a verlo. Cuando regresó para buscar mi bolso, me dijo que ella ya estaba inconsciente.

El real significado de estas palabras cayó como un mazazo sobre los dos. Sam se dirigió corriendo hacia la puerta y Abigail le siguió con paso vacilante.

Arthur miraba las secuencias donde Glory aparecía esposada, y cuando era escoltada a la salida del tribunal, después del veredicto de culpabilidad. Se veía un primer plano de ella. Tenía una expresión atónita y sin vida, pero sus pupilas eran enormes. Al ver aquel dolor insufrible se le llenaron los ojos de lágrimas.

Se cubrió el rostro con las manos, mientras Luther Pelham hablaba de la depresión nerviosa que sufrió Glory; de cómo le concedieron la libertad provisional por razones de salud mental, y de su posterior desaparición, hacía nueve años. Después, sin dar crédito a lo que oía, escuchó que Pelham decía:

«—Ayer, alegando su pavor a ser reconocida, Eleanor Brown se entregó a la justicia. En estos momentos está arrestada y será enviada a la prisión federal, para completar su sentencia.»

Glory se había entregado a la policía, había roto la promesa que le hizo.

No. La habían obligado a romperla. Fue este programa, y la seguridad de que sería expuesta a la vista de todo el mundo, lo que le hizo entregarse. Sabía que no la vería nunca más.

Las voces airadas y vengativas empezaron a hablarle. Apretando los puños, escuchó con atención. Cuando las voces se apagaron, se desprendió violentamente de los auriculares. Sin volver a poner las estanterías en su lugar para disimular su escondite, se precipitó al rellano y bajó las escaleras.

Pat estaba absorta mirando el programa. Vio cómo ella misma, en la pantalla, leía una carta... «Querido Billy...»

—Billy —susurró—, Billy.

Estudió con detalle la expresión de sorpresa de Abigail Jennings, cómo apretó los puños antes de que su voluntad de hierro le permitiera adoptar una actitud evocadora y nostálgica, mientras le leían la carta.

Pat había visto antes aquella expresión angustiada en la cara de Abigail.

«—Querido Billy. Querido Billy.»

«—No tienes que llamar a mami Renée.»

«—Pero papá te llama Renée...»

La forma en que Abigail se abalanzó sobre ella cuando se apagaron las cámaras.

«—¿Dónde conseguiste esta carta? ¿Cuáles son tus intenciones?»

Toby gritándole:

«—Ya está bien, Abby. No hay nada malo en dejar

que la gente oiga la última carta que le escribiste a tu marido.»

Tu marido. Eso es lo que había intentado decirle.

La foto donde aparecían Abigail y su padre en la playa, con sus manos rozándose. Fue Abigail la que llamó a la puerta aquella noche, la que empujó a su padre al entrar. Su rostro estaba desfigurado por el dolor y la ira.

«—No tienes que llamarme Renée y tampoco tienes que llamar a papá Billy.»

Dean Wilson Adams. ¡Su padre era Billy!

¡La carta! La había encontrado en el suelo de la biblioteca, el día que intentó esconder los papeles personales de su padre, para que Toby no los viera. Aquella carta debía formar parte de sus archivos, no de los de Abigail.

Abigail estuvo allí aquella noche. Ella y Dean Adams, Billy Adams, eran amantes. ¿Fue Abigail la culpable de aquella pelea final?

Una niña pequeña estaba en la cama encogida, se tapaba los oídos con las manos para no oír aquellas voces coléricas.

Él disparó.

«—¡Papá! ¡Papá!»

Otra detonación.

«Y después, bajé corriendo las escaleras; tropecé con el cuerpo de mi madre.

»Había alguien más allí. ¿Abigail? Oh, Dios, ¿era Abigail Jennings la que estaba allí cuando entré en la habitación?»

Los ventanales del patio se abrieron.

El teléfono empezó a sonar y, en el mismo instante, las luces se apagaron. Pat dio un salto como si le hubieran pinchado con una aguja. Iluminada por las luces intermitentes del árbol de Navidad, una aparición se dirigió hacia ella. Era la figura alta y tétrica de un monje de rostro liso y pelo canoso que le caía hacia adelante, casi tapando unos llameantes ojos azules.

Toby se dirigía en su coche hacia Georgetown; conducía con cuidado, para no sobrepasar el límite de velocidad. Esta noche no era conveniente que le pusieran una multa. Había estado esperando a que el documental apareciese en la televisión para salir. Sabía que Abby se quedaría pegada al televisor durante la media hora que duraba el programa. Si lo llamaba después del mismo, siempre podría decirle que había estado fuera, haciendo una revisión del coche.

Desde el principio, supo que había algo que le era extrañamente familiar en Pat Traymore. Años atrás, no había derramado ninguna lágrima cuando leyó que Kerry Adams había perecido víctima de sus heridas. No es que tuviera miedo de lo que pudiera decir una niña de tres o cuatro años, porque no tendría ningún valor en un juicio, pero, aun así, la muerte de la niña le quitaba un peso de encima.

Abby tenía razón. Pat Traymore les había estado molestando y acechando desde el principio. Pero no iba a salirse con la suya.

Estaba ya en la calle M, en Georgetown. Giró por la calle Treinta y Uno y se dirigió hacia la calle N; luego, volvió a girar a la derecha. Sabía dónde tenía que aparcar. Lo había hecho otras veces.

En la parte derecha, los terrenos de la casa se prolongaban hasta la mitad de la manzana siguiente. Dejó el coche en la otra esquina. Volvió atrás caminando, pasó de largo la puerta cerrada con cadena, y saltó ágilmente la valla. Sin hacer ruido se adentró más allá del patio, en la oscuridad.

Era imposible dejar de pensar en aquella otra noche, en este mismo sitio, cuando arrastró a Abby afuera y tuvo que taparle la boca con las manos para que no gritara. Luego, la tendió en la parte trasera del coche y oyó ese aterrado gemido.

—Mi bolso está ahí dentro —dijo Abigail.

Tuvo que volver a buscarlo.

Abriéndose camino entre los troncos de los árboles, se deslizó pegado a la pared trasera de la casa, hasta que llegó al patio, a pocos metros de los ventanales. Girando la cabeza, miró cautelosamente al interior.

Se le heló la sangre. Pat Traymore estaba tendida en el canapé, atada de pies y manos y amordazada. Algo parecido a un cura o monje estaba de espaldas a la puerta, arrodillado a su lado. Encendía las velas de un candelabro de plata. ¿Qué estaba intentando hacer? El monje se dio la vuelta y Toby logró ver su rostro. No era un cura de verdad, y lo que llevaba no era un hábito; más bien parecía una bata. Sus facciones le recordaban a un vecino suyo que se había trastornado años atrás.

El hombre gritaba dirigiéndose a Pat Traymore. Toby apenas podía oír lo que decía.

—No hizo caso de mis advertencias. Le di una oportunidad.

Advertencias. Ellos creían que Pat Traymore había inventado aquella historia de las llamadas telefónicas y de la intrusión en su casa, pero ¿y si no hubiera sido así? Mientras Toby miraba la escena, el hombre acercó el candelabro al árbol de Navidad y lo colocó al lado de la rama más baja.

¡Iba a incendiar la casa! Pat Traymore quedaría atrapada en el fuego. Todo lo que tenía que hacer era meterse en el coche y regresar a casa.

Toby aguantó la respiración y se pegó a la pared. El hombre se estaba dirigiendo hacia las vidrieras. ¿Qué pasaría si le encontraba allí? Todo el mundo sabía que Pat Traymore había recibido amenazas. Si la casa ardía y se encontraban los cuerpos de ella y del hombre que la había amenazado, ya no tendría que preocuparse por nada. No habría más investigaciones, ni tampoco la posibilidad de que algún vecino dijera haber visto un coche desconocido, aparcado cerca de la casa.

Escuchó el ruido de la cerradura. El desconocido abrió las puertas del patio y, después, volvió para vigilar la habitación. En silencio, Toby se le acercó lentamente por detrás.

Cuando aparecieron en la pantalla los titulares que indicaban el final del programa, Lila marcó el número de teléfono de Sam; pero nadie contestaba. De nuevo intentó llamar a Pat. Después de haber probado media docena de veces, colgó el teléfono y se dirigió a la ventana. El coche de Pat seguía aparcado en la calle. Lila estaba convencida de que ella estaba en casa. Cuando miró por la ventana, le pareció ver un resplandor rojizo que sobresalía de la siniestra oscuridad que envolvía la casa.

¿Debía llamar a la policía? Supongamos que Pat estuviese simplemente rememorando, con exactitud, la noche de la tragedia. Supongamos que el peligro que Lila sentía fuera tan sólo de carácter emotivo y no físico. Pat necesitaba, desesperadamente, comprender por qué uno de sus progenitores le había causado tanto dolor. Supongamos que la realidad fuera aún peor de lo que ella había imaginado. ¿Qué podría hacer la policía si Pat se negaba a abrir la puerta? Nunca la echarían abajo sólo porque Lila les hablara de sus siniestras premoniciones. Sabía perfectamente cuán despreciativos podían ser los policías con la parapsicología.

Se quedó delante de la ventana, impotente, mirando cómo se movían las nubes negras que envolvían la casa de enfrente.

Aquella noche, las vidrieras estaban abiertas. Había levantado la mirada y lo vio corriendo hacia ella. La agarró por las piernas. Toby, su amigo, el que siempre la llevaba a caballo en sus hombros. La levantó en sus brazos y la arrojó...

Toby... había sido Toby.

Y ahora estaba allí, detrás de Arthur Stevens...

Arthur notó la presencia de Toby y se dio la vuelta de repente. El golpe que descargó Toby le dio de lleno en el cuello, y lo mandó al otro lado de la habitación. Con un grito ahogado, se desplomó al lado de la chimenea. Sus ojos se cerraron y su cabeza se inclinó.

Toby entró en la habitación. Al ver aquellas enormes piernas embutidas en pantalones oscuros, aquel macizo cuerpo, y aquellas manos potentes en que brillaba un anillo cuadrado de ónice, Pat se estremeció.

Toby se inclinó sobre ella.

—¿Ya lo sabes, verdad, Kerry? En cuanto descubrí quién eras, supe que harías todo lo posible para fastidiarnos. Siento todo lo que pasó, pero tengo que cuidar y defender a Abby; estaba muy enamorada de Billy. Cuando vio que tu madre le disparaba, se desmayó. Si no hubiera tenido que volver a buscar su bolso, te juro que no te habría tocado. Tan sólo quería hacerte callar por unos instantes. Pero ahora supones una amenaza para Abby, y no lo puedo permitir. Esta vez me lo has puesto fácil, Kerry. Todo el mundo sabe que has sido amenazada. No esperaba tener tanta suerte. Ahora te encontrarán con el cuerpo de ese loco y no se preguntarán nada más. Haces demasiadas preguntas. ¿Sabes?

Las ramas próximas al candelabro empezaron a arder repentinamente. Crujieron, y ráfagas de humo se elevaron hasta el techo.

—Esta habitación arderá dentro de pocos minutos, Kerry. Ahora tengo que irme. Ésta es una gran noche para Abby.

Le acarició cariñosamente el pelo y le dijo:

—Lo siento.

El árbol comenzó a arder, mientras ella observaba

cómo las puertas del patio se cerraban tras él. El fuego prendió pronto la alfombra. El olor penetrante de las ramas de abeto se mezclaba con el humo. Trató de respirar; los ojos le escocían tanto que era imposible mantenerlos abiertos. Si no conseguía escapar, se asfixiaría. Arrastrándose hasta el borde del canapé, se tiró al suelo. Al caer se golpeó la frente con la pata de la mesa.

Ahogándose, y con gran dolor, empezó a arrastrarse hacia la entrada. Con las manos atadas a la espalda le era muy difícil moverse. Logró pasar el cuerpo por el arco que formaban sus brazos y abrirse paso a codazos. El pesado albornoz le estorbaba, y sus pies descalzos se deslizaban trabajosamente por la moqueta.

Cuando llegó al final del salón, se detuvo. Si conseguía cerrar la puerta, se detendría el fuego, al menos por unos minutos. Se acercó hasta el quicio de la puerta, y la placa de metal hirió sus manos. Retorciéndose, se echó contra la pared y empujó la puerta con el hombro hasta que oyó el ruido del pestillo al cerrar. El humo ya había invadido el vestíbulo; no sabía a dónde dirigirse; si, por error, llegaba a la biblioteca, no tendría salvación.

Utilizando el zócalo como guía, avanzó poco a poco hacia la entrada principal.

42

Lila intentó una vez más localizar a Pat. Pidió a la operadora que comprobara que el número de teléfono era correcto y que no estaba estropeado. La operadora contestó que ese teléfono se hallaba en perfectas condiciones.

No pudo esperar más. Algo horrible estaba ocurriendo; marcó el número de la policía. Tenía intención de pedirles que fueran a echar un vistazo a casa de Pat, que creía haber visto a alguien merodeando. Pero cuando el sargento de guardia respondió al teléfono, no pudo hablar, le faltaba aire.

Un acre olor a humo llegaba hasta ella. Le dolían las muñecas y los tobillos, y su cuerpo transpiraba. Se podía oír la voz impaciente del sargento diciendo:

—Oiga...

Al fin, Lila recuperó el habla.

—Tres mil calle N —gritó—. Patricia Traymore se está muriendo.

Sam conducía el coche a una velocidad suicida, pasando los semáforos en rojo, esperando toparse con un coche de la policía que lo escoltara. A su lado iba sentada Abigail, con las manos cruzadas y los labios apretados.

—Abigail, quiero saber la verdad. ¿Qué paso la noche que murieron Dean y Renée Adams?

—Billy me había prometido que conseguiría el divorcio. Aquel mismo día me llamó y me dijo que no podía hacerlo, que tenía que intentar salvar su matrimonio, que no podía abandonar a Kerry. Yo creía que Renée estaba en Boston, y fui para suplicarle.

»Renée perdió la cabeza cuando me vio. Sabía lo nuestro. Billy tenía guardada una pistola en la mesa del despacho; ella la cogió y apuntó hacia sí misma. Él intentó arrebatársela. Se oyó un disparo. Sam, fue como una pesadilla; murió delante de mí.

—Entonces, ¿quién la mató? —preguntó Sam—. ¿Quién?

—Se suicidó. —Sollozó Abigail—. Toby sabía que iba a suceder, y lo vio todo desde el patio. Me arrastró hasta el coche. Sam, yo estaba bajo el efecto del *shock* y no me enteraba de nada. De lo último que me acuerdo es de Renée, de pie, con la pistola en sus manos. Toby tuvo que regresar para recoger mi bolso. Sam, oí el segundo disparo antes de que él entrara en la casa, te lo juro. No habló de Kerry hasta el día siguiente. Me dijo que, seguramente, ella bajó al salón justo después de que nos marcháramos. Y que Renée, probablemente, la empujó hacia la chimenea para que no la molestara; pero él no se dio cuenta de que estaba gravemente herida.

—Pat recuerda a la perfección cómo tropezó con el cuerpo de su madre.

—No es posible; no es verdad.

Los neumáticos rechinaron cuando el coche giró por la avenida Wisconsin.

—Tú siempre creíste lo que te dijo Toby —la increpó—. Porque querías creerle. Era más cómodo para ti.

»¿Crees sinceramente que el avión se estrelló por accidente, Abigail, y que fue un accidente fortuito? Cuando desaparecieron los fondos de la compañía y testificaste a favor de Toby, ¿también le creíste?

—Sí... Sí...

Las calles estaban abarrotadas de gente. Tocó el claxon con furia. Los transeúntes se dirigían a los restaurantes. Se encaminó velozmente por la calle M, cruzando la calle Treinta y Uno, para llegar a la esquina de la calle N, y frenó en seco. El brusco frenazo los propulsó hacia adelante.

—Oh, Dios mío —susurró Abigail.

Una señora mayor gritaba pidiendo ayuda, delante de la casa de Pat, y con los puños aporreaba la puerta principal. Se oía la sirena de un coche de policía que se acercaba a toda velocidad. La casa estaba en llamas.

Toby se apresuró a cruzar el jardín, dirigiéndose hacia la valla. Todo había acabado, ya no había ningún cabo suelto. Ya no había una viuda de piloto que pudiera causarle problemas a Abigail; ni tampoco una Kerry Adams que recordara lo que sucedió aquella noche en el salón.

Tendría que darse prisa, dentro de muy poco, Abby le estaría buscando; tenía que estar en la Casa Blanca dentro de una hora. Alguien estaba pidiendo ayuda a gritos. Alguien debía haber visto el humo. Oyó la sirena del coche de la policía y empezó a correr.

Había llegado a la valla cuando pasó un coche a gran velocidad, giró en la esquina, y frenó con un chirrido. Oyó unos portazos y la voz de un hombre que llamaba a gritos a Pat Traymore. ¡Sam Kingsley!

Tenía que escapar enseguida. La parte trasera de la casa estaba empezando a desmoronarse, y alguien podía verle.

—No entres por la puerta principal, Sam, se ve por atrás.

Toby se tiró de la valla, Abby, era Abby la que corría alrededor de la casa, hacia el patio. Corrió hacia ella y la alcanzó.

—Abby. ¡Por Dios santo, no te acerques!

Abby lo miró con ojos extraviados. El olor del humo impregnaba la noche. Una ventana lateral estalló y las llamas se esparcieron por el césped.

—Toby, ¿está Kerry dentro?

Abby le agarraba por las solapas.

—No sé de lo que me estás hablando.

—Toby, te vieron cerca de la casa de Graney, la noche pasada.

—¡Cállate, Abby! La noche pasada cené con mi amiga la camarera. Tú me viste cuando llegué, a las diez y media.

—No, no te vi.

—¡Sí, me viste cenando!

—Entonces, es cierto lo que Sam me ha dicho.

—Abby, no me cargues con este mochuelo. Yo me

cuido de ti y tú te cuidas de mí, siempre ha sido así, y tú lo sabes.

Un segundo coche de policía, con la luz encendida y la sirena sonando, pasó a toda velocidad.

—Abby, tengo que largarme de aquí.

—¿Está Kerry dentro?

—Yo no provoqué el fuego, y a ella no la he tocado.

—¿Está dentro?

—Sí.

—Eres un idiota, eres un estúpido y un cretino homicida. ¡Sácala de ahí! —le ordenó, golpeándole el pecho—. ¿Me oyes? ¡Sácala!

Las llamas lamían el techo.

—¡Haz lo que te digo! —gritó.

Durante algunos segundos, los dos se quedaron mirándose; después, Toby se encogió de hombros, dándose por vencido, y corrió torpemente por el césped cubierto de nieve. Atravesó el jardín y llegó hasta el patio. Ya se oían las sirenas de los bomberos cuando Toby abrió de un puntapié las vidrieras del patio.

Dentro de la casa, el calor era insoportable. Toby se quitó el abrigo y se tapó con él la cabeza y los hombros. «Ella estaba en el canapé —pensó—, en algún lugar cercano a las vidrieras. Me ha obligado a entrar solo. Todo ha acabado para ti, Abby; de ésta no salimos.» Se acercó al canapé palpándolo. No lograba ver bien, pero ella no estaba allí. Tanteó el suelo alrededor del canapé. Un enorme crujido sonó sobre su cabeza. Tenía que salir de allí, la casa se iba a derrumbar.

Tropezó contra las puertas, guiado sólo por la corriente de aire fresco. Unos trozos de yeso se desplomaron sobre su cabeza; perdió el equilibrio y se cayó. Su mano tocó el cuerpo de un ser humano. «Una cara —pensó—, pero no es la cara de una mujer. Era la del loco.»

Toby se levantó temblando, sintió que la habitación también temblaba. Unos segundos más tarde, el techo se derrumbó.

Suspirando por última vez, susurró:

—¡Abby!

Pero él sabía muy bien que, esta vez, ella no podría ayudarle.

Arrastrándose lentamente, Pat atravesó poco a poco el vestíbulo. La cuerda que le aprisionaba la pierna derecha le cortaba la circulación. Se ayudaba únicamente con los dedos y las palmas de las manos; arrastrando sus piernas inertes. El calor que se desprendía del suelo era intensísimo, y el humo le irritaba los ojos y la piel; ya no podía tocar el zócalo. Estaba desorientada; todo era inútil; estaba asfixiándose. Iba a arder hasta morir. Entonces, empezó a oír los golpes y la voz de Lila pidiendo ayuda.

Se retorcía, intentaba dirigirse hacia el lugar de donde provenía el ruido. Un estruendo, en la parte de atrás de la casa, hizo temblar el suelo; todo el edificio se estremeció. Notó cómo perdía el conocimiento... Su destino era morir en esta casa. Cuando ya la nube negra la envolvía, oyó golpes y hachazos. Intentaban tirar la puerta abajo. ¡Ella estaba tan cerca!

De pronto, notó una corriente de aire fresco; llamaradas intensas y un humo denso se formaron en la dirección de la corriente. Se oían voces de hombres que gritaban iracundos:

—Ya es demasiado tarde, no puede entrar ahí.

Y los gritos de Lila:

—¡Ayúdenla, ayúdenla!

Sam desesperado, furioso, gritaba:

—¡Suéltenme!

Sam, Sam. Pasos que se acercaban y alejaban. Sam gritando su nombre. Al borde de sus fuerzas, Pat levantó las piernas y empezó a dar golpes contra la pared.

Sam se detuvo; se dio la vuelta. Iluminada por las llamas, la vio, la alzó en sus brazos y corrió hacia afuera.

La calle estaba invadida por coches de bomberos y de policía. Los mirones, agrupados, estaban estupefactos. Cuando los camilleros acomodaron a Pat en la camilla, Abigail parecía una estatua. Sam estaba pálido, con expresión angustiada; arrodillado, acariciaba los brazos de Pat.

A unos metros estaba Lila; temblorosa y demacrada, miraba fijamente el cuerpo de Pat.

El viento arremolinaba la ceniza y las brasas que despedía la casa en llamas.

—Su pulso es cada vez más fuerte —dijo el enfermero.

Pat, agitada, intentó quitarse la máscara de oxígeno.

—Sam...

—Estoy aquí, querida.

Sam levantó la cabeza cuando Abigail le tocó el hombro. Tenía la cara manchada de ceniza y el traje que se había puesto para la Casa Blanca estaba sucio y arrugado.

—Me alegro de que Kerry esté bien. Sam, cuídala mucho.

—Tengo intención de hacerlo.

—Voy a pedirle a un policía que me lleve en coche hasta una cabina telefónica. No me siento con fuerzas de presentarme ante el presidente y decirle que tengo que renunciar a la vida pública. Dime lo que puedo hacer para ayudar a Eleanor Brown.

Andando despacio, fue hacia el coche de policía más cercano. Cuando los mirones la reconocieron, expresaron su asombro y se abrieron para dejarla pasar.

Algunos de ellos empezaron a aplaudir.

—¡Su programa ha sido fantástico, senadora! —gritó alguien.

—¡La queremos! ¡Tiene nuestro apoyo para ser elegida vicepresidenta! —gritó otra persona.

Mientras subía al coche, Abigail Jennings se volvió y, con una triste sonrisa, hizo un esfuerzo y agradeció las felicitaciones, por última vez.

43

El 29 de diciembre, a las nueve de la noche, el presidente irrumpió a grandes zancadas en la sala este de la Casa Blanca, donde iba a celebrarse la rueda de prensa que había aplazado dos noches atrás. Subió al podio, donde se habían instalado los micrófonos.

—Me pregunto por qué estamos todos aquí.

Hubo un estallido de risas.

El presidente expresó su pesar por la inesperada y anticipada dimisión del anterior vicepresidente y prosiguió:

—Hay muchos legisladores destacados que podrían ocupar el puesto, con gran capacidad, y que podrían ocupar mi puesto en el caso de que, por cualquier motivo, yo no pudiera completar mi segundo mandato. Sin embargo, la persona que yo he elegido para el cargo de vicepresidente, contando con la calurosa aprobación del Congreso, es una persona que tendrá un papel único en la historia de este país. Señoras y señores, tengo el enorme placer de presentarles a la primera mujer vicepresidenta de Estados Unidos: senadora Claire Lawrence, de Wisconsin.

Un estruendoso aplauso siguió a estas palabras y todos los presentes se pusieron en pie.

Recostados en el sofá de su apartamento, Sam y Pat veían la rueda de prensa, que se retransmitía por televisión.

—Me pregunto si Abigail estará viéndolo —dijo Pat.

—Supongo que sí.

—Nunca tuvo necesidad de la clase de ayuda que le ofrecía Toby. Podía haberlo conseguido sola.

—Es verdad, eso es lo más triste.

—¿Qué hará ahora?

—Se irá de Washington. Pero no la menosprecies, Abigail es fuerte, y luchará para volver a su carrera; esta vez, sin ese estúpido siempre detrás de ella.

—Ha hecho tanto bien —dijo Pat tristemente—. En muchos aspectos, es la mujer que yo creí que era.

Escucharon el discurso de aceptación de Claire Lawrence. Después, Sam ayudó a Pat a levantarse.

—Con las cejas y las pestañas chamuscadas, tienes una expresión de sorpresa que asusta.

Tomó su cara entre las manos.

—¿Se está bien fuera del hospital?

—¡Imagínatelo!

¡Había estado tan cerca de perderla! Pat lo miraba con ojos confiados, pero algo tristes.

—¿Qué va a pasar con Eleanor? —preguntó ella—. No me has dicho nada y temía preguntártelo.

—Pensaba decírtelo. La declaración que ha hecho Abigail, junto con lo que sabemos de Toby, la exonerará de toda culpa. ¿Y tú, qué, ahora que ya sabes la verdad respecto a tu padre y tu madre?

—Muy contenta de que no fuera mi padre el que apretó el gatillo, y muy triste por mi madre, pero feliz de que ninguno de ellos me quisiera hacer daño. Eran completamente diferentes y no se comprendían, pero lo que pasó, no fue culpa de nadie. Puede que esté empezando a comprender mejor a la gente; por lo menos, eso espero.

—Piensa en esto: si tus padres no se hubieran conocido, tú no estarías aquí, y yo tendría que pasarme el resto de mi vida en un lugar decorado, ¿cómo dijiste?, como la entrada de un hotel.

—Algo así dije.

—¿Te has decidido ya sobre el trabajo?

—No lo sé. Luther parece sincero al decirme que me quede. Creo que, en lo que vale, mi programa ha sido bien acogido. Me ha pedido que empiece a pensar en un programa sobre Claire Lawrence, y cree que hasta podemos entrevistar a la esposa del presidente. Es una oferta bastante tentadora. Esta vez me jura que tendré todo el control creativo sobre mis guiones y, contigo a mi lado, seguramente no intentará hacerme más proposiciones.

—¡Pobre de él si se atreve!

Sam la rodeó con su brazo y vio cómo ella esbozaba una tímida sonrisa.

—¡Vamos! ¿Quieres contemplar una vista acuática?

Se dirigieron a la ventana. La noche estaba nublada, pero en el Potomac se reflejaban las luces del Centro Kennedy.

—No creo que nunca haya experimentado una sensación tan fuerte como cuando vi tu casa en llamas, sabiendo que tú estabas dentro.

El brazo de Sam la apretó dulcemente.

—No puedo perderte, Pat, no; ahora ni nunca.

La besó.

—Te hablo completamente en serio cuando te digo que no quiero perder tiempo. ¿Te gustaría pasar una luna de miel en Caneel Bay, la semana que viene?

—No te gastes el dinero. Prefiero volver a Cape Cod.

—¿Al Ebb Tide?

—Lo has adivinado; pero con una diferencia —le dijo mirándole con una sonrisa radiante—. Esta vez, regresaremos a casa en el mismo avión.